江心鱼

夏海霜 ◢著

中国民族文化出版社 · 北京

我在你身畔，我仍在思念你

　　我不常想她，但往往会在某些突如其来的时刻感到思念。

　　与传统意义上那些沉重且隐含着苦难意味的情绪无关，它是一种轻盈而明快的氛围。比如，在冬日清晨推开门，冰冷、新鲜的空气穿过她织的围巾，和我一起柔软地呼吸；比如，在有阳光的日子取道一片树林，仰头时恰好有片鲜红的小叶飘落，在风里兜兜转转，不知来去；再比如，将鲜花置入心仪瓷瓶时听见的触碰声，翻开旧书时扑鼻的愉悦，为家书落款后合上笔帽的一瞬间……也都是在这些美好到难以言说的时刻，我会想起她。

　　她是夏海霜，我的妈妈。

　　在十数年前，她便已是我心中的作家。

　　小时寄宿在学校，在那不知忧愁的年岁，自然无法理解她偶有愧疚的神情。如今她都会常常说起我的小学，自责为何要让我"离开"她，而我只能哭笑不得地一遍遍复述真相：你每周都接我回家，你下班后常来看我，你为我购置那么多书籍和衣物，我在学校里得到大家的关爱……若她还是不听，我只好再和她回忆一遍我的九岁生日：

那个下雨的晚上，你还记得吗？你等我下课，提着一只奶油蛋糕来到我们寝室，六个女孩吃着蛋糕，听你拿出一本小册子，轻声念出你为我写的诗。那么晚了，你不说自己花了多少时间来、要怎么回家去，你只对我说"生日快乐"。我真的很快乐，妈妈。

她向来如此，做得很多，说得很少。我在五岁时随口说出的荒诞童言，她默默保存在博客里；我十岁时痴痴一句"昨天还在那里的云，今天走丢了"被她奉为宝物。直到十五岁、十八岁，面对升学的巨大压力，她仍未后退，温柔呵护着我的自尊与幻想。这样的她，仍觉自己做得不够。如同她的文字，早已在经年累月的雕琢里由"爱好"升华为"习惯"，变成她的生活，乃至我们一家人生活里不可或缺的一部分。

无论是每日精心打理的鲜花，还是窗外风朝月夕、潮水涨落，抑或厨房里端出的家常小菜，皆可入她笔墨。而这些洒落在生活角落的，到底是一地鸡毛，还是星辰的碎影呢？夏海霜说，纵是鸡零狗碎、不甚完美的日常，在她闲淡的文字里亦与星辰无二。我们会因学业、工作焦头烂额，却该找时机放下，两个人背起行囊去大陆的尽头走一走。我们也会有失意、痛苦、寻不到方向的时刻，却不要忘记，那看似庸碌琐碎的"日常"中仍有无限美好与希望——正因这份孩子气十足的坚持，让我学会了从容、诗意地看待自己尚处青春的人生。若我的妈妈是别人……我不敢想象。

是夏海霜十几年的记录与书写，为我的生活赋予了"美"和"意义"。我们是最懂彼此的友人。

写下这篇文字时正逢冬深，我们正坐在她收拾一新的书房里。灯光暖黄，母女在新鲜雏菊的簇拥下一起伏案。她写她的，我写我的，两人没有交谈。窗外江声隐约，如一尾透明的、灵性的鱼，缓缓游入了岁月的波心。

"在这美好到难以言说的时刻……"我逐字逐句，微笑着写下，"我在你身畔，我仍在思念你"。

张翼遥

2020 年 1 月 5 日

目　录

微 / 视 / 界

拣 / 逍 / 遥

醉 / 时 / 光

微 一 视 一 界

时空里的袒露

　　一棵老树，站在半截土路旁，残断的枝丫堪堪挂住新霜，许是死去多时了。周遭天光尽洒，一片枯白，想必无人前来为它送葬。只有山亭中朽断的廊柱无言做它陪衬，任山风冷冷吹去，剥蚀了此刻，乃至更邈远时光里的全部色彩。

　　这是友人微信朋友圈里的一张照片。友作诗配图，题为《故乡》。我的指尖曾与每个闲暇时刻无二，随之下滑，却在目睹这图景时，心跳为之一滞。

　　这是放水后所袒露出来的泽雅水库底部，如一团干枯的墨，洇着故乡的纸。

　　我说，画了？

　　友说，正合我意。

　　落笔作画之前，我忽然有了想走近这棵老树，用指尖去触摸它干枯残骸的强烈愿望。于是，一个云雾蒙蒙的春日，我闯入泽雅水库，在它的前世和今生之间流连忘返。

　　大凡水库，碧波深潭之下，必定会藏着些许历史。

被它埋去的往事于水底悄然成珠，或是曾经巷陌，人烟来往的繁华热闹；或是曾经郊野，四季轮转的晴雨无常。哪怕是无人到访的荒僻之所，也有山中居民劳作嬉戏。所谓"好""坏"，都是故乡。

泽雅于我而言，不算陌生，自小时便不断地经过。它供我走亲、歇脚，哪怕我只是单纯途经，也会得到那满山青翠的目送。因此，二十年前的山村，到后来水库建起后的湖光万顷，我都熟悉。只是，一两声感慨仍难自抑——终是物非人非。

远远观之，呈现于眼前的泽雅水库，只见库不见水，唯有一股小小水线，在地下低洼的河道里蜿蜒，像一条爬行的蚯蚓。那是曾经的溪流。往日被水浸漫着的山体，如今在暗淡的白日里暴露。山顶绿丘沉郁，其下泥壁土石便格外嶙峋怪异，了无生气。时下正是雨水丰沛的季节，水库的水位怎会如此之低？水去哪儿了？问过村人，原来是水库特意放水，正修建排沙洞——原来是水库老了，亟待一场手术。若在水库修建之时便做好准备，今日又何须如此大动干戈？很多属于过去的问题，会在今日得到答案，对与错，时间会给出公正的判决，只是往往要付出很大的代价。

我顺着遗留的山路走下去，深入一个水库的内心世界。

山风吹散了云雾。此时，我置身于水库之半腰，放眼望去，整个谷地一览无余。低洼处尚有水波潋滟，三三两两的垂钓者安然静坐，偶尔一只白鹭翩跹而过，竟也有着几分岁月安好的静美，仿佛这里千百年间向来如此，什么也不曾发生过。

山坡上的梯田里，居然有几处紫云英成片成片地开着。穿插于梯田之间的石头小路，是我们这代人熟悉的笨拙模样，每一处凹陷和突起，想必都承载过无数辈农人的足迹，却在水退去后，至今坚实完好。路边时见闲花盛放，杂草摇曳，随便哪处断壁裂缝，都能见到小草努力探出的笑脸。这些让人无法回避的小生命，在脚边一路跟随，顽强得让人感到不可思议。这可是被水浸泡了十八年的水库底下啊，曾经的种子，居然还能再次发芽生长。这让我想起那些从此处移居出去的人们，他们也能像这些小草小花一样的茂盛苗壮吗？

和这些鲜活的生命形成对比的，是到处散落的枯树桩。被水浸泡后腐烂的树桩，有着黑灰色的皲裂表皮，如同一个形容枯槁的老人，被岁月遗忘般安静地坐着。时间是一把锋利的刻刀，刀刀入木三分毫不留情，但却能让你感受一种唯有时光才能赋予的厚重之美。超越了所谓"生"和"死"，在风中袒露的，是你自己因之震荡的情绪。

终于路过友人镜头下的那棵枯树，当我的目光不再注视手机屏幕，而是仰头瞻望那粗壮的枝干，它的孤寂与坚韧才扑面而来。我看见它千疮百孔，却仍如守护神般屹立在家乡的地老天荒。这是村口的风水树吗？如果是，也算是尽忠职守、死而后已了。在这山村尽头，无言的陪伴胜过千言万语，它值得这片土地所有儿女的致敬。这棵高大的老枫树啊，曾经树干粗壮、枝繁叶茂，早些年路过水库的时候，还能看到它的一部分枝叶露出水面，在风中摇曳，在阳光下闪耀，照样春抽芽秋落叶，观者无不称奇。在水底下挣扎了十多年不死的老枫树，终于在离开深水的包围后，彻底死去。它裸露的身躯，伤痕累累，再也经不起风吹日晒。我想，在水下的漫长时光里，它的生命早就被一点一点腐蚀空了，阳光、雨露、土壤，才是它生命的养分，水底不是它的居所。

世间之事，总是如此，过去是回不去的。就像这个叫泽雅的地方，尽管把水库里的水放干了，也回不到从前的样子。

远处的废墟里，一位农人在寻找着什么，他时而看看脚下的土地，时而弯腰拨弄一下身边散落的石头堆，寻寻觅觅间，不停地用手机拍着照。手机拍照时发出的"咔嚓"声，在这寂静的水库底下，显得特别清脆响亮，如同内心深处的某种呐喊："拍下她，记下她……"我想，那里一定是他曾经的家园。他寻找的可是那些散落在家里院外的不忘记忆和不曾忘怀的故园情结吗？

我终于探寻到了水库的最底部。一个水库内心深处的世界，便坦荡荡展露无遗。这里，曾经是泽雅镇的中心，政府所在地，居民近万人，房屋沿溪而建，鳞次栉比，也是热闹繁华。现在，在残垣断壁间，旧时的房屋街道形制清晰可循，那些挨着墙脚排列的水槽，那些倾斜于淤泥中半露的石臼，那些光滑的石板路，那跨溪而过的桥墩，等等，都是这座水下村庄最丰富的历史语言。同行的云门老师是泽雅人，生于斯长于斯，也曾在泽雅中学执教过，对于自己曾经生活过的地方，他有着深深的眷恋。这里是泽雅中学的操场，那里是教室，谁谁家住哪座房子，脚下的石桥通向哪里……所有事物在他的深情凝望中，逐渐复活了过来——操场上奔跑着孩子们，教室里传出琅琅书声，瓦背上飘起炊烟，农人在田地里劳作……

一切恍若当初，仿佛什么也未曾改变。一切又恍如隔世，仿佛光阴流逝了千年般的遥远。云门老师说自己有流泪的冲动。我与友默然相陪。

一个水库的今生前世，就是社会发展的一个小小缩影，世界总是日新月异的，过不了多久，水库又会再次蓄满水，眼前的这一切，包括我们在这个春日里短暂的回忆，都又将沉入水底而长眠。这个春天，我有幸聆听和见证了一个水库的内心独白，并用浅显的文字和图片，记录下这也许永不再现的一刻。

一座城，一段路

如果你要了解一座城市普通老百姓的生活和精神面貌，不妨去坐几趟公交车。我是生活在这座城市里最普通的一员，我经常坐公交车。公交车上的众生态，以及发生的许多小故事，都能让人直观人性的种种美好和丑陋。择两件记之。

（一）

下午五时多，瑜伽课毕，坐公交车回。

113 路公交车晃悠着，在解放北路墨池站停靠，上来了一拨新的乘客，有七八人。其中有一位四十岁左右的高个子红衣女人，带着一位十二三岁的女孩，看样子是妈妈接了孩子放学回家。红衣女人穿的、长的都不错，但脸绷得紧紧的，一副全世界都欠她似的冰冷样。女孩个子随妈妈，长得挺高，据目测，接近一米六。她们没刷卡，没投币，直接走到后座坐下。

她们没有买票这事，一开始谁也没注意，但司机看到了，他大声叫着："那个没买票的，赶紧过来买票。"

闹哄哄的车厢，瞬间安静了下来，大家四下相顾，却没人应答。

一会儿，司机催票的声音又响起，车厢一片寂静。如此叫了三遍，还是没人回应。每个人的目光里都多了几分探寻的意味。

司机提高了声音："坐最后面穿红衣服的那个，你没有买票，快过来买票！"于是，全车人的目光"唰"地直射向坐在最后排的红衣女人。女人这才很不情愿地起身，走到刷卡处刷了卡，又极快地回到后座坐下。她脸上的神情竟是分毫未变。

刷卡器"嘀"的一声响，两个人，她只刷了一次卡。

司机又叫："两个人，要买两张票。"

女人充耳不闻，只管面无表情地坐着。

司机又叫了一次，看她雕像般坐着没反应，无奈慢慢启动了车子。当司机叫第三次的时候，女人才磨磨蹭蹭地起身，往投币箱里"哗啦啦"投了几枚硬币。

大家都以为这事就这么过去了，可司机又高声叫着："钱不够，你只投了一块钱，还差一块。"

这时候，一直没开口的红衣女人说话了，声音尖锐："我投的就是两块钱。"

司机声音更高了："你自己过来看，分明就只有一块钱。"

女人死不承认："我看不到，你把箱子转过来给我看，倒出来给我看。"

固定的投币箱怎么转？还要倒出来？终于，司机彻底恼怒了。他索性把车靠边停下，要女人把钱补上，但女人死活不承认。两人就这么坚持着，各不退步。公交车载着满满一车的乘客，如一个庞然大物，停在本就狭小的解放北路上，没几分钟，就把路堵住了。

有两位乘客上前去看了投币箱，都证实确实只是一块钱，五枚一毛硬币，一枚五毛硬币，清清楚楚。但女人就是不承认。

我拿出一块钱，我说我补上吧，但司机也犯偏了，坚决不同意。

公交车依然停着，大家纷纷指责红衣女人的不诚实，但这个女人的心理素质真不是一般强大，她自始至终面不改色若无其事。最后，还是一位大叔硬把自己的一块钱放进了投币箱，叫司机启动了车子。

看红衣女人的反应，这样的行为绝不会是第一次。逃票这事，我还是第一次蹴到，都什么年代了，居然还会有人为了两块钱的车票而耍赖。真是世界之大，无奇不有。有时候，一个人的贪婪、自私、吝啬，跟贫富无关，爱占小便宜的人，无论在什么时候，都改变不了自己的本性。

父母是孩子的第一任老师，也是最直接言传身教的榜样。当时我就想，她是一位母亲，身边带着孩子，就不怕自己这样没品位的行为影响孩子？再看看那个女孩子，自始至终，都是面无表情地坐在位置上玩手机，对自己母亲的行为视若不见，也毫不意外。说实话，红衣女人的行为让我们唾弃，但是这个孩子的表现，却让我痛心。

（二）

我捧着一束白色洋桔梗，上了回家的公交车。

我的邻座是一对母子，小男孩四五岁光景，长得白净可爱，两只眼睛黑溜溜的，清澈含笑。母子俩均笑语盈盈。小男孩时不时看着我笑，我也对他笑，他却又笑着躲进了妈妈的怀里。车行一会儿后，小男孩开始盯着我手中的花。我便从花束里抽出一朵，送了他，他双手接过，捧着，笑得欢畅，并不断地闻着花，做陶醉状。

因为我们彼此之间的微笑，还有这朵小花的助力，小男孩一下子和我亲近起来。这是一个性情平和、讨人喜欢的孩子。我不喜欢那些被骄纵得无法无天的小霸王。

他开始问我："阿姨，这朵花叫什么名字呀？"

"它叫洋桔梗，它有好多种色彩，白色、红色、紫色、粉色，还有绿色。"我微笑着回答他。

"真的吗？那它不是和彩虹一样吗？"小男孩眼里闪着亮晶晶的光芒。

"是的，它就是和彩虹一样美丽的花朵。你知道彩虹有几种颜色吗？"

小男孩掰着手指头一一说出："红色、绿色、紫色……"突然，他俯首深深闻了一下花，说："啊，我闻到了彩虹的味道！"

真是童言如诗啊！我表扬他："哇，你太厉害了，你就是一位小诗人哦，阿姨为你点赞！"

被我表扬的小男孩更加高兴了，双手捧着花递给他妈妈，说："妈妈，送给你，你闻闻，真的有彩虹的味道哦。"

他妈妈也很配合,深深地闻了一下花朵,夸张地说:"谢谢你,我真的闻到了彩虹的味道。"

我和小男孩聊天的时候,他妈妈一直在旁边含笑听着,并时刻提醒孩子,要说"谢谢"。这时,她笑着问我,你是老师吧?我笑笑没否认。然后,她对儿子说,希望宝宝以后都能遇上阿姨这么好的老师。小男孩听了,忽然笑着朝我倾身说了一声:"谢谢阿姨。"

我听了,内心无比惭愧。很想告诉他们,我现在已经不当老师了。即使在当老师的那些年,我也未必做到对每个孩子都这么和声细语。但想想,还是让他们保留这份美好吧。

车过几站,上来一位阿婆,我起身让座。

小男孩的妈妈又对孩子说,你长大要向阿姨学习,做一个有爱心的人。小男孩笑着点头。

这是一个性格开朗而平和的孩子,有礼貌,有教养,很讨人喜爱。很明显,这得益于母亲的教育。有句话说,一个女人的素养和德行,能影响这个家整整三代人。此话不虚。

从学院路到望江路,半小时的车程,因彼此微笑和一朵小花,而有了一段温馨的感受。如果美好能够就此传递,我希望这朵小花能在小男孩的心灵深处生根发芽。

一次监考

监考一事于我，并不陌生，多年前常干。今天，离开讲台已久的我，忽又当了一回监考老师，再次和这些小家伙们打交道，多了几分感触。

这是"温州市少儿文艺大赛"的作文和书法比赛现场。

第一场，是小学高年级段的作文比赛。五六年级的孩子，基本上像个小大人了，诸如考场规则、作文要求等，一点即通，无须多言。经过小学几年时间的训练，孩子们已经很适应这样的课堂作文和比赛了，除了少数人歪歪斜斜地在座位上东看西顾，大部分孩子都很快进入状态，认真开写。

看着眼前几十号孩子，各人有各样，颇感有趣。

来参加作文比赛的孩子，大多是爱好写作且平时作文写得不错者，但也有一部分孩子，可能是因为父母的意愿。你看那几个用手支着脑袋歪着身子的孩子，抓耳挠腮，举笔半天难下，满脸尽是无奈。作文比赛对他们来说，无疑是一种折磨。

本场比赛有两个男孩子让我印象深刻。

一个虎头虎脑的男孩，顶着一头乱糟糟的头发，睡眼惺忪地进了教室，一副梦游的模样，我一讲完赛题，他就侧着身体趴在了桌子上。不知道他是真的睡着了，还是在构思作文，但那疲倦的模样，让人心疼。我不由得多看了他几眼。开赛约十来分钟后，他却仍在犯迷糊。我便去轻轻推了推他。他歉意地看了我一眼，揉揉眼睛说，实在是困死了。我问他昨晚上睡得很迟？他"嗯"了一声，说，学习回来已经很晚了。语气里透着淡淡的无奈，但精神好了很多，沉寂的大眼睛顿时有了神采，沉思片刻后，便"唰唰唰"地写开了。他那一双黑如点漆的眼睛，清澈灵动，让人过目难忘。拥有这样一双眼睛的孩子，一般都分外聪明。等到他作文上交时，我一看，字迹工整，几乎没有涂改，洋洋洒洒三张四百格的稿纸几乎写满了。

另一个白白净净显得特别稚气的男孩很是逗人。

比赛结束时，他一边把写好的作文交给我，一边很腼腆地笑着说："老师，我写得很不好。"

我看了一眼他的作文，说，不会啊，你写得很好呀。

他说："不是字写得不好，我是说我这篇作文写得不好。"

"为什么这么说？"

"因为昨晚上睡觉太迟了，我学习完回家就十点半了，所以今天特别想睡觉。"他垂着眼皮，脸上尽是委屈。

"这么辛苦呀？你几年级？"

"五年级。"男孩似乎找到了倾诉对象，话匣子关都关不住："老师你知道吗？我要学很多东西，作文、篮球、奥数、英语，还要弹琴。对了，今年我还要学旅游。"他一口气念了一大串培训的课程，我觉得他把所有培训课都上遍了。

"学旅游？旅游怎么学？"我很好奇。

男孩叹了一口气，说："唉，我也不知道。旅游怎么学？反正……就是学旅游，哈哈，就是学旅游呗。"

"这些课外培训都是你自己喜欢的吗？"我边整理孩子们交上来的作文，边和他搭话。

"有些是自己喜欢的，有些不是。打篮球我就很喜欢……"

别人都陆续走了，他还在自来熟地跟我碎碎念，虽然，到最后我也没弄明白他所说的学旅游是怎么回事，估计是研学之类的活动吧。我想，他是真的很需要一个倾诉的对象，才会对我这个陌生人大倒苦水。

俩孩子的共同点都是睡眠不足，这也是现在大部分孩子的现状。比如今天，早上八点开赛，几乎人人都是带着一脸倦容进入赛场。有的孩子进教室前，嘴里还在嚼着最后一口早餐。周五晚上，估计很多孩子都安排了这样那样的培训课程，周六周日就更不用说了。现在的孩子活得累，做父母的也累。这是全社会面临的教育问题。

相比于第一场作文比赛的略感沉重，书法比赛就显得有趣极了。这是一群一到三年级的孩子，从他们小鸟般飞进教室开始，我瞬间就觉得自己又回到了幼儿园老师的角色。脆生生的声音此起彼伏，老师，老师，老师……

首先，小不点儿们拿着参赛证，找不到自己的位置。尤其是一年级的孩子，一个个举着手叽叽喳喳叫，老师我坐哪里？我坐哪里？好不容易把大家都安顿下来坐好，齐刷刷又举起一批小手。硬笔书法比赛规则要求选手把名字、学校班级、手机号码写在赛纸背面。这样的要求，对一年级的孩子来说，显然有一定难度，于是，叫唤声、求助声不断：

老师，我是实验小学的，实验的验我不会写。

老师，瓯海的瓯怎么写？你教教我。

老师，蒲鞋市我也不会写。

老师，不会写的字可以写拼音吗？

"可以，可以，不会写的字可以用拼音代替哦。"即便我告诉他们不会写的字可以用拼音代替，但是好几个孩子还是写错了拼音。一个小男孩把我写在黑板上的"验"字抄了三次，还是写成"险"字，让人忍不住地乐。

总算安静了两分钟，又有孩子举手了：

老师，我不记得爸爸妈妈的手机号码。

我也不记得……

解决好前奏，进入正题了，各种问题又不断涌现。比赛题目是抄写毛泽东的《卜算子·咏梅》和《忆秦娥·娄山关》，这对于一年级的孩子来说，又是一道难题。于是，新一轮提问又开始了：

老师，这个是什么字？我不认识。

老师，这个黑点要涂得很黑很圆吗？

老师，标点符号要写吗？

老师，我写错了。

老师，我不小心把纸弄破了。

老师，我要垫本……

哎哟，我可爱的小祖宗们，我觉得这些年淡出我生活的"老师"这个称呼，在这一刻被你们全都补上了。

终于安静了下来，孩子们开始认真地写字了，我已经口干舌燥，喝完了整瓶水。

中途，有个女孩子写了一半，忽然跑到我身边，撒娇般说自己口渴了，要喝水。我感动于她的信任，但这事确实难住了我。她笃定地说，楼下有饮水机，也有杯子，自己喝了就马上回来。她眼巴巴、一脸期待地看着我。想想也就答应了她。书法比赛，抄写个字而已，不存在作弊问题。何况这么小的孩子，哪懂什么是作弊？此时，她更需要的是我的信任和解渴的水。女孩欢快地跑了，又欢快地跑回来。

其间有个很文静的小女孩很让我意外，她拿着《卜算子·咏梅》的样纸，怯生生地看着我，低声问："老师，这些字都是什么意思，我看不懂。"我怎么能拒绝这小绵羊般让人心软的注视啊！我低声解释了一遍，她才似懂非懂地点点头，心满意足地回到自己的座位上继续写。这是个有探究精神的孩子，多么难得。在教育中，保护好孩子的这份初心，比学会写几个字重要得多。

出这些状况的大多是一年级的孩子，二三年级的孩子就老练多了，他们对于一年级孩子提出的这些问题，时不时会露出一个"切，真幼稚，这也不懂"的不屑表情来，那种瞬间做了"江湖老大"的优越感，让人看了忍俊不禁。

窃以为，把一到三年级的孩子放在一起比赛，对一年级的孩子来说，是极不公平的。他们连字都没认全，更别说是写了。好多孩子只是一笔一笔照着样纸上的字描下来，写写停停，显得很吃力，写的字，当然不能跟三年级孩子写的字比。好几个孩子把"秦"字写成了"奉"字，"残"字少了一撇。不是他们不认真，而是能力没达到。越小的孩子，年龄的差距对他们来说就越明显。比如一岁以下的孩子，哪怕差上十天半个月，差别也是显而易见的。这种差距随着孩子的长大会慢慢缩小，所以，从比赛的严谨度出发，我觉得小学至初中，同年级段的孩子之间进行角逐，比较公平合理。当然，这事由不得我。

监考，自然是一件严肃的事。在我们的印象里，监考老师往往一脸严肃，不苟言笑，好像不这样做，就缺少了威严，镇不住场面似的。但面对这些小可爱们，我似乎严厉不起来，不过我是认真负责的。

半天时间，既热闹又安静地过去了。

看着一个个欢脱如小马驹般的孩子欢快地和我道再见，恍惚间，我依然是那个孩子王。

就此别过，后会无期

如秋风扫落黄叶，季节成熟了，有些生命自然而然就会回归大地。

这个秋天，成人童话的缔造者，金庸先生走了。他潇洒转身，挥手而去，看似不带走一片云彩，实则却带走了一代人的少年英雄梦和青春。于是，朋友圈里铺天盖地的怀念惋惜加泪雨滂沱，仿佛紫微星坠地。说，世间从此再无江湖，人间再无大侠。

有人甚至泣不成声，如丧考妣。

其实，大可不必。金庸九十四岁了，寿终正寝。若在他的江湖世界里，这年龄也是祖师辈了。所以，算是喜丧。再一想，与其说人们在祭奠金庸，不如说是在祭奠自己逝去的青春年华和那些未竟的梦想。

金庸曾给自己设计过墓志铭：这里躺着一个人。在20世纪、21世纪，他写过十多部武侠小说。他的小说有几亿人喜欢……诚哉斯言，全世界华人中，如果要问谁的作品最受欢迎，金庸称第二，无人敢称第一。王朔把金庸小说、琼瑶电视剧、四大天王、成龙电影，归为"四俗"，言语之中不乏贬义。我倒是认为，恰恰是这个"俗"字，才让金庸的武侠小说有了这么多的读者，曲高往往和者寡。除了通俗，更重要的原因，是每个人的心里都有一个快意恩仇的江湖梦，而金庸的武侠小说，正好圆了大家这个梦。侠之大者，为国为民。这又是多少人心里的理想国啊。所以说，武侠小说也是成人的童话。

"飞雪连天射白鹿，笑书神侠倚碧鸳"，外加一部《越女剑》，金庸这十五部荡气回肠的小说，我看过十二部，也算是妥妥的"金粉"了。常有朋友说我身上有一股侠气。对有此说法者，我常引为知音。

记得最早接触武侠小说，是上小学时一知半解地看父亲的藏书《三侠五义》，后来偷偷地看梁羽生的《七剑下天山》《萍踪侠影录》等。白玉堂的风流倜傥，张丹枫的仗剑天涯，在我刚刚开始萌芽的少女心里，留下了抹不去的侠肝义胆梦。那时候，全班我年龄最小，人长得也最小，却喜欢为女同学打抱不平，隔三岔五和男同学干上一架，大有"路见不平一声吼，该出手时就出手"的英雄气概。现在想来，幸亏当时老师和同学都宠着我，要不，我这个虚张声势的"女侠"也许早就在"江湖"混不下去了。

接触金庸的武侠小说，是在上初中的时候了，一读，便欲罢不能。记得看的第一本金庸小说是《书剑恩仇录》，至今二十多年过去，我都能记得书中的许多细节，比如余鱼同对自己名字的解释："余者，人未之余。鱼者，浑水摸鱼之鱼也。同者，君子和而不同之同，非破铜烂铁之铜也。"

当时就喜欢上了这个人物，怎么这么这么有趣啊！而他，也是金庸小说里第一个让我心动的人物，甚至比过男主陈家洛。

喜欢金庸的小说，不只是喜欢故事，更喜欢他深厚的文学功底。当女同学们都在如痴如醉地读琼瑶、岑凯伦的爱情小说时，我却和男同学们抢着看金庸的武侠小说，以致后来老大不小了，对爱情这玩意儿都少根筋。只要武侠小说在手，真是连吃饭都在惦记，利用课余一切可利用的时间，恨不得废寝忘食把书看完，要知道，当时的武侠小说可是金贵的稀罕物，大家都等着看呢！时间很是宝贵，可耽误不得。于是，睡觉时在被窝里亮过手电筒，上课时在书本下面藏过小说。郭靖、黄蓉，杨过、小龙女，张无忌、赵敏，段誉和他的众多妹妹，一个个英雄儿女，鲜活而又侠气满满地走进我的青春时光，我们同命运共悲欢，一起行侠仗义，浪迹天涯。

也曾因为《笑傲江湖》而喜欢上了箫。令狐冲和任盈盈琴箫合奏的画面，至今思来，仍是那样的唯美动人。江山笑，烟雨遥，涛浪淘尽红尘俗世知多少。真是恨不得自己也能一袭白衣，执箫仗剑走江湖，从此过着"皇图霸业笑谈中"的潇洒生活，也享受"不胜人生一场醉"的狂放人生。

如此，功课自是耽误了不少，但是懵懂的青春又怎能拒绝得了这斑斓多彩的江湖梦呢？

友说，他至今仍会想起当年学生时期，在书店租看武侠小说时的眼神，仿佛一个饿汉闻到了饭香味，垂涎欲滴。多么生动又贴切的比喻。金庸所打造的武侠世界，成了一个时代挥之不去的情结，深深地烙在我们的心里。

从小说到电影、电视剧，后来也看过古龙、温瑞安、陈青云的作品，但是记忆最深刻的还是金庸。他用一个风起云涌、波诡云谲的虚幻江湖，奠定了自己一生在文学江湖的地位，并影响了整整一代人的青春。

我对金庸武侠小说的痴迷，从初中一直持续到了毕业工作后。这样激情的武侠时代，是 20 世纪 60 年代至 80 年代人特定的时代，那时候缺少娱乐，看小说几乎是年轻人最大的精神享受，不像现在，电子产品无所不能，无孔不入，仙侠奇幻的动漫游戏完全代替了书本阅读，所以，从 90 后的孩子开始，对金庸基本上就没了概念。虽然我特意给女儿买了金庸全集，但是她似乎并不是很感兴趣，现在可选择的书籍太多太多。我有我的青春色彩，她也有她的青春蓝图。

少年子弟江湖老。时光倏忽，弹指间已是人到中年，青春远去，金庸全集也束之高阁许多年，曾经的武侠梦仿佛和年少时光一起沉淀在岁月的长河里，但轻轻一触碰，还是喷薄而出，鲜活依旧。

然而，小说终归是小说，金大侠终归也没有长生不老神功，他在人间大闹了一场，悄然离去。虽然江湖没了他的身影，但是江湖永远有他的传说。

有人说得好，什么是江湖？江湖就是人情世故。是的，有人的地方就有江湖。所以，不管金庸在与不在，江湖永在，不会消亡。一入江湖岁月催，尘世如潮人如水。今天，我们缅怀一个人，也是缅怀一个时代，缅怀自己的过往。

对着长空洒脱地抱一抱拳，道一声，金大侠走好。就此别过，山高水长，后会无期。如同诀别那些曾经躲在被窝里打着手电筒、课堂上埋首抽屉偷偷看武侠小说的青春时光。

遇书房

在这银杏叶飘飞的季节里，书香也飘满了整个白鹿城。

温州又增开了好几家城市书房。这真是一个好消息。爱阅读的人们有福了，从此后，大家可以就近选择城市书房，读书借书，都非常方便。

想必每个爱读书之人，都会有书房情结。我也不例外，而且这情结是深之又深。

年轻时，一日友人相聚，闲谈到一个话题——如果可能，你最想干什么？过什么样的生活？于是，一群未经世事的年轻人脑洞大开，天马行空般开始幻想。大家的梦想都很高大上，只有我的梦想小得可怜，也最接地气，就是要开两间店，一间是服装店，一间是书店。记得当时，我这么低标准的想法，被大家一致讥笑鄙视。好没出息，这算什么梦想？

对，这就是我的梦想。服装店用来秀外，书店用来慧中。做一名秀外慧中的女子，始终是我所愿。想来，这也是世间所有女子之所愿。

如果说，服装店满足了我对物质层面的需求，那么，书店，便是我精神食粮的所在和灵魂的皈依地。真的，我曾经多么想拥有一间书店。那该是一个怎样的地方？我甚至想好了名字。"遇书房"这个名字是不是很酷、很有味？在我的"遇书房"里，会有许多许多的书，我们相遇在一起，一起静默，一起欢愉。鲜花与绿植遍布每个角落，墙上是我自己的画作和手工作品，然后，让咖啡味和茶香，和着轻柔的音乐，氤氲在书房的每一个角落。不论是阳光晴好的日子，还是细雨迷蒙的时刻，不论是闲适的午后，还是安静的夜晚，只要是爱读书的人，你来，都可以在这里捧一本书，饮一盏茶，寻得一份安然清静。如果你乐意，请买走几本书。如果你只想看看，也无妨，"遇书房"的大门始终为你而开。我，一直会静静地守候，守候着我的书房，不为盈利，只为欢喜，在光阴的流逝里，清浅度日。

这一份梦想，时至中年，依然只是作为一个梦而想象着。从象牙塔走进尘世烟火，经历了生活的五味杂陈，才知道，理想可以很丰满，现实却如此骨感。曾经被同伴们不屑一顾的梦想，实现起来，其实也是很难很难的。抛却"秀外事业"不说，这"慧中之梦"，要让它落地开花，谈何容易？我得有一定的经济条件作为后盾，才可以生活无忧，不问盈利，不惧生计。

我的"遇书房"一直躺在梦里沉睡着。到最后，只能在自家斗室里设一方小空间，算是对自己的梦想做了委曲求全的交代。

个人的梦想，再大，也可以很轻，除了自身，不会影响什么。而一个城市所承载的梦，便不一样了，它影响的是这个城市的文化内涵和人们的精神风貌。当白鹿城开出第一家城市书房的时候，我感觉自己的梦想终于照进了现实。

那一日，薄暮时分。我心怀虔诚，走进县前头的城市书房，仿佛走进一个期待已久的理想国。注册，刷卡，进门，整个流程不到半分钟，很是便捷。

我终于遇上了我的书房。

这是一个多么安静的世界。

原木色的书柜、桌椅和地板，配上柔和的灯光，一切都那么简洁明快而温馨。一排排书柜里林立的各类书本，从少儿读物到学术专著，应有尽有，涵盖了各个领域。临街的落地玻璃，通透明亮，却把城市的喧嚣阻隔在外，内外之别，一动一静，就是两个完全不同的世界。伏案看书的人们，从中学生到耄耋老人都有，把书房里的位置坐了个满当当。学生占了多数，他们各自安静地看着书，或是做着作业，彼此并不言语，静得唯有书页翻动的声音间或响起。一切都井然有序。我不由自主放轻了脚步，生怕自己的响动惊扰了大家，破坏了这里的安静。每一个进来的人，也都很自觉地把动作放轻，尽量做到不影响别人的阅读。

一个孩子大概是做完了作业，悄然起身离去，并带走了桌上的纸巾等杂物。我从书架上随手抽了一本书，坐下。这会儿，我倒并不急着看书了，只想把自己沉浸在这样的氛围里。我感动于这样的氛围。且不说你有没有因为阅读而学习了什么，单单是自觉地遵守这一份文明契约，就是一种自身素质的提高。如果在任何场合，大家都能做到这一点，那么，我们的社会就会变得越来越文明和谐。

看着眼前安静看书的人们，各自沉浸在书香里的模样，真是一幅美好的画面。能有这样一个安静洁净的环境，容你二十四小时随时阅读，来去自如，这真是一种幸福。想起初中时，曾为看完一本书，而站在供销社的柜台边几个小时的尴尬场景，想起以前那些简易书店里，不买就不给看的无奈时刻，突感幸福指数"噌噌"上涨。

街上华灯已起，透过落地玻璃向外望去，这个世界依然是喧闹而快节奏的。疾驶而过的汽车，脚步匆忙的行人。所有人都在为生活、为理想、为活着的一切，而忙碌奔走。我真想喊他们一句："进来吧，把你匆忙的脚步放慢，让浮躁的心静下来，好好地享受读一本书的慢时光吧。这里，会是你精神的栖息地。"

我相信，随着城市书房的普及，会有越来越多的人，走进书房，捧起书本，爱上阅读……

包装

　　每年中秋节前，都会收到香港友人寄来的月饼。月饼好吃与否暂且不说，令我感慨的是它的外包装，年年不变，朴素低调。

　　小小一个四方铁皮盒子，上面画着经典的"花好月圆""嫦娥奔月"之类的图案。妥妥的纯中国元素，极其简洁，毫不花哨，却总能让人感到满满的中秋气息扑面而来。每次看着这属于二十世纪五六十年代的守旧包装，我都有着瞬间的穿越感。这样的包装设计，似乎和香港这个现代化国际城市格格不入，但又有一种说不出的温暖情怀。看似小小的一盒月饼，拿在手里却是沉甸甸的，打开，里面塞了四个大月饼，满当当的，一点儿也不浪费空间。

　　放在今天来看，这铁皮盒子很是土气，但偏偏就是这种"土"，散发着一种浓浓的节日感，让人看一眼就明白，哦，是月饼，中秋节要来了。

　　这是香港的老牌子月饼——美心月饼。这样的包装，我怀疑他们几十年来都没变过。美心月饼的官网上，所有口味的月饼外包装，哪怕标明是礼盒装，也都只是一个简简单单的铁皮盒子。一样商品，能几十年如一日坚持自己的包装风格，简约而节俭，是需要底气的。如果没有盒子里面的月饼质量作为基础，何来自信与坚持？所以，月饼自然是很好吃的。比如我手头这种据说有"天下第一饼"之称的莲蓉皮双黄馅月饼，甜而不腻，入口即化，连平时不能吃甜食的公公婆婆，也忍不住一口气吃了一整个。实实在在是舌尖上的中秋味道。

美心月饼包装虽简单，但价格却不便宜，一盒四个月饼卖三百多元，一个月饼单价就八十多块钱了。我查过相关资料，它连续二十年保持在香港月饼中销量领先，有些口味的月饼居然还一盒难求。在各种甜点丰盛的今天，这真令我惊奇。而且，这么贵的价格，这么多年来却一直市场需求旺盛，我想，味道和质量都是关键。

除了美心月饼，这几年收到的香港别家牌子的月饼，比如荣华月饼，一律也是用这种简单的铁皮盒子包装。是香港比我们落后贫穷吗？当然不是。看看身边有多少人揣着大把票子，巴巴地跑到香港去大肆购物？冲的就是人家的时尚和潮流。只是人家主次分明，在快速发展的时尚之中，守着一份不想随便丢弃的"旧"。说得高尚一点儿，这也是文化的一种体现吧。

我每年还会收到另一友人送的月饼。相较于来自香港的"土月饼"，那真是洋气，一年一种新包装，一年比一年高端大气上档次。这也是一个大品牌的月饼，产自N市。月饼是礼盒装，包装得大气奢华，每次收到，都是一只大箱子,让人猜不透盒子里面装的究竟是什么宝贝。礼盒很大,大得里面都可以安得下三室一厅一个家了,但一打开,盒中有盒,套中有套,拆至最里面,往往就几个迷你型的月饼。很是浪费。

再看看本市的一些品牌月饼,包装也都是五花八门、花团锦簇,绝不会随随便便一个铁皮盒子就打发了事。还有各种别出心裁的包装,明明是月饼,非得在里面搭配上酒、茶、瓷器什么的,以示与众不同。于是,包装盒就更高端了,价格自然也就水涨船高。

这些木质的、织锦的、装饰得华美无比的包装盒,常常精美得让我不忍弃之。但它终究只是一个拿出了物件便再也无用的包装盒。买椟还珠总归只是极个别人的喜好。所以,垃圾桶是它们最终的归宿。

当然,时代是发展的,创新是必须的,我只是不提倡本末倒置和无谓的浪费。比如你是做月饼的,在月饼的味道以及安全健康上多下功夫就好了,包装盒子再好看,难道还能吃了不成? 有创新的健康美食,再加上简约实用不浪费的外包装,是不是会更好?

时下,从人到物,外包装虽然都越来越漂亮,但美丽外包装下的实心,是不是也都跟上了脚步呢? 真不一定。就比如包装盒里面的食品,就让人吃得越来越不放心了。也比如有些人,外表华丽丽,各种头衔一大堆,一张名片正反面还不够印,恨不得有加长版。乍一看,哟,好厉害啊! 实则,金玉其外而已。虽说做事看人都是由表及里,但若只是徒有虚表,不明就里者总有明白的一天,多少光鲜亮丽、自以为是的人设,华美的包装纸一撕,顷刻便崩塌一地,随雨打风吹去。

所谓人靠衣装马靠鞍,适当的包装和装扮,能锦上添花,给人以美感,但若是过度了,便有可能本末倒置,甚至画蛇添足了。

趣谈虱子

从古至今，从中到外，虱子的地位及待遇名声，什么时候最高？当然非魏晋莫属。

昨晚三五友人围炉烹茶，不知怎的，话题就穿越到魏晋去了。魏晋多名士，名士身上多虱子，说魏晋风度，怎么能撇开那些生动的虱子？

"对客扪虱""扪虱而谈"这等如今看来不可思议之事，在当时可是最为常见的时尚之举，而且成为美谈。魏晋那一群文青文中，才华横溢，但癖好也多，清谈弄玄，喝酒长啸，嗑药发癫，怎么随性怎么来。他们还有一个很洒脱的爱好——不爱洗澡。不爱洗澡的后果，你知道的，长虱子，长很多很多虱子！而服食五石散的后果是全身皮肤发热，皮薄而脆，容易被衣服磨破，当然也不能多洗澡，只能穿着宽大的旧衣袍。一直纳闷，为什么魏晋男人爱美到吃五石散而保持皮肤白皙的程度，却不愿洗澡，看来是不能多洗。一白遮百丑这事儿，真是男女通用的千古真理！

嵇康在《与山巨源绝交书》中，把"性复多虱，把搔不已，而当襄以章服,揖拜上官"作为不出仕做官的"七不堪"之一。可见,在他心目中捉虱子比做官还重要。穿了紧身的官服正襟危坐,还如何能随时随地随性地去捉身上的虱子玩?不能捉虱子,这官做着还有什么意思嘛!

还有那些遵守礼法之人,在阮籍的眼中,简直就是"裤裆里的虱子"。有没有裤裆也值得怀疑。据说,为了防止衣物和皮肤的摩擦,他们宽大的衣袍里面什么都没穿,真空上阵。为了美,也真是豁得出去了。

比嵇康更加生猛的,是猛人王猛。他身披破袍,携满身的"虱兄虱弟"去见大将军桓温,一边与其大谈国家大事,一边怡然自得地捉着身上的虱子。怎一个潇洒了得!那场景,想想都够让人醉上三百回。桓大将军对王猛人说:"要比才华,江东没人比得过你,要是比身上的虱子,估计也没人能比得上你。"流行千古的"扪虱而谈"便由此而来。原来,才华还能和虱子成正比。真是千古奇闻。"盛赞"如此,不知道彼时的王猛人听了,是否极为受用?

由此可见,魏晋时期,除了服药、耽酒、狂醉之外,虱子便成了魏晋风度重要的组成部分。没了虱子锦上添花,魏晋风度估计会逊色不少。而后人常引"扪虱"之典作诗,来抒怀言志,以显示其悠闲安适、脱俗高雅。但在我看来,这等行径脱俗是够脱俗,要说高雅么,实在不敢苟同。

这只从魏晋时期爬了两千多年的虱子,带着魏晋风骨,爬到了我们的茶席上。不知不觉中,我童年的那只"虱子"便悄然从记忆深处爬了出来。

小时候我头上长过虱子。这种"光辉往事",70后的农村娃几乎人人都曾有过。

记得小时候，隔壁邻居家，女主人早逝，留下四个娃。那时生活条件艰苦，四个没娘的孩子，一年到头衣衫褴褛，头上长满了虱子。尤其冬天，天冷没办法洗澡，虱子就更猖獗了，时常大摇大摆在头上爬来爬去。痒了，就满头皮乱抓一通。我经常跟他们在一起玩，但母亲总是不允许，怕我也长虱子。但小孩子贪玩，哪顾得了虱子不虱子？毫无疑问，他们头上的虱子，就在我们游戏间不知不觉地爬到我头上安营扎寨了。

后来，只要我一跟他们接近，就被母亲逮住抓回家，洗头洗澡，然后被强行按着头捉虱子。虱子繁殖能力极强，只要一被传染，怎么也除不断根。我就在一边被母亲责骂着天天洗头发捉虱子，一边又和那几个孩子凑在一起疯玩的情况下，头上断断续续生了好几年的虱子。直到我们搬离了老房子，虱子才远离了我，母亲也终于松了口气。

也因为虱子的原因，我对一位小学男同学的印象特别深刻。上小学时，这位男同学拖着两条永远也流不完似的鼻涕，头上长满虱子，整天一副脏兮兮的模样。他曾经是我的前桌。上课铃声一响，在外面疯玩的他，满头大汗冲进教室。他头上的虱子和他一样活跃好动，从他凌乱的头发里，东一个西一个爬出来透气纳凉。可能是他长时间不洗头洗澡，身上营养丰富，所以头上的虱子长得特别肥大。他一边吸着鼻涕，一边挠着头，突然就从自己的头上，或是衣领后，摸一个虱子出来，放在课桌上逗着玩。看着爬来爬去的肥硕大虱子，他开心地叫："你看你看，乌贼一样，乌贼一样！"那样子，往往逗得大家哈哈大笑。然后在老师进教室之前，用指甲把虱子"喀"的一声掐死。我总是离他远远的，觉得他好恶心。如今回想起来，他当时可真有魏晋名士风度啊，怎一个不羁洒脱了得。

这位男同学我自从小学毕业后就再也没见过他，但我却因为虱子而永远记得他。不知道他从什么时候开始，头上不长虱子了呢？不长虱子的他，又会是什么模样？

虱子虽为厌恶之物，但在中国的文化史上却占了一席之地，尤其在古代，它像花鸟鱼虫般进入许多文人的作品，出镜率极高。有关虱子的诗文，尤以军旅题材诗词为多，远到曹操的《蒿里行》之句——铠甲生虮虱，万姓以死亡；近到陈毅的《野营》之句——冷食充肠消永昼，噤声扪虱对山花。行军打仗环境艰苦，没洗澡长虱子也就再正常不过了。

除了魏晋，除了军旅，其他年代长虱子的基本上都是穷人，它和风花雪月无关，和爱好也无关。所谓"穷生虱子富长膘"，富人是没有资格长虱子的。

当然，关于虱子还有一句人所周知的名言。张爱玲说，生命是一袭华美的袍，上面爬满了虱子。贴切！

从一朵昙花到焚琴煮鹤

友人在朋友圈里发了一组昙花的照片，众人皆赞花之美丽，唯我不知好歹地跟了一句：摘了，加冰糖炖着喝，清肺。

很快，另一位朋友便回复我：晕！这么类似焚琴煮鹤的大煞风景之事你也做得出来？（后面还加了两个流汗的表情）

哈哈，想必我这"磨刀霍霍"式的话，惊着他了。

在大多数人眼里，我也算是风雅斯文之人，应该像林妹妹那样，眉眼楚楚、一脸戚戚地去葬花才是。殊不知姐姐我"杀"得了猪下得了地，偶尔也会河东狮吼。于是回他：昙花只一现，与其看着它在枝头枯萎烂去，还不如摘下已经谢去的花朵炖了食用。再说了，焚琴煮鹤又如何？琴在那些不爱的人眼里，就是不如美食，所以，清泉濯足，花下晒裈，皆世人所好不同而已，不必指责。

于是乎，我们两个"好事之人"在别人的地盘，你来我往开始了称之为"辩论"的"嘴仗"。嘴仗的下文暂且不提，朋友间的玩笑，各执一词，图个热闹而已。我倒是想，万事万物，抑或人也一样，不是你所喜爱的，琴和柴火又有什么区别呢？

李商隐有一本书叫《义山杂纂》，其内容杂七杂八、包罗众多，用诙谐的文风记录了他自己的所见所闻，其中说到煞风景之事，有以下几条：焚琴煮鹤、花下晒裈、清泉濯足、对花啜茶、月下把火、松下喝道。现在，我们把这些现象比作对美好事物以及艺术的践踏，所以，这几个典故大多以贬义的形象存在。其实，这也就是作者的一家之言而已，李义山是一位刻意追求诗歌之美的诗人，他对事物完美的追求便不难理解。

比如焚琴煮鹤，虽有点煞风景，但在我看来，却也是极其洒脱之举，好比李白的"五花马，千金裘，呼儿将出换美酒"一般，在老李的眼里，美酒永远排第一。所以，古琴再好，在一个不爱乐音、不会弹奏的吃货眼里，自然没有美食来得重要，既然不能当饭吃，也不能当下酒菜，干脆劈了当柴火烧吧，能煮一锅美食出来，也算物有所值、死得其所。

比如花下晒裈、清泉濯足，也没什么不好呀！都下了一个月的雨了，难得太阳这么好，还不赶紧把所有东西都搬出来晒晒？管他树下还是花下，能晾晒的都是好地方。对于清泉本身来说，你是人还是阿猫阿狗，或者是你用它洗头还是洗脚，是没有分别的，自作多情的永远是人类自己。人的头或脸，并没有比脚干净多少。当然，晒裈也好，濯足也罢，你在自家玩玩都无伤大雅，纯属个人爱好，若是把内裤晒上绿化带，把脚伸进饮水用的水井、水库，那不只是煞风景，而是恶心缺德了。

至于对花啜茶、月下把火，窃以为真不能算是煞风景之事。对着花喝茶还是喝酒，有什么关系呢，茶香酒香都能衬得上花香，都是雅趣。如果恋人约会，友人清谈，自然月下不必把火，但如果是另外的事呢？所以，前提不同，后果也是不同，不可同日而语。

真要说大煞风景，我倒是觉得"松下喝道"这一条比较恰当。试想，幽静的松树林里，突然冲过来一队人马，大声吆喝着，狐假虎威的模样，多么违和感！在影视剧里，出现松下喝道的场景，不是仗势欺人的官兵，就是拦路打劫的强盗，或者是出游的纨绔子弟。不管哪种，都大煞风景。

义山所举之煞风景之事，不止这几条，我依稀记得还有果园种菜、花架下面养鸡鸭之类的，这两条就更不用说了，纯粹是个人所好而已。窃以为，果园里种几棵菜，花架下养几只鸡鸭，都是挺岁月静好的事，何乐不为？但有人就会不喜欢，果园就是果园，如何能种菜？花下要是养鸡，鸡屎味冲了花香，可真是煞风景之大事。

对物如此，对人就更是如此了。一个人你若不爱，对方再怎么好、怎么美，也与你无关。你若爱，一切都是好的。所谓"萝卜青菜各有所爱"，便是此理。

再回到昙花问题上来。

我曾花两个小时候在昙花前，静静地等着它开放。彼时，等一朵花开的心情，是那么美妙和激动。但昙花再美，也只一现，当盛颜不再时，药用是它另一种价值的存在。

这也是爱花之人对花之爱的另一种诠释吧。

　　总而言之，煞不煞风景，很多时候取决于一个人当时的心境和心情，还有他的审美取向和追求。好比大名鼎鼎如李商隐者，他的名言也会有我这个无名之人去反驳，所以，我上面的这段信口开河之言论，自然也就是一家之言，做不得真了，赞同者呵呵一笑，不赞同者亦可当我是胡诌，大煞风景也。

语文不是拉分王

　　每年七月二十号左右，都是高考成绩放榜的时候，于是，免不了几家欢喜几家愁。

　　今年，瑞安的张同学一战成名，朋友圈里关于她的信息铺天盖地。赞美的，祝贺的，羡慕的……一时风光无限。当然，这份属于状元的风光，是她该得的。高分的背后，是别人想象不到的努力和付出。任何成功都没有侥幸。

　　借着吹进家家户户的这股状元风，随之而来的，便是各种"语文才是拉分王""得语文者得天下"之类的文章，大书特书语文的王者地位。各个培训机构也都趁机打广告，加入宣传、鼓吹的行列。

　　突然之间，语文备受重视，真是让人受宠若惊。我是严重语文偏科者，也经常摆弄文字。按理说，我应该很欣慰地吐出一口浊气，终于有了扬眉吐气的感觉才是，但每次看到这样的文章，我都觉得好笑。

　　没错，若是放眼整个人生，确实是得语文者得天下。因为好的文化底蕴和素养能惠及人的一生，但若说在考试中语文是拉分王，那真是睁眼说瞎话，黑白颠倒了。

这样的论调，到底是哪个专家说的？

能在考试中拉分的，一直是数学，语文永远都拉不了太大的分差。数学题你不会做就是不会做，答案错了就是错了，一点办法都没有。语文却不同，比如阅读题和作文，这些量分的尺子都是软的。数学成绩好的孩子和成绩差的孩子，相差五六十分，甚至七八十分，都是极正常、极普遍的现象。而语文却不会相差这么大。你看过同一张语文试卷，有的孩子考 20 分，有的孩子考 100 分吗？有，当然也有，但那是极少数的个例，一定有特殊的原因。

这一点，我深有体会。去年女儿高考，就因为一门数学考得特别差，才无缘重点名校。

说靠语文拉分，那是高手之间的对决，和普通孩子是没有关系的。前提是这些孩子的数学成绩都很好，也都很稳定，大家都居于高手行列，那么，他们的拉分可能在语文上。这其中，作文的偶然性非常大。

这时候，别说 10 分、20 分，就算是 5 分之差，就相当了不得，可以超越一操场的人了。

巧了，今年高考，"省一"的语文成绩，刚好比"省二"多了 5 分。于是，大家便都断言语文才是拉分王，直接忽视了状元姑娘数学考了 147 分的事。要是她没有这么高的数学分数，哪怕做错一道大题，何来语文拉分一说？

所以，各科成绩均衡尤其数学成绩优秀的孩子，可能靠语文拉分，但其他的孩子，却完完全全是靠数学拉分了。

中考时，我女儿语文考了 142.5 分。别人都说，语文考这么高分？靠语文拉分吧？还真不是，她靠的是数学。如果她没有 146 分这么好的数学成绩，就算语文考满分 150 分，也进不了温州中学。

为什么每个学校的重点班、提前招，都要招数学好的孩子？因为数学拉分！！！当然，数学成绩优秀的孩子，大都学习能力强，综合素质高，别的课程也不会差。

所以，什么"语文才是拉分王"之类的话，那都是一家之言，也只对一部分孩子适用。真正能拉分的永远是数学！数学！数学！

有人说，最终还是靠语文啊，因为数学以及其他课程的题目，都需要靠语文去理解。要是这么说，也没错，语文是一切学科的基础。我们平时说话做事写作，都离不开语文。但是，一个即将面对高考的学生，如果对于理解题目还有困难的话，那么上面所说的这一切都是毫无意义的。

我这么说，并非对语文有成见，或者认为语文不重要。相反，语文很重要，但学习语文是一个长期积累的过程。从牙牙学语，到生命的终结，漫漫人生路上，每一次阅读、每一堂课、每一次写作、每一次思考……其实我们每一天都在学习语文。我们通过不断地阅读、学习、思考，让自己的思想越来越丰盈，生命越来越美好。但是，语文成不了你中高考时的拉分王。

说一千，道一万，在目前主要以考试选拔人才的环境下，不偏科才是保证高分的王牌。但人人个体有差异，做到门门功课拔尖的孩子，毕竟只是金字塔顶端的那一拨。所以，顺其自然吧。发挥自己的长处，点亮自己的闪光点，做最好的自己，才是最重要的。俗话说，一丛茅草一片露水，人人都有自己的活路。

麻辣"麻花"

下午三点四十分这一班去往江心屿的渡船上，难得的空旷，我还能挑一个位置坐下来。渡船即将起航之时，进来了一对手牵手的小情侣，他们临窗相拥而立，直接在我前面拧成了一根"麻花"。两人视船上其他人如无物，顾自低声调笑、忘我亲吻。画面如此辣眼，令人不敢直视。虽然过江只需三分钟，但我觉得自己乘坐了一回泰坦尼克号。

下船登岸之时，两个经过我身边的大妈嘀咕着说："你看看，你看看，现在的年轻人，真是有伤风化，想想我们年轻的时候，谈恋爱牵一下手都要脸红半天的。"

我听了不觉莞尔。一代人有一代人的活法和世界观，现实社会里有许多的现象，我们都看不惯，但无法忽视。

小半船的人，一上岛，各自散开了去，便难觅踪影。我一个人快步环岛走了一圈后，打算在湖边椅子上小憩一会儿。刚一坐下，一抬眼居然又看到了那对小情侣，又拧成一根"麻花"，坐在离我不远处的椅子上，你侬我侬。

女孩直接坐在了男孩的大腿上，两人相互搂抱着，动作尺度不小。江风那么大，可吹不散这旖旎的热气，我瞬间觉得视线无处安放，只好悻悻然起身离开。

于是想起，上个月从大理夜赴昆明的那一趟开往黎明的火车上，我对面下铺的那一对小情侣"麻花"来。

晚上七点，从大理到昆明的火车缓缓驶出站台。我中铺，软卧。对面下铺是一对大学生模样的小情侣，看样子，两人正处于热恋期。两人腻歪着，那股亲热劲，叫我这人老色衰爱弛的中年女人看了，真是五味杂陈、爱恨交加。

女孩躺着，男孩也躺着，卧铺么，当然躺着，只不过，火车上床铺实在是太小，两个都长得人高马大的小年轻几乎就是叠在一起躺着，于是就拧成了一根"麻花"。拧就拧吧，青春无敌，爱情无罪。可是两人边玩手机的时候，还边玩亲吻游戏，旁若无人。我只要眼睛稍微那么一瞥，就把这活色生香的一幕尽收眼底。阿弥陀佛！刺激不小呀。无所适从的我，只能转身朝墙面壁。可是一直面壁也很累，一不小心一转身，又是强烈的视觉冲击波。那么狭小的空间里，简直避无可避。

不过，这根麻花除了动作尺度有点少儿不宜外，倒是挺安静的，像一部无声电影。

这样的场景，在我们的视线范围内，是时常发生的。公园里、公交车上，多的是那些尚且穿着校服却能旁若无人又搂又抱的孩子。每次看到这些稚嫩的身影却又张扬的做法，我都觉得很不好意思，不敢直视。但在他们看来，似乎大庭广众之下和自家卧室没有什么区别，我爱怎样就怎样，休管他人。自我得不得了。

每次跟夫君饭后散步，我要是牵下他的手，他都紧张万分地甩开我，说，别人会看见的啊。仿佛老夫老妻牵下手，就是偷情似的。他的样子常常惹得我又气又好笑。我说，这是法律赋予我们的权利，可他就是不习惯，说公众场合就要大大方方、端端正正的。

才相隔二十年，两代人之间的观念差距居然这么大。

是这个社会跑得太快了，还是我们的观念太落后了？

"中性"到底美不美？

对于外表美，目前流行一种新的说法，叫"中性美"。

"中性"是一个颇有趣的词，字典上的解释为：指处于两种相对性质之间的性质。比如：阴阳之间、正负之间、对错之间、褒贬之间，都可称为"中性"。那么，如果把"中性"一词用在人的性别上，是否就是不男不女、可男可女的意思呢？这样的说法显然不好听，也不怎么有美感。然而，不可否认，这种"处于两种相对性质之间的性质"，目前很受一些年轻人的青睐，还把这种"中间现象"称为"中性美"。

相信很多人都遇到过这样的事——对着迎面而来的小年轻，你要猜测 TA 到底是男还是女，而且揣摩个老半天可能也分辨不出来。

那一年在云南丽江古城，深夜，我和闺蜜两个路痴寻不到回客栈的路，乱闯之际，在一条小巷里遇到一位中性美女。

同时向上帝和菩萨保证，第一眼，直至第 N 眼，我都没看出她是个女孩子。

这是一个瘦削的年轻人，约一米六五的身高，白衬衫黑马裤，理着短短的板寸，最重要的是——胸前一马平川。她似乎是刚下夜班，从一个挂着红灯笼的客栈门口出来，推着一辆电动车，正欲离开。

在一个陌生的城市，在寂静无人的深巷里，好不容易遇着个人，我好一阵高兴，赶紧展露微笑，上前询问："帅哥，请问……"

小帅哥也温婉地笑了，说："我是美女！"声音甜美。

美女甜美的声音，对我来说不亚于一声惊雷！我当场囧得外焦里也焦，张嘴立在原地，尴尬得半晌说不出话。

再仔细端详她，短发平胸，干脆利索，怎么看都是个男孩子。只有当她一转脸时，灯光在她耳朵上一闪间，我看到了她戴着的珍珠耳钉，以及她的声音，显示这的确确是个女孩子。

前几天在某医院服务台前看到的人儿，也让我死了好多脑细胞。只见那人长着一张四方脸，五官轮廓分明俊朗，高鼻大眼短发，说话声音低沉浑厚，很明显一副帅气男孩子的外貌。这样阳刚的外貌下，却配着一双纤细白嫩的玉手。那双手，绝对就是《诗经》里所说的"手如柔荑，肤如凝脂"的美人手。我纳闷了大半天，男的，女的？女孩，男孩？后来一看她没有喉结，哦，应该是女孩子。再后来，我一时生锈了的脑袋忽然明白过来，人家穿着粉红色的护士服呢，当然是女孩子了。

再想起，这几年电视上的一些选秀节目，以及这两年火爆的某歌唱类选秀节目，台上的年轻歌手，一个比一个中性。看上去明明是一副男孩子的帅气模样，可人家偏偏就是女孩子。听声音柔弱得让人心生怜惜，可他偏偏就是男儿身。真是凭你再火眼金睛，安能辨我是雄雌？！还有现在充斥荧屏的新生一代偶像，那些花样美男，一个个都长得像朵鲜花似的，唇红齿白，顾盼生姿。前些天还发现，现在好些女人护肤品和化妆品也由男明星来代言了，看着他们一个个肤如凝脂、眉目如画的样子，叫我等脸若黄蜡皮肤粗糙的女人情何以堪？

有人说，中性之美，是完美糅合了两性特点，将女性的阴柔之美与男人阳刚气质全然包裹于一身的风格。于是，这世界上就有了"伪娘"，有了"女汉子"，有了所谓的"中性之美"。

世界在日新月异地改变，人们的审美观也在翻天覆地的变化，且越来越有包容性。天地之大，这世上的事物，本就该精彩纷呈，存在就是合理的，这无可厚非。但当一个男人时不时地捏着兰花指柔声细语地说话，当一个女人举手投足都粗放得像个男人时，是不是有毁你三观的感觉？以我陈旧之观点，认为女人就该柔美得像个女人，男人就该阳刚得像个男人。不然，为何上苍要造男人和女人？

于园不余

　　薄暮时分，裹着骤冷的风，我一个人徜徉在纱帽河的街头。这样的冬冷天气，只为寻一份远去的感觉和消逝了的风景，而一个人在街头游荡，恐怕全白鹿城除我之外，再无他人了。

　　被称为"女人街"的纱帽河，地处市中心，向来繁华。此时夜幕刚下华灯初上，街头一片旖旎。服装店、美甲店、美容院，无不泛着温软而艳丽的色彩，整条街上都弥漫着浓浓的脂粉气。点点霓虹闪烁如美人的媚眼，不停地招徕着过往的人们。虽是冷天，但街上行人来来往往依旧热闹，尤其是那些手挽手肩并肩的年轻女孩们，手里举着零食，唇边绽放笑容，一路笑语连连，那一份飞扬的青春，成了女人街上最靓丽的风景。

　　缓步踱过，我的脚步停在纱帽河 44 号的门前。周遭的喧闹逐渐消退，我的视线越过迷眼的霓虹，越过熙熙攘攘的人群，落在远去的于园里。

　　江南多园林，温州亦然。此处，曾经是温州十大私家花园之一于园的旧址所在，44 号，正是于园的正大门。

白鹿城是一座小巧但却精致的古城，她曾经有着许多精巧的私家花园。知名如籀园、如园、怡园等。翻开历史的章册，她们的主人都曾是温州显赫一时的人物。

于园最先的主人是吕渭英，清光绪年间的举人。于园以清代著名诗人袁枚的诗句"诗人重友于"而得名，俗称吕宅花园。一个文人建造的宅院，注定是充满清雅格调和文化气韵的。

我在纱帽河 44 号门前徘徊，心想，哪怕是寻得一丝半点吕宅花园旧时的模样，也是好的。但时间是残酷的，世事变迁，沧海都能变桑田，何况小小一座花园？

据说这里尚余旧时于园八角亭的影子，我想找到它。

退后，站在对面店铺的台阶上，我想借助脚下一点点的高度，来达成自己的心愿，但时间的高度阻挡了我的目光，鳞次栉比的房顶屋背上，哪里还有八角亭的影子？纱帽河周围虽都是老房子，但都是平常市民居所，那些普通的两层瓦片房，和资料里所描述的吕家大宅相去甚远。古迹，已经湮灭在市井生活和现代时尚里。

据资料所述，于园共有三进房子，天井中设有小假山、盆景，植有果树，老房子后面有一个近三亩地的花园。因家中老人喜画兰，园内种植了各种兰花。园内最引人注目的是八角亭，亭子一侧贴满了书法碑文，平时主人会客休闲，吟诗作赋都在此。园内除了兰花，还种植了各种果树、松柏等各式盆景。园中池塘上有九曲桥连接八角亭和藏书楼。每当春来，园中百花齐放，春色迷人，此时，后花园是免费向老百姓开放的。

有关于园的资料，很少，除了上述，再也找不出其他，但就这寥寥几笔，也足以让我们想象当初于园的美丽、主人的风雅和善。我仿佛看见，曾经的于园大门口，出入皆鸿儒、往来无白丁的热闹景象。

穿过现代装饰的 44 号大门，我走向小巷深处。

巷子两侧开满了各种时尚店铺，都是有关女人美丽事业的行当，也有小吃店，看起来琳琅满目。这其实是一条弄堂，却并不露天。不经意一抬头，头顶的木质斗拱屋顶，透露出岁月的厚重感来，显示着这里曾经是一座大宅院。再往里，是一个小小的停车场，也是大众电影院的后院。我驻足，这里会是于园的天井吗？从正门进来的位置看，很可能是，但如今只剩水泥地，假山、盆景和果树都消失在光阴里。我的脚步转向左边。小巷深处开着几家小饭馆，却是门庭冷落，和一墙之隔的纱帽河宛然两个世界。我徘徊着，抬头寻找"于园中的八角亭现在是两层楼的民居，但顶部的八角形和特有的瓦片仍旧彰显了八角亭的风韵"一景。于那些普通的民房间，我依然寻不见八角亭的影子。

有点失望。正欲离开，身后一扇门忽然"吱呀"一声开了，一位阿姨拎着垃圾出来。她用手一指，说："喏，八角亭就在你站的地方，不过早就拆了，第一百货大楼建楼的时候拆的，有十来年了吧。"

风雨沧桑，最后象征于园的八角亭也消逝了，于园，终归不余。这是时代发展的必然结果么？有点惋惜。

我走进边上的小饭馆，面对八角亭的位置，一个人静静地吃了一碗砂锅。如有酒，此时我真想与它对饮一杯，就着园子里的花香墨韵。

我想，我依然是置身于园的。环顾四周，时光流水般涤荡了曾经的花团锦簇，但整个于园的格局应该没有多大改变，似乎还能从眼前斑驳的旧墙和老瓦片上，依稀寻得几分往昔亭阁花墙的模样。

在温州城里，除了籀园、如园，还有墨池公园，通过翻修保存了下来，其他的一些园子基本上都消失在时间的逝流里，没有踪迹可寻了。

现如今红尘喧闹的商业街纱帽河，和曾经清雅的于园相比较，真是相去甚远，完全不是一种画风。历史的车轮总是向前的，事物的更替也是必然的，我们没有办法改变。唯愿旧城换新颜时，对一些古迹能多几分保留，它们，是一座城市的文化底蕴所在。

低处不胜防

谁说天上只会下雨、下雪？头顶的这一方天空，会下的东西可多了！

晚七点左右，窗外西风正烈，我弹着古筝，乐声中忽心头一顿，想起阳台上的花好几天没浇水了，于是停筝起身，提壶浇花。哼着小曲推开卧室窗户，迎面袭来一股呛人的烟味。使劲儿一嗅，是烟味没错。奇怪，哪来的烟味？四周一寻索，见女儿卧室窗台上居然浓烟直冒。着火了！

苍天啊，这是怎么回事？怎么会着火？

这一惊非同小可，瞬间脑子一片空白，但出于本能反应，我提了水壶直奔女儿房间。开窗一看，嚯，好大的烟、好红的火。本来铺在窗台上垫花盆用的一块木板，此时正"噼里啪啦"激情燃烧。木板已经烧着了一大半，红彤彤的，冒着呛鼻浓烟，几盆花在火光中战栗。

真真吓死人了！

正好手里提着水壶，我一个箭步跨上床，再跨上窗台，手中的一壶水随之朝着火苗泼过去。本消防员身手矫健啊，这一连串的动作居然一气呵成，迅速无比。这就是人在情急之下爆发出的超能量吧。曾听父亲说过，我们村以前有一位九十多高龄的老婆婆，平时踮着小脚佝着背走路都比较吃力，可在房子着火的那一刻，她居然一个人扛起自己房间里沉重的樟木箱子，毫不费力地跑到院子里。听说，火势灭后，那只樟木箱子两个壮汉抬着都觉得吃力。这事儿我一直不大相信，当是笑话听着，现在想来，真实无疑。

本消防员正在奋力灭火之时，正好夫君回家，听见我的惊呼，他连鞋都来不及脱，直冲进来。还好，火势还仅限于窗台，我们连着浇了好几桶水，总算灭了。

看着被烧焦的木板"哧哧"地冒着热气，我惊魂未定，也"哧哧"地喘着气。好险！好端端的窗台，除了一块木板几盆花，再无他物，怎么就着火了？火源哪里来？我纳闷不已。经过本消防员加福尔摩斯的推断，窗外没有电线，也没有人燃放烟花，那么，最大的可能，就是楼上有人扔烟头了。还未熄灭的烟头从高空落下，邂逅我家窗台上的木板，物燥天干风又大，干柴碰上星火，也是激情难耐啊，一下子就擦出了火花。

此事，还没来得及向物业反映，反倒是我们被楼下的住户给投诉了，说我家的水差点淋湿了他家的衣服。于是我赶紧去道歉。说实话，那时情急，一心只顾着灭火，实在没想那么多。可是，楼上那么多住户，谁扔的烟头？谁来向我们道歉？

我窗台上的花盆里，时常会看到楼上落下来的烟头，只不过起火还是头一次。亲爱的邻居们，天干物燥，小心火烛啊，你一时快意，后果也许会很严重。我如果不是一时心血来潮去浇花，哪知道窗台会着火？要是烟头被风一吹掉进谁家阳台里面，烧着的可不只是一块木板这么简单了。当然，我也要引以为戒，赶紧把窗台上的木板撤了。

身居高楼会有许许多多的无奈，如果你不是住在顶楼，那么天上也绝不会只是掉烟头。平时，经常有从楼上掉下来的纸巾、塑料袋、用过的创可贴等垃圾，落在了窗口的花盆里，见之虽不快，但自己勤快点清理了就是。最恼火的是天上下酱油雨。

上周末，天气晴好。女儿从学校带回来的被子洗了，晾了满满一架子。中午时分，待我再去阳台时，眼前之景，让我倒吸了一口冷气，怒火从心里直往上蹿。在做了 N 个深呼吸后，才把到喉咙口的怒火硬生生压下去。朗朗晴天里的这一阵酱油雨，下得不小，淡蓝色格子被套上，星星点点，开满了一朵朵褐色的酱油花，极是刺眼，闻之，浓浓的酱油味。早上晒被子的时候，我是经过战战兢兢上下左右好一通观察后，发现楼上确无敌情才敢晾的被子，结果还是在劫难逃。

我很想去问问楼上的邻居，你把湿答答的肉挂出去晒的时候，难道都不会往下看一眼吗？

楼上的住户，貌似特别喜欢吃酱油肉，感觉他们家整个冬天只要有太阳，都在晒酱油肉，年年如此。喜欢吃酱油肉没错，晒酱油肉也没错，可是常常把别人家的衣服、被子也一起晒成"酱油衣""酱油被"，这就不大好了。

遭遇酱油雨其实很多很多回了，尽管我一再小心，可是每年冬天都要遭殃好几次。前些日子，新买的一件羊绒毛衣，还没穿，洗了晒在外面，结果也被楼上的酱油雨直接宠幸了，及时送去干洗店才幸免于难。还有，头天刚擦的玻璃，第二天一看，玻璃上挂满了酱油的斑痕，真是恼死人了。你投诉千万遍，人家依然待你如初恋。着实无奈。

现在，每到冬天，弄得我晒点东西都心惊胆战如履薄冰。

楼下大堂处，禁止高空抛物的通知告示贴了一张又一张，但似乎效果甚微。前天看到，又一户邻居家的窗台因为楼上有人抛烟头而着火，虽没酿成火灾，但也是惊了一场。

凡此种种，其实都是小事情，但折射出一个人的社会公德心和自身素养。一个人的公民素质就体现在对自我的克制及对他人的尊重、理解、包容、谦让上。高空抛物酿成事故的不在少数。高空落酱油雨或是污水什么的，造成邻里不和，相互口角的，也时有发生。如果我火气大一点，脾气差一点，也很可能会和楼上的邻居闹不愉快。但想想，能住同一幢大楼，互为邻里，也是莫大的缘分，故此，每每都是忍了。然后，自嘲地自我开解：真是低处不剩防啊，若是有一天我发财了，不买别墅，也要买顶跃。

可是，天上不会降横财，掉下来的，依然是各种垃圾和酱油雨。同住一个屋檐下，希望大家都能多一份社会公德心，凡事多换位思考，那么，这个社会才会越来越和谐，我们的生活也会越来越美好。

关于死亡和尊严

冬天洒满阳光的广场，是老人们最乐意去的乐园。他们三三两两聚在一起，边晒太阳，边打发寂寥的光阴。那些尚且耳聪目明、腿脚也还方便的老人，彼此聊聊家长里短，也还有几分乐趣。然而有几位老人，常常让我感慨。他们可能是生过重病，或是中风过，只能长年累月与轮椅为伴。他们目光呆滞，神情木然，像一座座残破的雕像般，毫无生气地坐着，除了阳光和风愿意眷顾，几乎没有人多看他们几眼。

每次看到他们，我都想，如果老了只能这样活着，那么，我们要那么长寿干什么？

七十九岁的琼瑶，曾发文交代后事，说自己不想成为"求生不得、求死不能"的卧床老人。由此，她特别发出几点声明：无论生什么重病，她都不动大手术，不送加护病房，绝不插管，不需要各种急救措施，只要让她没有痛苦地死去就好。

人生能活到七十九岁，我觉得已经是生命的厚待。我完全赞同琼瑶这种对死亡旷达的做法。她所交代的这几条，也是将来我想对孩子说的，如果我有幸也能活到七老八十的话。

少年不知愁滋味，那是因为离终点太过遥远，但步入中年后，突然你会发现，探病和送丧成了生活里一件不可避免的事情。见多了病床上的苦痛和折磨，也见多了生命的挣扎和无奈，便常思索，我们该如何面对死亡？人世间走一遭，生是偶然，死却是必然的。既然你来了，还想活着离开？门都没有！那么，唯有直面死亡。如何让自己能够在生命的最后一刻没有痛苦，并体面尊严地离去，想来会是大家所愿。

去年底，九十二岁的老祖母躺在医院里，靠着呼吸机营养液维持生命，而且时间已经不短。她曾一度呼吸停止，但一针强心剂下去，居然又活过来了。虽然尚活着，但她对这个世界已然没有了感知。只有在针扎进她脚背寻找血管时，哀喊着："痛啊！"她对生命的所有感觉，唯剩下一个"痛"字！这多么让人悲戚。看着病床上的祖母，我每次都想，这样活着，对生命来说，还有什么意义？不否认儿女们很孝顺，但这样"被"活着，对于灯枯油尽一切身体机能都衰竭的祖母来说，是否是她自己所愿？我不知道。

如果我有决定权，我觉得不应该这么做。

当然，这些不孝的话，我是不敢在公公和姑姑们面前说的。作为子女，大家都是被所谓的"孝顺"所绑架，对于重病不治的老人，非得要全身插满管子，来维持那一口气，认为这才是尽孝。

又一事。公公因病住院。他住院期间，邻床是一位80岁左右的瘫痪老人，不能动不能说，只有偶尔"嗷嗷"叫上几句，表示他的躯体还是活着的。几个月的时间里，我没见过他的儿女家人，只有一个胖胖的中年女护工陪着。其实他一天到晚都一动不动地躺在床上，安静得像没有了生气，不用陪。护工一般都是一边手里缝着鞋面（接的私活），一边跟人聊天。

一次，我正坐着跟公公闲聊，邻床老人的护工忽而上前，一把掀开老人身上的被子。那惊心的一幕，猝不及防，如一把刀刺进我眼里。老人的下半身赤裸着，连一条底裤都没有穿，而他枯瘦的双腿被绑在一侧床边的护栏上，整个干枯的身体蜷缩着，如同一只干瘪的虾蛄，无比可怜。难怪他几个小时一动不动地侧卧着，我每次都以为他是睡着了，怎知道他其实是动不了呢！

我惊愕极了，问护工："你为什么要这样绑着他？"

护工轻飘飘地回答："不绑着他，他大便拉出来，双脚乱蹬，弄一床屎，谁受得了。"

这次是老人尿床了，护工对着他枯瘦的屁股一阵"啪啪啪"乱打。而老人，除了眼睛里流露出的无奈痛苦，就只有木然地任由一个陌生女人摆布。那一刻，我有泪奔的冲动。虽然他不是我的亲人，我也不认识他，但这样的羞辱，谁愿意去受？生命到了那一刻，活着已然是痛苦的折磨，如果老人能自己选择去留，我相信他宁愿死去，也不会这样毫无尊严、屈辱地活着。

　　是人，都有老死的一天，我们该如何面对自己及亲人的老病相催时刻？作为自身生命的主宰者，重病的人能自主选择死亡的方法吗？

　　前几天，网上看到一个台湾地区的绝症病人在瑞士进行安乐死的视频。病人在亲人和医生的陪伴下，从容安详地离去，没有痛苦，没有狼狈，保全了生命最后的尊严和体面。我看了很感慨。在瑞士，安乐死是合法的，我认为这是最人性化的一点。

　　行文至此，不由得又想起昨天都市报上的一起悲剧来：一个孝顺的女儿，用枕头闷死了重病不治的老母亲，料理完母亲的后事，她跳进了冰冷的河水追随母亲而去。这是多么悲伤而又无奈的选择。她不在河里，便只能在牢里。她曾两度申请对母亲实施安乐死，但是这在中国目前是不可能的。于是，她用一种法律不允许的方式，践行了自己的"孝"。

　　这个以女儿生命为代价的悲情故事，让我们掩卷长叹。关于死亡，关于尊严，关于伦理道德，我们该如何去面对，去选择？

　　每一个生命，生非自己所愿，死亦非自己所愿，这是生而为人最大的无奈。寿终正寝是生命最圆满的结局。但每一个生命总是会有那么多的意外存在，到那一天时，你会怎么做？人终有一死，如果是我，我选择尊严和质量。

乱世出群主

我一直用拼音打字，输入"乱世出群主"这五个字的拼音，出来的字居然是"乱世出群猪"。哈哈，文还没开写，我先把自己逗乐了。乱世是能出英雄的，怎么能是群猪呢？太不像话了。

当下是太平盛世，但网络世界，有时候堪称乱世。好比微信群，便时常乱象丛生。

群者，必定人多。很多微信群，往往几百号人马驻扎其中，鱼龙混杂，熙熙攘攘。人多了，嘴便杂。于是，天天硝烟四起，你来我往，不能消停。有些人天天在群里唾沫横飞，不亦乐乎，似乎人生就此找到了生命的价值所在，可是那些同在一个群"被观众"的人，真心觉得又烦又累。像我，一些群里几百条信息，基本上都是直接删除。一直很好奇，有些人怎么这么闲？天天有时间在微信群里跟别人打口水仗。不无聊吗？他们肯定是有聊的，不然怎么有料叨叨？

这不，前几天，又一个微信大群变成了舞台，好戏连连。在你方唱罢我登台的一番精彩表演之后，剧情急转而下，观众还在兴奋期，期待着高潮的来临，帷幕却忽然拉上了，直接进入剧终模式——解散群。

于是，有人打趣说，趁目前江湖正乱，谁赶紧再去建个群，捞个群主当当。

有人还猜测，估计很快就会有人乱世当群主。

果不其然，原群解散两分钟未到，已经有人开始建新群拉人马，另立山头为王了。几乎是原班人马，通过几分钟的改朝换代，又被聚在了一起，继续唾沫横飞耍嘴皮子。

哈哈哈，我不由得纵声大笑。真是乱世容易出群主啊。

微信真是个好东西，互联网自媒体时代，人人可以占个山头任意为王。当然，这属于意淫范畴，自得其乐是可以的，你要是真把群主当成一回事，那是"主"还是"猪"，还真不好说了。

当下，也是同学会盛行的时代。同学会的盛行，微信功不可没。因了微信的便捷和神通广大，那些本来杳无音讯，甚至老死不相往来的小学、初中同学，都被微信拉在了一起，各种同学群便相应而生。

前不久，托微信的福，我也参加了一次同学会。

第一个跳出来说要开同学会的同学，摩拳擦掌，热情高涨。热情是好事，如果大家都像我这般置身事外，那这同学会估计永远也没盼头。可是坏就坏在，他要当群主，且要当一个有权力的群主。于是，在已有同学群的前提下，该同学非要自己再拉一个群，自己当群主。如果只当个纯粹的群主也没什么可说的，既不用选举，也不用投票，你想当就当呗，没人拦你。可是他太入戏了，真的把群主当成了掌握生杀大权的人。这吃相就有点难看了。

新群主上任，他自以为占了这个山头，就可以横刀立马、指点江山、笑傲天下了。于是乎，权力欲瞬间膨胀，开始拿鸡毛当令箭，今天踢这个同学，说她没素质，明天踢那个同学，说他不听话。并且放话：我要的是听话的人，某某某不听话不配合，我不让他开同学会。这样的话，让很多人彻底无语。这小小群主当得太进入角色了，可真够威风八面的。

如此，后果是不言自明的，最终他成了自己一个人的群主。而同学会，自有别的同学接手，照常进行，开得精彩热闹，他自然无颜参加。开一场同学会，表面上是同学相聚，纯粹得很，但其实说白了，也是一场没有硝烟的较量，很现实。组织者，要么你是当时的班长或者其他班干部，要么哥们儿现在混得好，话语有一定权威，要么你有让大家信服的人格魅力，再不济也得是有点头衔加身的人。这样你说话才会有更多人响应。还得加上态度谦卑和善，做事周全得体。像那位同学，并没有特殊之处，就因为当了个微信群的群主，而想号令所有人，真是有点天真。

再想起一事。一次几位同学一起去爬山，为了方便联络，我也当了一回群主，把当时爬山的几位同学拉了一个群。此事后来被另一位同学知道，质问我，为什么不把她拉进群里？是不是看不起她？我当场傻眼，无言以对。这也计较？拉进一个微信群里，又不发工资奖金给你，你在意什么？

　　这群主，看来也是难当。

　　有人的地方，就是江湖。在微信群泛滥的当下，你、我、他，免不了都是江湖中人，每天此群彼群，信息提示声声不息，好戏也是轮番上场。不知道腾讯有没有统计过，一分钟内有多少群主诞生？

你可以给我一碗饭吗?

"美……你……你好……"轻微的嗫嚅声,从一个中年男人的嘴里,小心翼翼又不安地挤出来。

傍晚时分的文化宫门口,人们来来往往。我从菜场买菜回来,正好经过,也正好听见那个男人怯怯的声音。声音很轻,断断续续的,若是不注意,真是很容易忽略,但我偏偏听见了。我回头看了一眼,一个满脸窘迫的男人,正不知所措地看着我。这是一个五十多岁的中年男人,中等身材,皮肤黝黑,身上的条纹T恤衫和短裤又旧又脏,看起来一副老实巴交的样子。

我想,他肯定是想叫我美女的,但这时尚的称呼,显然不是他平时所擅长的,所以他很难叫出口。

见我停下来,他急切地向前走了一步,搓着手,用极小的声音断断续续地说,能否给他三五块钱,买点吃的。

说实话,我的第一反应就是:这人是不是骗子? 没办法,现在骗子多得我们防不胜防,各种骗局层出不穷,我不止一次上当受骗过。我沉默了一下,转身离开。

身后，又响起他轻轻但急促的声音："我知道这很不要脸，也说不出口，但我真的不是骗你的，如果你好心，你就给我买一碗饭吧，我总不能把饭拿去卖了。"

男人卑微之中带着祈求的话，让我的脚步再次停顿。他眼里的怯懦不安，以及脸上流露出的窘迫感和羞愧感，似乎不是一个骗子所有的神态。一个大男人，到了饿肚子的地步，实在很难堪了。

我说，那你跟我来吧，到对面饭摊我给你买晚餐。

他听了，脸上的神情明显一松，随即又不安地说："我还有个朋友，我们一起的。"

好吧，叫他一起过来吧。

男人终于松了一口气，如释重负。

我想，他总不至于骗一顿饭吧。如果真有这样容易满足的骗子，那我也愿意配合他。

他为什么只叫住我呢？是我面善吗？或者他曾经向路过的每个人都求助过，但没人愿意相信他？这个社会，行骗的人越来越多，人心也就越来越淡漠了，大家都活得谨小慎微，都想着多一事不如少一事。

随着他的目光，我看到一个矮小的男人，双手抱膝佝偻着身子，坐在路边的地上，那可怜巴巴的样子，不注意看，都无法发现他的存在。他可能脸皮更薄，不敢开口，只瑟瑟地缩在一边。

两个男人一前一后跟着我，我问他们："你们是哪里人？"还是一开始跟我搭话的那个男人回答："我们是安徽蚌埠人，来温州打工，但是半个月了，没找到工作，现在连吃饭的钱也没了，不知道接下来怎么办。"

他的语气里满是无奈和忧愁，但这事我也爱莫能助，我目前能做的，就是领着他们到旁边的饭摊，给他们买两份快餐。

两个男人狼吞虎咽地吃着，似乎三天没吃饭的样子。我已经很久没有见过这样的吃相了，这是一个食物过剩的年代，我们每天想着的是如何减肥，而不是如何填饱肚子。此刻，我相信这两个男人是真的有难处。

见此，我问，一碗饭够不够？

他们一边往嘴里塞饭，一边抬头看了我一眼，欲言又止。我知道，肯定不够，于是又为他们各加了一碗米饭。两个人边吃边连声说着谢谢。

我本来就只是去菜场买个菜，没带多少钱，口袋里剩下的三十五元，刚好只够买两份快餐，所以，我也只能请他们吃一顿晚饭。

为了让他们保留一点尊严，我没有再问其他的问题，转身离开。让他们安心地吃完一顿晚餐吧。至于明天，只能祝他们好运了。

生活，对于大多数人来说，都还是残酷的。这世上，还有那么一些人，连温饱都没办法解决，但他们也都必须坚强地活着。像这两个男人，一看就是生活窘迫之人，他们的要求肯定不会太高，无非就是付出自己的体力，来换取一份菲薄的报酬，来养活自己及家人，但即使这样的工作，也不是随便就能得到的。

没有人愿意活得卑微，但现实就是这么无奈而冰冷。

有人说，不应该同情，他们有手有脚，完全可以养活自己，哪怕去干粗活。我想，每个人都会有遭遇困难的时候，看他们的样子，也就是干粗活的人，也许是人生地不熟，一下子找不到工作，这两个人又老实，陷入困境也是可以理解的。对于我来说，只是少了两份快餐而已，如果能让他们暂时填饱肚子，感到一丝温暖，那便值得了。

英雄还有落难的时候。因为漂母的一饭之恩，才有了后来的韩信。如果每个人都怀揣一份善意，相信人间会更美好。

卖蛋者说

　　菜场门口，两个卖鸡蛋的妇女，一左一右，门神似的站着，这使得本来就不太宽大的菜场大门，一下子变得狭小了。

　　两人不约而同地向我招揽生意。

　　左，一个矮胖的妇女，六十来岁的模样，穿着一件花色斑斓的衣服，烫过的细卷发往脑后束着，扎成一个短马尾，很普通的市井妇女形象。她脚边放着一筐鸡蛋，满脸期待地向我招手，说："姆（温州话长辈对晚辈的昵称），我的鸡蛋好兮好（很好的意思），十五块钱一斤，买两斤呐？"

　　右，一个黑瘦矮小的短发女人，穿一件素色短袖衬衫，看上去六十多岁的年纪，一副很地道的农村妇女打扮。她手里挽着一大篮子的鸡蛋，也紧跟着对我说："姆，我的鸡蛋新鲜兮新鲜，正宗的本地蛋，十二块钱一斤，买两斤喔？"

　　啊？这么狠！一下子就便宜三块钱？

　　左不甘示弱，马上接着说："我的蛋和别人的蛋不一样的，绝对正宗永嘉本地人家蛋（土鸡蛋）。我看你天天在我家买，我挑些好的给你。"

这花大妈信口开河的本事不错。我压根就没见过你，怎么可能天天在你家买鸡蛋？

右立马接话："嗨，鸡蛋都是一样的，你看看我的蛋，都是自己生的，保证好。"

我失笑。突然想起小时候的一件趣事来：邻村有一位老婆婆，天天挑着担子走街串巷卖鸡蛋，每次都是不遗余力地喊——鸡蛋要不要，鸡蛋要不要？都是我自己生的……虽很长一段时间被沦为笑柄，但她自己似乎并不在意，依然挨村挨户不遗余力地喊——鸡蛋要不要？我自己生的……

这倒是一句很容易让人记住的广告语，鲜明生动。她家的母鸡又不会跟她争下蛋权。

左一听急了，连忙说："好哪，好哪，我也十二块钱一斤给你。"

哈哈，我貌似有点渔翁得利了。

两个女人彼此交锋，不可开交，且都开始脸有愠色。小小的菜场门口，一分钟之内，硝烟弥漫。

这中间，我始终没说过一句话，就只顾着听这两个大妈唇枪舌剑你来我往了。而且，我不常去菜场，这两个大妈我也从来没见过，更别说天天在她家买鸡蛋了。至此，我实在有点忍俊不禁了。两个女人，卖鸡蛋都能卖出战火来，真是人生何处不战场，世间无处不江湖呀。

听着她们左一声"嗨"，右一声"嗨"地叫，我心里其实是受用得很，几十岁的人了，还有人"姆，姆"地叫你，显得多么温暖。

我笑着说："阿姨，都别吵了，你们每个人都给我称两斤鸡蛋，好吧？"

好好好，两人一下子多云转晴，眉开眼笑。

从来不知道跟小贩讨价还价的我，不费半点唾沫星子，貌似就这么得了便宜了。可是说好各买两斤的，两人却不约而同都给我称了三十块钱的鸡蛋，至于斤两足不足，鬼才知道。

人心最难测，欲壑最难填。

于是，想起另一件买鸡蛋的事来。

2013年台风"菲特"来袭的前一天，风大雨大。大风大雨中，我归家时于文化宫门口看到一个卖鸡蛋的老太太，她满脸皱纹，满头白发，本来人就瘦小，再加上佝偻着背，就显得更加矮小而凄楚。她满脸期盼焦急的表情让我动容。在冰箱里还有很多鸡蛋的情况下，我买下她所有的鸡蛋。彼时，我只想让一个老人早点回家避风雨。彼时，她对我千谢万谢。

几个月后，相同的地点，我买菜经过，又遇见了她，她居然也记得我。老太太很热情地说："姆，今天我的本地蛋好兮好，你多买点啊。"

上次买下她所有的鸡蛋，正好刚刚吃完，碰上也是缘，何况一个老人家这么大年纪了，也够辛苦的。我的恻隐之心向来泛滥，碰到那些挑担子叫卖的老人，总喜欢买点什么。于是，在老太太的热情推荐下，买了三斤她所谓最好的本地鸡蛋，十八元一斤，一共五十四元。

付钱的时候，我给了她六十元，老太太居然说："嗨，我晓得你人好兮好，五十四里有个'四'，不好听，你给我五十五块钱。"

她的口气居然那么理所当然，不容置疑。

我一愣，这是什么逻辑？人好还得多花钱？你要是觉得我人好，五十四又难听，那你不会算五十三块钱给我？感觉一下子就变味了。我本来想说不同意，但又懒得计较，就点点头，说，好，你说了算，五十五就五十五吧。

我当然不在意这一块钱，我在意的是这个老人的态度。

最让人不是滋味的，是后来发现这十八元一斤她说的最好的鸡蛋，比上次买的十五元一斤的鸡蛋差了很多，有一小部分居然还是坏蛋。那个本来看着惹人怜的老太太，瞬间换成了另外一种形象。

小小几枚鸡蛋的买卖，算是生活中最平常、最简单不过的小事情，但折射出的却是人性问题。老实对你不客气，这话真心没错。有些人，就是利用了别人可贵的同情心和善良，来达到自己的目的，满足自己的私欲。但这样的利用，又能利用几次呢？

失爱的天使

江心屿。夜走。等回船。

距离开船时间尚早，我便于江心寺前的花坛石凳上坐下等候。彼时，时近十点，游人已少，江风清凉，四周空阔。在我低头看手机打发时间的时候，过来三个人，一男一女带着一个六七岁的小男孩，看起来像一家三口。穿着恨天高的浓妆女人，很年轻，二十岁出头的模样。她在我身边的石凳上坐下，拿着手机刷屏。男人站着抽烟。那男孩子蹦蹦跳跳，一副机灵相，叫男的爸爸，喊女的阿姨。

显然，他们不是一家三口。

六七岁的男孩子，是最好动的时候，他一会儿看看这个，一会儿看看那个，感觉什么都新鲜。由此可见，这孩子很少被父母带出来玩。最终，男孩的目光落在了革命烈士纪念馆的大门上，他很好奇，问男人："爸爸，这里是什么地方？为什么关着门？"

男人一脸不耐烦，使劲吸了一口烟，呵斥孩子："叫你认真读书，你不听，连这个也看不懂？"

男孩一脸委屈，脸上的神采一下子暗淡了下去。他转头问女人："阿姨，这里是什么地方，为什么关着门？这里面住人吗？"

女人的表情是漫不经心的，她的目光一直盯着手机屏幕，头也不抬很敷衍地说："里面住着妖怪！"

男孩子显然很失望，眼睛里一下子没了光彩。"里面住着妖怪"这样的搪塞之词，已经骗不了六七岁的孩子了，更引不起他的兴趣。男孩一个人跑到革命烈士纪念馆门前，抬头很认真地看了又看，又跑回来问他爸："爸爸，门口挂着什么？"

男人又吸了一口烟，还是那口气："牌子！"那语气，硬冷得六月天都能结出冰来。

男孩子不死心，继续问："爸爸，门口挂着什么？"

男人加重了语气："牌子哪！"

革命烈士纪念馆的门口，挂着个告示牌子，谁都知道，那是个牌子。男孩子是问，牌子上写着什么，为什么要挂这个牌子。但他的爸爸连听懂孩子问题的耐心都没有。

我实在看不下去了，问男孩："小朋友，你上几年级了？"

这下，边上的女人倒回答得很快："上幼儿园。"

晕！上幼儿园的孩子，你就要求这么高？让他看得懂"革命烈士纪念馆"这几个并不简单的字，还要明白这里是干什么的，而且是在你们根本不教育的情况下。

我沉寂多年的职业病开始不受控制地发作。我站起来对男孩子说："来，小朋友，阿姨告诉你。"

小男孩立马开心了，乐颠颠地跟着我，小跑到革命烈士纪念馆的门口。我蹲下来，尽量用已经很久不用的柔软口气告诉他，这是个什么地方，是干什么用的，还有门口挂的那个牌子，是要告诉大家里面在维修，等修好了，你就可以进去参观了，不过得在白天来。

男孩仰着脸，亮晶晶的眼睛，一会儿看看我，一会儿盯着纪念馆，听得很用心，并不停地发问。这是个很聪明、很好学，也很讨人欢喜的孩子。虽然只有几分钟的时间，但我们相处得很愉快。

牵着他的小手回来。孩子最后一句话让我心碎，他低声说："阿姨，我很可怜！"

这句话有千斤重哪！

我始料不及，刚才还兴高采烈的孩子，一下子给我来了个一百八十度的转弯。他的话让我心头蓦然一紧，有一种莫名的心痛感把喉咙扼得发酸。我一下子无言以对。说实话，我也觉得这孩子很可怜。

转过身，平时不爱管闲事、不喜言语的我，脑子一热，开始数落那对男女："你们怎么能跟孩子这么说话，六七岁的孩子是求知欲最强的时候，他的好奇心被你们活活扼杀了，哪有你们这么当父母的？……"我噼里啪啦，一大堆话说得那男人脸上讪讪地，还好，他没翻脸，只是赔着笑脸看着我这么个爱管闲事的陌生女人，在为他的孩子教育问题而愤愤不平。而边上的女人，则一脸的错愕。也许，她心里想，我都没管，你是哪根葱，这么起劲干什么？

等船的人们三三两两地多了起来，纷纷侧目，我在众人看戏似的目光中，才惊觉自己真的管得太宽了，一下子也有点不好意思起来。幸好，渡船及时来了。男人牵了孩子飞也似的离开了。我也松了一口气。

一看就知道，那不是一个完整的家，真是苦了孩子。

这样的家长，其实不在少数。

想起我曾经教过的一个孩子。那个四岁的小男孩，从入园开始就从来没有哭闹过，而且每天放学了还不想回家。我们都觉得奇怪。后来得知，他父母在他一岁不到就离婚了，他从小跟着忙碌的奶奶生活，很少见到自己的父母。这样的孩子，我们不难想象，他平时是多么缺少温暖和陪伴，是多么的孤独！

当今社会，离婚率越来越高，男女合不来，马上可以离婚，听说离婚只需要花九块钱办一个离婚证就行，比结婚简单方便多了，只要双方没有过多的财产纠纷，离婚似乎比去菜场买菜还容易。这年头，有闪婚，也有闪离，新名词一个接一个出现，婚姻也越来越儿戏。说实话，男女之间，没有谁离不开谁，再深的痛，也会被时间治愈。可是孩子就不一样了，没有家庭温暖、没有父母疼爱的孩子，即使平安长大，其心理大多也会存在缺陷。就如我江心屿碰到的那个孩子，长此以往，他的内心势必走向孤独、彷徨。

他，不是个例，而是千千万万单亲孩子中的一员，还有多少这样不能同时享受父母之爱的孩子？他们，也是我们的未来。

婚姻不容易，且行且珍惜。若为孩子故，更应谨慎行。

墨池随笔

任何一个地方，一旦被"墨"字冠名，总会显出几分书卷气和文化味来。墨池坊便是一个飘着墨香的地方，任你闹市区如何车马喧嚣，她都有一种出尘的清幽感。

身为温州人，对墨池这个名字自然耳熟能详，但不一定真正熟悉、了解。我家离墨池坊不过两站公交车的路程，却从不曾特意去过，每次都是匆匆擦肩而过。很长一段时间，"墨池"这名字，留给我的印象，就是一汪模糊的池水，和千年前那个池边洗砚男人模糊的背影。

今春，一日得闲，和同学微信：春光如此灿烂，出去走走吧。

可是去哪儿好呢？太嘈杂热闹的地方，我们都不喜欢，要清幽雅致一点才好。把白鹿城里检索了个遍，也没个好去处合我们的意。正懊恼间，忽福至心灵，想起墨池来。要不就去墨池公园？好！两个女人一拍即合。

从解放北路墨池坊路口进去，巷口一转弯，青砖黑瓦的老房子，就把喧嚣的都市过滤在身后。喇叭声远，嘈杂隐去，仿佛一脚迈进了另一个时空，这样的感觉真是舒心。

墨池公园不大，如同一盆精致的盆景，点缀在繁华城市的一角，又仿佛遗世独立般藏匿在车水马龙的包围之中。园内的建筑基本保持旧时面貌，显得沧桑古朴。回廊曲折，小径通幽，古树苍郁，花草向荣。阳光透过浓荫的间隙，零星斑驳地洒落下来，在石板小路上形成一圈一圈的光晕，如一朵朵小花开放。彼时，园内只有三两个女人带着孩子在晒太阳。除了孩子偶尔响起的欢笑声，极为安静。

这样恬淡安静的地方，正是我们想要的。

当然，在我眼里，最为惹眼的，就是进门处的墨池了。

颇有盛名的墨池，只是一方很小的池水，默然处在阳光下，安静得如同一位千年老者在打着盹。我靠近她。探首。一池井水平静清澈，只有在红鱼相逐游弋之时，会泛起几圈涟漪，很快那微微的涟漪又散去，归于平静。石头垒起的池壁缝隙里，爬满了苔藓，几丛鲜嫩的小草点缀其间，一派岁月静好的模样。

第一次，我和墨池这样面对面地交流。平静的池水，如一面镜子，映照出千年前的一幕。

彼时，那个洗洗笔就把一池清水洗黑的男子，长得何等模样？那是玄学盛行的年代，魏晋男子重美色，况且他对道教情有独钟，他定是宽大长袍一袭，飘飘然道骨仙风。一定要白色长袍，才衬得他的风姿俊美，丰神潇洒。他手中的鼠须笔龙飞凤舞、意兴翻腾的模样，他挽起袖子洗砚的模样，从时空深处逐渐清晰，含笑而来。他写的字，定像春天的百花，开满了这个园子。

只是，那时候，墨池坊叫什么名字？

何以清池唤墨池，昔年临池有羲之。墨池，墨池坊，便是因这个男子任永嘉郡守之时，"临池作书，洗砚于此"而得名。他姓王，"旧时王谢堂前燕"中的王家，赫赫有名的权贵之家。他坦腹东床，他观鹅练字，他兰亭留文……皆是千古美谈。他洗过砚的池子，不止温州一处。江西临川的墨池，也因为这个叫王羲之的人在池边习字，池水尽黑而得名。可见，"天下第一书圣"的名号，不是轻易就能得的。你得写黑多少个池子里的水，才能一落笔便能达到"翩若惊鸿，宛若游龙"之势？

洗洗砚台和毛笔，就能把一个池子的水染黑，何况这池水还是活的。这从理论上很难成立。当然，这只是人们美好的愿望罢了。我倒是觉得另外一个传说更为可信。相传这里原有一个水池，每当大地春回之时，便有无数蝌蚪滋生，黑色的小蝌蚪游于水中，水面时见墨点，故有墨池之称。

王羲之在温州留下了许多逸事遗迹，比如五马街、百里坊、华严石砚等地，都与他有关，旧时华盖山下建有"王谢祠"，右军在温州待过应该真实无误。所以，我们也很愿意相信，"临池洗砚"的传说是真的。这是件多么美好的事情。这样的逸事，让我们生息的地方多了一份历史文化的沉淀和底蕴。比如这传说，就引得另一位书法大家米芾同学眼巴巴地跑来，在这里题上"墨池"二字，以示对偶像的崇拜。他也算是王羲之的铁粉一枚了。

传说也好，事实也罢，都是往事了。于我们今人而言，就是把墨池好好守护，把文脉好好继承。这一点，从"墨池坊"这个名字上也可看出一二来。据资料，我国唐代以来，有坊市制度。坊居人，市贸易。坊内建屋，外有坊门，早启晚闭。坊便是居民地，类同于今天的小区。南宋以后，坊市制度逐渐废弃，所谓坊者，都改称为街或巷，比如五马坊，现在叫五马街。而墨池坊之名始终不变，沿袭至今。这也说明了我们对墨池的爱护和珍惜。现今，墨池公园内还设有温州吟坛、书画社、诗词社等，算是一个集文化与休闲于一身的城市文化公园和历史园林。

真好，车马喧嚣的闹市之中，还有这么一个闹中取静之地，来安放我们浮生繁忙之后的闲情，来承载历史悠远不息的文墨。

墨池，昔有羲之，今当惜之。

手机依赖症

现如今，盛行一种病，叫"手机依赖症"，除了襁褓里的婴儿和上了年纪不识字的人幸免于难，几乎全民得病。

我也病了，病得不轻。

二十多年前，家里装了一部电话，全家人欢天喜地高兴得不得了，感觉自家生活从此走上了现代化的康庄大道。那时候，是万万不敢想，每人手中都会有一部电话。后来，有了传呼机、手机，电脑也逐渐普及。当这些新鲜事物刚刚走入生活的时候，我们也是不敢想象，会是今天的样子。我们更是想不到，小小一部手机，会兼容了电话、电脑以及相机的所有功能，真正做到一机在手，世界任你遨游。

世界变化太快，科技发展太迅猛。

手机功能如此强大，所匹配的软件，必定也得飞速地一代代更新，永无止境。

比如微信。

微信着实凶猛。它不仅抢了电话、短信、微博、杂志、报纸的活儿，连商场的活儿也一并抢了，并且很霸道地把这些功能全都据为己有。

据说，目前微信用户突破十亿，城市包围了农村，微民们每三分钟低下一次头看手机。而人类上厕所大便的时间比往常延迟了 N 分钟，也是因为微信。微信已经成为一个人人都离不开的国民级应用软件。因为它，我们的生活习惯发生了如此巨大的改变：

我们每天在微信中醒来，也在微信中入睡。比如我，早上醒来第一件事，必定是伸手拿手机，看完时间和天气预报，马上会习惯性地点开微信。看看朋友圈里有几个人留言，瞄一眼一大早朋友们都发了哪些好玩的东西。最后，再浏览一下时事新闻。这一套固定程序下来，我，一个还躺在被窝里的草民，仿佛找到了皇帝批阅奏章的快感。而晚上睡觉之前，铁定要把早上的过程再例行公事般做一遍，仿佛一天的家国大事都有了妥善安排，方肯安心熄灯睡觉。

这样的过程，相信大部分人都很熟悉。

自从有了微信，时间的碎片被利用得完美无缺。

开车的司机，在等红灯的那几十秒时间里，都不忘摸出手机刷刷微信。堵车也不那么焦急了，微信可以抚平心中的焦躁；约会等人也不那么没耐心了，微信可以打发时间；无聊时也不空虚了，微信可以消除孤单，兴许还可以生出些缠绵悱恻的闲愁来作上一把。

自从有了微信，人们突然变得爱学习了，每个人眼睛的阅读量大大增加，好像是文字重新被发明了一次似的。你会发现，那些跟文化毫不沾边的人，突然在微信上变得文绉绉起来，跟平时判若两人。因为微信，有人一夜之间变成了诗人，有人刹那间成了哲学家，有人一不小心就被冠上"才子""才女"的名号。人类的观点和思想都空前地活络起来，闷骚的人纷纷开始明骚了，孤僻的人不再孤独了，清高的人也不再寂寞了……

世界精彩纷呈，如此美好。不管你是谁，只要微信在手，你都可以发出自己的声音，总有那么几个人会为你点赞的。

自从有了微信，世界仿佛突然间变得美好有爱起来。只要你打开微信，各种爱心传递便会纷至沓来，各种心灵感悟、心灵鸡汤也会扑面而来。爱、慈悲、宽容、感恩、善良，把你包裹得寒冬里也温暖如春。最有意思的是，那些原本没什么信仰的人，似乎一夜之间，个个都成了虔诚的修心者，他们天天在朋友圈里发着励志文章、心灵鸡汤，但是天知道他们自己看懂了没有，更别说体悟了。

最不靠谱的是那些家传秘方、宫廷秘方、不传之秘、某大人物的隐私等文章，也都满天飞了。这中间有几分真假，用脚趾头也能想得出来，这些所谓的"秘密"，除了占用手机空间和满足人们的八卦心理，毫无用处。

最讨厌的是诸如"转了会如何，不转又会如何"的诅咒类微信，虽然对此嗤之以鼻，但是终归是看见了，总会如鲠在喉，不痛快。曾有同学不断地在同学群里发这种微信，平时寡言的我，在他发了 N 次后，实在忍无可忍，斥责于他："这个群里都是你多年的同学，你希望我们会有什么样的下场？"后来总算消停。不过，这类信息，这两年好像没有再出现，禁得好。

当然，除去各种杂七杂八不靠谱的东西，不能否认微信上也会有许多好文章和含金量很高的信息，它们给我们带来愉悦的同时，也让我们增长了知识，开阔了眼界。只是，在海量信息的微信朋友圈里，你得拥有一双火眼金睛，去辨别事物的真假。

总之，微信朋友圈就是一个江湖。对于那些满天飞的大量信息，我们只可浅尝辄止，走过路过，微微一笑作罢，所谓微信，微微一信便可。

但又实在无法否认，微信确实给我们的生活带来了前所未有的方便。发信息、发语音、传图片、看电影、购物、转账、各种生活支付、直接视频通话等，简单又方便。现在还是"群"的天下，真正是人以"群"分。朋友约会建个群，同学聚会建个群，亲戚之间建个群，邻里之间建个群，旅游建个群，文友之间谈诗论文建个群，玩石头的建个群，卖菜的也建个群……有什么事，彼此群里一吆喝，热闹非凡，简直无微不至。

微信朋友圈还是个大秀场。尤其是像我这般平时爱拿文字来无病呻吟的人，微信朋友圈自然成了最好的自留地。有事没事发几句微信体，冒充一下诗歌，晒几个菜秀秀厨艺，充当一下贤惠女子。再有，用美颜相机给自己已经烟熏火燎的面容拍几张装嫩照，自欺也欺人。当收获朋友们的点赞和美言时，便能稍稍弥补一下青春不再的残酷和无奈。此时，微信简直就是拯救人类的天使，而朋友圈则成了天堂。

如果单单只是利用了我们的碎片化时间，这可真是件好事，但无形间，微信也慢慢地蚕食我们的整块时间。世间事，大抵如此，有利有弊，都具有两面性。故而，微信是把双刃剑。

慢慢地，一机在手，无微信不欢了。

除了微信的使用，在手机上看电影、看小说、听音乐、唱 K、购物、拍照，成了人们的生活常态。我甚至直接舍弃电脑而在手机上写文章。手机如此强大而美好，试问，它怎么可能不成为我们最亲密的伙伴？这种病，即使病入膏肓，大家也都甘之如饴吧。

一天，下楼洗头发，在等电梯的时候，惯常地，我打开手机看小说。电梯门开了，一位母亲正在教育她七八岁的儿子："在国外，无论什么场合，商场或者是机场，只要是在等待的人们，都会看书打发时间，只有我们中国人会玩手机。"

儿子正喝着饮料，说："那小孩子们都在吃东西吗？"

"不！只要是中国人，不管大人还是孩子，都一样，都离不开手机。"母亲纠正道。

旁边孩子的爷爷接话："这手机病真是比鸦片还要毒。"

当时，整部电梯里，只有我的手里正拿着手机，且手机屏幕还是亮着的，感觉那女人就是在训斥我，不由得脸红！我也去过国外，并非所有外国人都只看书不玩手机的，但针对我们身边的大多数情况而言，她说得对。我们对手机的依赖确实过分了，尤其在有了微信以后。

记得一篇文章里有一句话是这么说的：百年前，我们躺着吸鸦片，百年后的我们躺着玩手机。这两者的姿势是何其相像！这话听起来有点危言耸听，但细想一下，却是事实，当引以为戒。现在的智能手机无所不能，各种 APP

包罗万象，我们在不知不觉中形成了一种可怕的习惯，从早到晚，离开了手机似乎与世隔绝一般的孤独。有人曾戏言，哪天要是出门忘记了带手机，那真是惶恐至极，若是手机电量不足，便会像是没穿内裤般不自在。

一天晚饭后，我发现我们一家三口居然都各自人手一只"苹果"，低头"吃"得津津有味。悚然而惊！网上流传这么一句话：世界上最远的距离就是我在你身边，而你却在玩手机。

一个习惯的养成，需要时间，但是去除一个习惯，却不只是时间这么简单了，同时还有心理的依赖和精神上的瘾。也许，除非有一个比手机更好的新事物出来，否则，这"手机依赖症"是无法痊愈了。

邂逅一朵"莲花"

秋风起，莲花落。又是一年莲花开尽落去时。

去看一场莲花开，却不料，花事已荼蘼。感慨中，归途。经过一座幽静庭院，竟与另一朵"莲花"不期而遇。彼时，从那座古朴沧桑的院墙后，飘出的柔软缠绵之声，让人一下子就有了时空的穿越感。是我熟悉的《珍珠塔》。不由自主地，放慢了脚步。失彼莲花，得此"莲花"，也算因缘际会的一场美丽邂逅。

听惯了现代摇滚爵士的声嘶力竭，突然间，遇到这种吴侬软语般的唱腔，如沐春风，顿感宁静。院墙之内，谁在倾听？

莲花落是一种民间曲艺，以前是乞丐用来行乞的一种表演方式，也称"瞎子戏"，可上溯至宋朝，形于明，盛于清。浙江有四大曲艺：绍兴莲花、金华道情、宁波走书、温州鼓词，把莲花归于绍兴。也有说，其实莲花落自古就在全国流传，北方的二人转就是从莲花落演变过来的。且不管这朵"莲花"是属于全国的，还是属于绍兴，反正，我们温州也有一朵"莲花"。

莲花落，记得小时候叫它"唱莲花"，记忆可深刻了。

且让我把时钟拨回到三十年前。

20 世纪 80 年代的农村，还是物质匮乏、生活穷困的时候，但再穷，总还会有比我们更穷的人来乞讨。记得我十岁以前，家门口隔三岔五会有唱莲花的乞丐来行乞。善心的母亲从不拒绝乞丐，总会从自己也不富裕的家里，找出一点饭菜或是干粮来给他们。但乞丐们最喜欢的还是大米，所以，大多数时候，母亲都是直接从自家米缸里抓一把大米，放入他们身前背着的布袋里。

唱莲花的乞讨者，一般都是两人一组，其中一位定是盲人。另一位领路的"光眼人"，或多或少都会有几分残疾，瘸腿、拐手、聋哑……总要占其中一样。他们可能是夫妻搭档，也可能是朋友、兄弟组合，总而言之，这是一群失去了劳动能力的可怜人。我经常会在放学回家的路上遇见他们，一前一后缓慢而行的身影，平添了几分凄然。他们手里拿着竹板，端着破碗，挨家挨户，打起竹板唱起歌。一般是一个人唱主旋律，另一个人用"哩啦哩，哩啦哩"来帮腔，一唱一和，形象生动，尤其是这声"哩啦哩"的和声让我记忆犹新。

每每有唱莲花的乞丐来，小孩子们总是特别兴奋，围在他们身边看戏似的，转来转去。虽然我们根本听不懂他们唱的是什么内容，只知道演唱者用方言咿咿呀呀地唱，但那唱腔婉转流畅，声音悲切感人，也总是会听得人心头泛酸。长大后才明白，他们演唱的内容都是一些民间故事和传说，最常听到的是温州人家喻户晓的《高机与吴三春》。莲花落善于叙事，宜于抒情，再加上一些夸张的肢体语言，生动风趣，通俗易懂，特别受人喜欢。

曾经很纳闷，为什么莲花这么高洁美丽的名字，会用在乞丐身上？后来得知，因最先唱莲花的盲人拜佛从善，莲花又是佛教的象征，故而得名。

若是谁家有喜事摆酒席，比如娶亲嫁女或是做寿，那么四面八方的乞丐都会赶集似的，往这户人家赶，大家一起坐在院子里你方唱罢我登场，很是壮观，好比现在开一场小型的演唱会。他们这么做，只为了一顿好的酒菜，或是一点干粮打赏。那时候，民风淳朴，乞丐也做得淳朴，行乞者不会向你要钱。

三十年前，乞丐是真的乞丐。唱莲花的人，也真的只是为了有一口饭吃。

或许是生活慢慢地变好了，后来，很长一段时间没看到唱莲花的乞丐了。再后来，有一天在电视里听到《珍珠塔》中方卿的唱腔，那幽怨婉转的熟悉旋律一下子抓住了我，猛然间忆起孩童时的场景，仿佛历历在目。才一眨眼的时间呢，街头巷尾再也听不到莲花落的声音，现在的乞丐也不会这门才艺了，莲花落终于登堂入室，归入曲艺的门派，成为艺术。

前年，参加一次活动，意外听到温州莲花落传人戴春兰老师的演唱，倍感亲切。

如今，莲花唱罢莲花落。除了能在电视节目里偶尔闻之，现实生活中，几乎不可闻了。

一方面，随着社会经济的发展，生活的改善，"莲花落"不再是行乞者的专用技艺了，它变成了艺术，变成了文化遗产，可以名正言顺地走进高雅殿堂，演唱者也被称为艺术家。另一方面，乞丐已不再是纯粹的乞丐了，他们已经用不着这般技艺去讨得食物果腹，"莲花落"势必失去了利用的价值而在民间日渐式微。

居艺术殿堂之高的冷，处市井之低的热，两种情况，于莲花落本身来说，孰幸孰不幸？

新年说红包

从 2014 年到 2015 年，有两件事情很红，很热。这两件事都关乎红包。

刚刚过去的 2014 年，多了一个闰九月。据说，百年一遇。

不知道是哪里刮来的风气，坊间流传这么一种说法——碰上闰九月，长辈要给晚辈包红包，且这个红包里的钱，暂时不能花，要放在枕头底下，睡到明年的九月份才可以拿出来。九，久，两者同音，大概是取其幸福长久之意吧。我不知道这红包之风从哪里来，之前闻所未闻，据说，连最年长的老人也从未听说有此风俗习惯。莫非，是哪个吃饱了撑着的好事之人想出来的玩意儿？很有可能。微信时代，以讹传讹，再正常不过。

于是，2014 年的整个秋天，就只流行一种颜色——红包的颜色。微信朋友圈里，红包满屏飞舞，你方晒罢我登台，到处红艳艳，幸福一大片，好不热闹。

我老妈不知道从哪里听来了这个消息，多次打电话说要给我送红包，都被我断然回绝掉。而公公则特意从上海回来,目的就是要赶在农历九月九之前把红包给我们。还说,过了这个时间,这事就不灵了。我再次一口回绝。但第二天,公公还是送来了两个红包,说上海人也是这么做的。这股不知道从哪里刮来的风,难道已经刮遍了全中国?我觉得无比好笑。

公公一再叮嘱我,一定也给女儿包一个红包,而且红包要放在枕头底下,睡上一整年。我口头上应下来,说一定照办,但心里实在觉得好笑,一年之后,这红包里的钱,不知道会不会长大?

钱是不会长大的,倒是很有可能发霉,但父母的心意定是值得珍惜的。于是,我也为微信朋友圈的红包红添上一笔,晒了自己的红包,希望晒得香喷喷的,再压枕头底下,每晚枕着父母的祝福与愿景,睡出健康平安,睡出幸福美满。

若说 2014 年的红包是属于传统的传承,那么 2015 年的红包实在是一种创新。

微信红包的兴起,是否可以成为红包史上的一个里程碑?

话说 2015 年的春晚,实在乏味,乏味得连吐槽的兴趣都没有,幸好有微信红包,才驱散了除夕夜春晚带来的沉寂,为过年增添了不少的趣味。

其实,这只是一个朋友间互动的游戏。这个小游戏又催生了一个新名词——抢红包。朋友群里,你发一个红包,我发一个红包,他也发一个红包,大家抢来抢去,玩得不亦乐乎。有抢到一分钱的,也有抢到几毛钱的,一样的开心,若是抢到两块钱以上,都觉得自己运气好得不得了,像中了五百万般的兴奋。这份轻而易举的满足感，现代人到哪里去寻找？我看也就微信红包能给得了。人很有意思，若是现实当中发红包，你会去抢吗？除了不经事的孩子，大部分人应该都不会。世间什么最贵？面子。怎么会为了区区几块钱的红包,而置面子于不顾呢？即使有人给红包，即使我们最终收下红包，也一定是先推来搡去一番，不会轻易接受。而微信红包的出现，打破了这份尴尬，轻易就把这份现实中的赧然感变成了游戏,可谓是小成本大改变。

为了气氛，我在几个好朋友群里发了红包，也兴致盎然地去抢朋友发出来的红包，但是比较陌生的微信群，群友们发的红包我是坚决不点开的，一是觉得平时大家也没有多交流，拿了别人的红包不好意思，哪怕就一分钱，也觉得有手短之感。二是，我既然拿了你的红包，自己肯定也要发红包，也麻烦。倒不是舍不得这小钱，只是我觉得抢红包是朋友间亲昵的游戏，如是好朋友，即使赖皮赖脸地向对方讨要,都觉得是一种温馨,但面对不怎么熟悉的人，感觉总是别扭得很。我这是不是也算是君子爱财取之有道？

摇一摇，红包到。这么好的机会，商家是不会放过的。整个除夕夜，红包满天飞，那么卖力的春晚演出，生生地被冷落一旁，成了鸡肋。我自觉手气不错，偶尔摇了几次手机，居然摇到了两个红包。不只是自己摇到两个红包，还可以每次为朋友领取三个红包，立马分享到朋友群里，大家又是一番热闹的哄抢。

有朋友发微信：明天，医院伤骨科的医生要挺住了。

这么多年的除夕夜，估计没有哪件事情能让大家这么乐此不疲心生欢乐了。估计全中国用智能手机的人都在摇手机，这也算是普天同乐了。

新闻说，有人花了几万甚至几十万来发红包。人家是款爷富婆，也无可厚非，有钱么，自是可以任性。但我觉得，红包的数目太大了，就失去了初衷，失去了乐趣。小玩怡情。用一份小钱，来换取同样的大快乐，轻松自在，没有负担，多好。不然，得失之间，总是会有失衡的心理存在。

网上还流传这么一段话：微信红包告诉你，什么是资本运作。仅仅两天时间，微信绑定个人银行卡2亿张，干了支付宝8年的事。若30%的人发100元红包，共形成了60亿的资金流动，延期一天支付，民间借贷目前月息2%，每天保守收益为420万元；若30%的用户没有选择领取现金，那么账户可以产生18亿的现金沉淀，无利息……这才是资本运作游戏。

这段话的可信度是多少，我不知道，但看着貌似挺靠谱。我虽然数学很不好，但是这几个数据还看得懂，要真是这样，可让我脑洞大开了。江山代有牛人出，不得不佩服，有些人，天生就长了颗赚钱的脑袋。人家赚钱了，大家快乐了，也算是双赢。

今日已经初八。微信群里还时有红包出没，但很明显，大家已经没有了抢红包的心情，最重要的是缺少了氛围。所以，很多人说，因为抢红包而忽略了亲人间的交流。我觉得倒也不怕。这就是一个无伤大雅的小游戏，无非就是节日里找点乐趣而已，时间过了，自然也就淡了。

至于红包诈骗一事，我觉得只要管住自己的贪心就好了，陌生人发的红包，任你诱惑再大，我自是视而不见，能奈我何？

去年的闰九月红包也好，今年春节的微信红包也罢，包含的都是一种美好的祝福和祈愿，我们都要珍惜珍藏。于生活而言，有没有红包，日子都一天一天过去，但这个年，却因为有了红包的参与，平淡中多了几分乐趣。对我们小老百姓来说，这样的乐趣，意义大于金钱。

代号5床（一）

只要你住进医院的病房，你的名字便将会被忽略，大家都有着统一冰冷的称号——1床，2床，3床……

我是6床，和4床5床同住一室。

有句话说得好，在所有故事里，人性都是永不过时的主题。

于是，小小病房，便可见识人性各异。

4床是乐清人，小个子，四十出头的年纪，总是笑脸迎人，从她接打的电话中听出她是开服装店的。4床有着生意人的精明和圆融，容易相处。她喜欢看一些无厘头的搞笑电影或者肥皂剧，我基本上没有兴趣。但同住一间房，为了不至于完全没有话题而尴尬，我在卧床不能动那几天，也会偶尔瞄上几眼。

主角5床是市区人，五十多岁，说话声音尖细，分贝高，语速快，很典型的市井女人模样。5床比我们迟一天入住，刚来时，冷冰冰斜着眼睛看人，一脸的倨傲感。我不知道她的优越感来自哪里。她若一直冷冰冰地傲下去反倒好，可惜不是。

都说三个女人一台戏，事实证明，两个女人也可以唱一台很热闹的戏。4床和5床，都是话痨，两人熟悉之后，每天叽叽喳喳有说不完的话，从电视剧说到各自的家长里短、亲朋好友，各种八卦无所不谈，很是热闹。而我除了必要的交流，基本上保持沉默，或是沉默看书。

当然，住院本就是受罪的事，你还能挑三拣四有什么要求？所以，不管雅俗，我都泰然处之。但有些事情总是会超出你的预想，比如5床睡觉居然打呼噜。她鼾声如雷，震三山，动五岳，比男人还男人。

这真是要我的命啊！

5床和我同一天做手术。我早上八点进手术室，下午一点才回到病房，身上插着各种管子，死鱼一般，昏昏沉沉。她只是割一点痔疮，半小时就回来了，而且自己走着回来，中气十足。

5床和我相邻。隔着一层薄薄的帘子，我听着她的呼噜声，整整两夜没合眼，加上伤口的疼痛和高烧，内心无比崩溃。而睡足了的她，白天大声说话、大声打电话，毫无顾忌。我只能一遍又一遍默默地告诉自己，忍着，忍着，再忍着！

但人的忍耐力都是有限的，我最终还是忍不住告诉了5床，她晚上睡觉打呼噜的事。

仿佛触到了她的逆鳞似的，5床矢口否认，声音一下子高了好几个分贝，说："不可能，我怎么会打呼噜，我和很多朋友都一起睡过，从来没人这么说过。"瞧她那激动的劲儿，要不是见我躺在床上起不了身，她大有撸起袖子和我干一架的架势。

我哑口，不知该如何接话。

尴尬时刻，幸好，4床接了话，说，你打呼噜比男人还响呢。

至此，5床那如同斗鸡般的昂扬神态，终于有了几分尴尬而漏了几丝气，弱下声来说，自己可能是太累了。

我这么一说，其实也没有责怪她的意思，毕竟睡觉打呼噜是一件本人无法控制的事情，所以也不再多言。整个病房突然陷入了安静。只是，这难得的片刻安静，被我不知好歹的轻轻一句自言自语瞬间打破了，山洪开始爆发。我喃喃自语般说了一句："女人怎么会打呼噜呢？"

这下闯祸了。实实在在的祸从口出啊，我恨不得咬断自己的舌头。

5床本来松懈下来的神情瞬间满血复活了，她一下子绷紧了身体，坐起身来，满脸狰狞，高分贝的尖叫声，海啸般向我扑来："那是你这种人没见识，没见过世面，女人打呼噜的多了去了。你睡不着是你自己睡眠不好，关我什么事！"

不得不承认，5床这样的"世面"，我确实没见过。我也确实睡眠质量不大好。对于她的疾言厉色，我彻底无语。再说，不与不在同一频道上的人论长短，我立刻识趣地闭嘴。

第三天晚上，5床居然不打呼噜了。阿弥陀佛，谢天谢地，我终于能睡着了。但福兮祸所伏，我还是高兴得太早了。

　　第四天晨，六点不到，5床就用鞭炮一样的高八度怨愤之音，噼里啪啦发着火："气死我了，气死我了，我一夜没睡着。你们不知道，一夜睡不着是有多么难受，太难受了，我宁愿自己打呼噜，我只要自己睡得好就可以。你们睡不着那是你们自己的事。真是气死人了！"

　　这么自私的话都能说得这么顺溜，我简直目瞪口呆。

　　4床笑着说，你怎么一大早这么大的火气？

　　5床继续泄着愤："一夜睡不着呀，难受死了，气死人了，气死人了！空调又不开，热都热死了！"

　　我在心里默默说，大婶，这滋味不好受，我太知道了，因为你的呼噜声，我已经两夜没合眼了。你怎么不想想我的感受呀！

　　因为前车之鉴，我沉默。

　　4床接话："我昨晚上也睡不着，只睡了差不多两个小时，不知道为什么，就是睡不着。"

　　这下可好了，4床这话简直火上浇油。5床从刚刚的怨愤，转而瞬间兴奋了，她似乎为自己打呼噜找到了最有力的开脱证据，幸灾乐祸地说："还说我打呼噜吵到你们，你看你看，你们昨晚上也睡不着吧，明明是你自己的原因。"

　　本来不想接话的我，实在忍不住住了，轻轻接了一句："我昨晚上睡着了。"

　　我的话让5床的炮火找到了具体的目标，她大声嚷着："你能睡着，那是你太累了，是你自己的原因，跟我打不打呼噜是没有关系的。"

　　我的陪护高大姐正在给我抚摸背部减轻疼痛，她在我背上加重力气拍了两下，意思是叫我别接话。我再次识趣地闭嘴。真是百无一用是书生啊，吵架撒泼这门绝活，我是怎么也学不会。

"真是气死人了……"5床捶着床，不停地重复自己的怨愤，"空调又不开，热都热死！"这串鞭炮足足放了有半小时之久，尚无熄火之意。

5床的话分明是说给我们听的。我做完手术特别怕冷，床位又离空调最近，高大姐怕我着凉，晚上睡觉时把空调调到了27摄氏度，但为了顾及4床和5床的感受，我提醒过高大姐，还是把空调的温度调低点吧，但高大姐没同意。为此5床可能就不高兴了。

到最后，连高大姐都忍不住了，她闷闷地接了一句："昨晚上空调一直是开着的，从来没有关过，我半夜的时候，还把空调调低了一度，是你自己帘子拉得墙壁一样，冷气自然进不去。"

4床也说，热吗？我不觉得诶，我觉得挺凉快的。

终于，5床安静了下来。

而后，护士查房，打针等等，5床又开始祥林嫂般不停地抱怨自己一夜睡不着是多么痛苦的事。并一再强调，睡不着的原因很多的呐，怎么会只有一种原因呢？

高大姐私下和我嘀咕："5床说自己睡不着，昨晚上十一点多了还在大声打电话，说得那么开心，也不顾别人感受，那么兴奋睡得着才怪。"

早上一通泄愤牢骚过后，5床似乎舒坦了点，便又开始高谈阔论："有钱就好，我有钱干什么都行，上海某某酒店那小一碟的凉菜就要一百多块钱，我毫不犹豫就点了好几个，没钱你能行吗……"滔滔不绝如黄浦江水。

午饭时间，5床又开始作上了。医院里，病人的饭都只送到走廊上，需要自己或者陪护去拿。这时，5床躺在床上，慢悠悠地发声了："饭不给我送到床前，我就不出去拿，我就不吃。"

4床笑着说，你干吗这样？

5床说，我就要这样。

我暗自发笑。这5床，真像一个耍赖的小姑娘。但对着外人，又是公共场合，你一个年过半百的女人，这样任性给谁看？

后来，5床果真没出去拿饭，她因为病情轻，也无须家属陪护，最后还是4床的爱人帮她去领了饭。

晚上临睡前，5床大刺刺放言："我今天一定要打呼噜的，我只要自己睡得好，你们我不管。"这样洋洋得意撒泼似的话，又一次刷新我对她的认识。我开始佩服她，一个人能自私得这么理直气壮，也是人才。

经过这火药味弥漫的一天后，5床的火气像她的痔疮一样被割掉，就舒坦了。当天她果真睡着了，而且居然也没怎么打呼噜。翌日晨起，她精气神十足，心情愉悦地宣布："昨晚上我睡得很香很香！"

而后几天，5床的呼噜声轻了许多，时有时无。她自然是睡得好。我虽一夜醒来几次，但好歹也算是能睡上几小时了。

睡饱了的5床，虽然分贝还是很高，话也多，但脾气明显好了许多，也会主动找我说话，尤其她跟 4 床两个人家长里短聊得不亦乐乎。这一点，我是很佩服 4 床的，她的包容度和"太极功夫"值得我学习。

突然觉得，5 床虽然不讨喜，但她其实很真实，如夏天的天气一般，雷阵雨过后就能出太阳。如果她今年五岁，而不是五十几岁，那会很率真可爱。现实生活中，像她这种什么事情都表现在脸上的人，虽然有时候招人厌恶，但算不上坏人，比起那种表面看似无害，背地里却阴狠算计之人，算得上是表里如一了。

5 床比我早几天出院。临出院前，她对我说，我觉得你脾气真好，这么会忍，但我知道你心里面肯定会计较的。

我笑笑说，那你错了，我脾气不好，也不大会忍。我忍的只是你的鼾声，因为我知道那不是你能控制的。至于别的，之所以不说什么，那是我真的不在乎、不计较。

住院这事，本来大家都已经不痛快了，何必再为这些小事而计较伤怀？能住到一个病房，也算缘分。好比我，本来应该住七楼，却住到八楼的肛肠科去，才能遇上她们。再则，病房轶事、人世百态，也算得上是病中枯燥无聊的一点生动之事。计较什么呢？就如我们身上的病痛，手术刀一切，熬上几天术后不适期，终会过去。回头一看，也是风轻云淡。

铁打的医院，流水的病人，小小一间病房，每天会有多少故事上演？

代号5床（二）

此5床，非彼5床。

固定的床号，流水的病人。称呼不变，人已换了新颜。

我住院的十一天里，4床和我一直坚守床位共进退，唯有5床的病友，换了三位。

在中国，最畅销的估计就是医院的病床了，永远客满，从无空缺。"呼噜5床"出院后，紧接着住进来的5床也是痔疮手术。痔疮是个小手术，术后病人行动自如，止痛针再一打，伤口也不怎么痛，所以她们就像是来医院度个假，有大把的精力和心情来打发无聊时光。

新来的5床，人很和善，矮个子黑皮肤，留着微卷的短发，虽也打扮时尚，但为生活打拼的艰辛还是在她身上留下了抹不去的痕迹。故而，虽年纪与我和4床相仿，但看起来比我们要成熟许多。

5床性格爽朗，说话做事有雷厉风行之势，最重要的是倾诉欲望特别强烈。于是，短短几天里，我听到了她半世的人生故事。

我其实挺害怕那些话特别多又过于热情的人，他们常常让我无所适从。我是不喜言辞之人，在许多人眼里，我都是带着疏离感的，但同住一室，必要的礼貌性寒暄总是少不了。开始几句客套话后，5床直接对我说："我走南闯北见过的人多了，一看就知道你和我们不一样，你是个有知识的读书人。"

我失笑："哪有什么不一样的，躺在这里，大家都一样。"

5床手一挥，干脆利落道："别客气，我看人很准的。"

也许是住院的时间实在过于乏味，我突然来了兴致，问："这么厉害？你这眼光是怎么练成的？"

被我一问，5床暗淡的脸上瞬间泛起了光彩："我十八岁就到大连做烤鸡生意去了，这么多年，我做过很多事情，大部分是服务行业，就是和人打交道的，所以一看一个准。"

5床捧了一杯开水，在病房里来回踱步，话匣子一打开，往事流水般泻了一地："这得从我闪婚开始说起。嗯，对，我是闪婚的，你们想不到吧？"

"闪婚？你这么前卫呀？在二十几年前，闪婚可比闪电还让人受惊呢！"这着实让我意外，她看起来并不像是一个前卫叛逆之人。

"是的，我跟我丈夫认识七天就结婚了。而且，他一点儿也不喜欢我，比我还大了九岁，他家因为穷，兄弟好几个，又没有房子，所以快三十了还娶不到老婆。但我就是喜欢他，他长得帅，很像刘德华。当时别人介绍我们认识，我一眼就看上了。"5 床沉浸在对往事的回忆里。

"这么说，你嫁给他就是因为他人长得帅，而他娶你是因为穷娶不到老婆？"

"对极了，就是这么简单。"她挑了挑眉，对我一笑，"当然，我也是看中他老实。穷点怕什么？我们这么年轻，有手有脚，还怕没饭吃吗？我相信我们以后可以把生活过得很好。"

"你就不怕他一直不喜欢你吗？这对女人来说太重要了。"

"我对自己有信心，我相信能感动他的。虽然我长得不漂亮，但我对他好，把他照顾得无微不至，甚至都端了洗脚水为他洗脚。后来我终于感动他了，现在他对我很好。"5 床笑眯眯地喝了一口水，脸上泛起几许狡黠的神色，说，"告诉你们，我们刚结婚时，可有意思了。新婚头三个月，两个人虽然睡在一张床上，但他都不肯跟我睡一个被窝，每天两个人两床被子睡觉。我一直给他时间，但终于有一天，我忍不了了，半夜里，我一脚把他踹到床下去，问他愿不愿意跟我一起睡，不愿意就散了算了。就那天，我们终于睡在了一个被窝里。"说到这里，5 床哈哈一笑，语气里有着几许得意。

"哈哈，你太可爱了。"我和 4 床同时被她逗得大乐。

她也掩嘴笑，那笑容里竟有几分少女的娇羞。

"那是不是你们的幸福日子就开始了？"我问。

她笑了笑说，没有，故事才刚刚开始。

仿佛找到了知音般，5 床搬了张凳子坐到我床边，开始了她的回忆录："我十八岁那年，跟我丈夫揣着借来的几千块钱，到了大连做烤鸡生意，什么脏活累活都是我们自己干，每天起早贪黑。大连的冬天真冷啊，感觉怎么都穿不暖，我手脚都长满了冻疮，破皮流血了照样干活。一开始没什么生意，后来生意好得很，店门口每天都有顾客排着长长的队伍，这过程我们花了十四年的时间。我自己研究烤鸡的配方，所以我家烤鸡特别香、特别好吃。"说到这里，5床的脸上溢满了骄傲。这一刻的她，是美丽的。虽是轻描淡写的几句话，但两个年轻人异乡打拼的艰辛，不难想象。

"你终于苦尽甘来，过上好日子了。"

"还没有呢。"5床喝了一口水，神情暗淡了下去，"我结婚七年都没有怀孕，你们不知道我吃了多少药啊，感觉这世上的药都被我吃遍了，但就是怀不上孩子。后来我去做了两次试管婴儿，可以说，那时候我赚的钱都花在这上面了，但两次试管婴儿都失败了。我开始绝望。心想，这也是我的命，这辈子恐怕没福气做母亲了。我丈夫也安慰我，说没孩子就没孩子吧，我们两个人过到老。这么一想，也就放松了。可没想到，人一放松心一宽，后来居然就怀孕了，还生了两个孩子，一儿一女。你看，我女儿漂亮吧？十六岁，一米七的个子呢！这是我儿子，今年十岁。"

5床极骄傲地把手机里一双儿女的照片给我们看。女儿确实长得挺漂亮，估计像爸爸。我由衷地赞叹："你女儿真漂亮，你怎么能生出这么高的孩子来？是不是孩子爸爸很高？"

"不高，我老公身高才一米六五（说好的帅如刘德华呢），我也才一米五高。"

"啊？那你养孩子有什么秘诀？"

"我女儿喜欢吃鸡腿呀，我自己家做的鸡腿。"5床笑言。

"那能不能把秘方也告诉我们？"我和4床开玩笑地问。

"没问题！"5床手一挥，爽朗地笑了。

"那你现在还在大连开店吗？"

"早就没有了。"

5床往杯子里续了水，话题又回到了她在大连的烤鸡店上："到了第十四年，在烤鸡生意最好的时候，我把店盘给别人，一家人回到了温州。"

"为什么？"我着实吃惊。

"因为那时候我丈夫迷上了游戏，每天不管生意，跑去打游戏。我试过很多方法都不能让他从对游戏的迷恋中走出来，到后来觉得实在没办法了，心想，即使生意再好，这地方也已经不适合我们再待下去了。所以当机立断，把店和配方都盘给了别人。"她说得一脸的风轻云淡，仿佛只是舍弃了一件旧衣服般的平静。

我对眼前这个毫不起眼的女人，瞬间就生出了几分敬佩。古有孟母三迁，她这是为了丈夫而决然扔下苦守的生意，舍弃大把赚钱的日子，这样的决心和魄力，难能可贵。

"离开大连后，我还去过长沙、广州等地，做过一些小生意。嗯，我还学过美容，所以我只要一眼，就看出你皮肤好，你的皮肤会发光，你看看我的脸，是粗糙暗淡的。"5

床似乎特别热衷于"一眼"这个词，她得经历多少生活的打磨，才练就这"一眼"的自信和准确？

5 床下意识地摸了一下自己的脸，停了几秒钟，自嘲般笑了笑，又把话题接了下去："最后想想，孩子大了，还是要回家发展好。回到温州以后，我先是开旅馆，然后又开饭店。旅馆的房子因为拆迁问题，不得不关门。饭店开在万达广场，是一家川菜馆。那时候，特别辛苦，为了节省开支，我都自己掌勺，连厨师也没请。我自己去学习川菜的烧法，一个菜一个菜地学，每天泡在厨房的油烟里。儿子那时候还小，既要带儿子，又要烧菜，生意好的时候，每天忙得腿抽筋，站都站不住。对了，我炒菜的时候，颠锅颠得可好了。"

我笑着接了一句："我也会颠锅的。"

5 床哈哈大笑，瞄了我一眼说："你那算什么颠锅？你知道我饭店里炒菜的锅有多重吗？你这白白净净的手，有几斤力气？怕是你连锅都端不动。"

看着眼前一米五左右小个子的 5 床，我万分感慨。这女人的身体里，似乎蕴含着巨大的能量。厨师绝对是个体力活，除了小面摊，我还没见过哪个饭店的厨师是女人。不难想象，这个小女人一手大锅一手铲子，在后厨热火朝天的样子，她硬是把自己的生活炒得有声有色，红红火火。

"真是辛苦，那你现在还开饭店吗？"

"不开了，两年前关了，身体吃不消。现在我丈夫入股了朋友的工厂，我们也买了两套房子了，总共两百平方，大的房子以后给儿子结婚用，小的房子自己住，生活安定下来了，就不再这么辛苦了。你看我，这些年累的，身体也不好，这次做痔疮手术，下个月要去做子宫切除手术。"她毫无保留地跟我倾诉一切。人有时候就这样，一些话你可能不会对熟悉的人说，但是因为陌生，所以没有了负担，反而更容易说得出口。

我不好意思问她，为什么要切除子宫，这对女人来说，总归是痛。便顺着她的话说："是要好好享受生活了，你现在是苦尽甘来，心想事成了。"

"是啊，算是心想事成，当初不喜欢我的人，如我所愿，被我感动了，现在对我很好，每个月的工资，一分不差交给我。以为自己不会生育，现在儿女双全。经历过这么多事，我也想得很开，人和情义才是最重要的。比如我丈夫的大哥，讹了我们两百万（好像有关房子的事，我没听懂也没记住），现在他欠赌债逃了，他儿子我照样给他养着，孩子是无辜的，大人的恩怨不应该由小孩子来承担。我婆婆也最信任我，因为我对她最好。我自己的父亲基本上也都是我在照顾，还得听自己兄弟的怨言，说我多管闲事。"

说到这里，5 床突然停住，继而一声惊叫："哎呀，差一点忘了给我爸打电话了，我过来住院，得好几天不能去看他，他会念叨我的，我得骗他，说自己出去旅游几天，不然怕他担心。"

5 床给她爸打电话去了。

看她趴在窗口打电话的身影，是那么矮小，但在我眼里分明又是那么的高大。

第二天，我见到了 5 床的丈夫。黑壮沉默稍带一点腼腆的男人，自然，在他身上我找不出半分刘德华的影子。只能说，情人眼里出帅哥。他很沉默，几天来来去去，除了和自己的妻子极少的交流，没和我们说过一句话，甚至连招呼都没打过。而5床却乐观开朗说话滔滔不绝。这么两个性格迥异之人，5床当初一眼相中并决然相随，只能说，婚姻真是宿命。

　　而后几天，5床依然在说自己的故事，家庭琐碎，人生际遇，生活坎坷……我无法一一记得。最后我总结性地对她赞叹："你的人生可以写一本很厚的书了。"

　　这是一个为了自己所爱能卑微之极，也坚强之极的女人。她敢闯敢拼，有魄力有胆识，善良真诚，像一棵坚韧的小草，顽强生长。这样的5床，看似其貌不扬，但分明闪着光。于芸芸众生而言，她是极其普通的一员，她这四十多年的人生之路，也是这个时代，大多数温州人的奋斗史。

拣 — 逍 — 遥

世事局中局，夕阳山外山

　　长亭外，古道边，芳草碧连天。晚风拂柳笛声残，夕阳山外山……

　　经常会在不经意间，哼唱起《送别》这首歌。

　　最早听此歌，是在学生时代的音乐课堂上，当时只觉得好听，旋律优美舒缓，歌词带着淡淡的忧伤。老师说，要唱出凄凉而沧桑的感觉来。可少年的懵懂，怎么能体会这种千帆过尽的苍凉和高远呢？虽不能理解其意境，但不妨碍我对这首歌的喜欢。慢慢地，从书上读到了许多歌曲背后的故事，知道了词作者不平凡的人生，于是，对这首歌的欢喜，就不只是停留在好听的表层上了，而是带了强烈的情感色彩。一听到《送别》的旋律，在残阳如血、碧草连天的画面里，就会出现一个目光深沉、面容清瘦之人，着一袭僧衣，于晚风之中孑然而立，孤独萧索。《送别》毋庸选择地被贴上了弘一大师的标签，如同《二泉映月》之于阿炳。这是艺术的魅力，自然而然，避无可避。

　　这世间，才子和美人讨人欢喜是极正常之事，但一位出家人依旧让人爱，其人格魅力便是不容小觑了。

是的，不管是麒麟才子李叔同，还是得道高僧弘一法师，他都让人欢喜膜拜。一个人，怎么可以把什么都做到极致？

两年前在泉州，即使道路塌方了，我还是想方设法绕道到弘一法师的舍利塔前，恭敬地鞠上一躬，以表自己的敬仰。因而，当听说音乐剧《夕阳山外山》开演的时候，想着，无论如何也要去看一看。

《夕阳山外山》是首部温州本土打造的音乐剧，可谓是满满的纯温州味道。从着手准备到开演，历时整整三年，以温州史实为依托，用音乐剧的艺术表演形式，再现了弘一法师传奇跌宕的一生。

偌大的剧场，座无虚席。据说，此剧一票难求，我算是幸运，捡了最后的漏。

全剧共 9 场，由 24 个唱段组成，时长 80 分钟。从第一场李叔同还是一个学堂里调皮捣蛋的学生开始，至远赴东洋求学，恋爱，再回国为人师表，经历战争家国破碎，到最后出家为僧，旅居温州结束，一环扣一环，紧凑精彩。

对于音乐剧，我其实是外行人看热闹，用的是看一部电影和看一本书的心情和视角。我无法以音乐专业的角度和词汇去阐述评点，只觉得，这样通俗的音乐表现形式，听起来轻松愉悦，听觉效果立体饱满，整个剧情下来，高潮部分重复的音乐，我觉得自己都能跟着唱出来了。为该剧的作曲者杨大可先生点赞。

我更多的是关注剧情。

这是一个传奇人物身上发生的传奇故事。

这个人的身上贴着很多的标签和头衔，至今都是被无数人膜拜和仰视的存在。他出身巨富之家，活得恣意潇洒；他是中国新文化运动的先驱，擅长诗词，是著名的词作家，单单一首《送别》便传诵至今；他最早将油画、话剧、钢琴引入中国，是中国第一个用五线谱作曲之人；他培养出丰子恺、刘质平、潘天寿等大批著名艺术家，桃李满天下；他被尊为律宗十一代宗师；他在篆刻、书法、戏剧等方面，都是绕不过的大家。他开创了中国许多个第一，而且在从事的每一个领域，都做到了极致。这样一个才情艳绝肆意率性的李叔同，这样一个醉心律宗佛学、青灯黄卷的弘一法师，一生是多么的精彩又波澜壮阔，再加上一个如此特殊的历史背景，这么多的内容，如何能浓缩到短短几十分钟时间里去展现？音乐剧确实是一个挺好的载体。说、唱、念、白，淋漓尽致。

剧中有一个唱段让我印象特别深刻：同一场景下，不同的时空交叉中，三个女人不同的装扮和唱词，清楚地交代了她们在李叔同生命中不同时期的身份地位和与他的情感纠缠。这样的艺术处理手法，当时就让我眼前一亮。

公子世无双，佛门亦高僧。李的一生，横跨两个世界。

音乐剧的前半部分热闹激情，演绎了李叔同才情卓绝轰轰烈烈的前半生。舞台上，他是那个挥洒文字、流连欢场、一掷千金也忧国忧民的李公子。后半部分清冷肃静，历经世间繁华，看尽天下离散，他人生的后半场注定只属于弘一法师和佛门慈悲。

天之涯，地之角，知交半零落。人生难得是欢聚，唯有别离多。

当他写下这首著名的《送别》词，也送别了自己的前半生。在头发落地僧衣上身的一刹那，世间再无李叔同。他，遁入空门，变成了清心寡欲的弘一法师。从极致的绚烂归于极致的平淡，他没有向别人解释过，连妻子和至交都不甚明了。丰子恺说，人的生活可以分为三个层面，一是物质，二是精神，三是灵魂。像弘一法师这样的人，享受过奢华的物质生活和富足的精神生活，唯一值得他探索的，也许就只剩下灵魂了。在这一点上，他终究是任性的。

人生犹似西山日，富贵终如草上霜。当年方十五岁的李叔同，吟出这样的绝句时，就好似为他以后看破红尘早早埋下了伏笔。一切似乎命中注定。

爱和慈悲，是全剧要表达的主题思想。从母亲送他留洋时的叮嘱（事实是母亲去世后，他才去的日本），到最后出家修佛，爱和慈悲是被反复吟唱的主题。"心怀天下，泽被苍生"也是他一生追寻的方向。他的爱和慈悲是广义的、博大的，对妻子孩子，却是决绝无情的。对发妻和其孩子，他连半句话都没有留。曾经恩爱有加的日本妻子来寻他，他连门都没让进。

她问他，什么是慈悲。他说，爱，就是慈悲。

她悲愤地责问，你慈悲对世人，为何独独伤我？

弘一没有回答。他写给她的信里说："你是不平凡的，请吞下这杯苦酒，然后撑着去过日子吧……我们终须是要分别的，只是将它提前罢了！"这样的信，我是读不出丝毫慈悲的，有的只是冰冷的决绝。夕阳驱散了轻烟，只留下一颗破碎的心。妻子绝望大哭而去。

如同之前的诗酒癫狂，弘一把无情也演绎到了极致。

这一段，演雪子的演员唱得万分绝望悲切，让人动容。

我突然又想起了在泉州弘一法师舍利塔前的景致，他的墓地旁边居然种了一大片花开艳艳的碧桃，和清冷的墓地形成了鲜明的对比。对于出家后的他来说，即使十里桃花，也是无意了。那一片碧桃花，倒是像极了他风流卓绝的前半生。但桃花，总有凋谢的那一天。

弘一法师旅居温州十二年，温州被他认为是第二故乡，他先后在温州庆福寺、宝严寺、江心寺等地住过，在此期间创作了《清凉歌集》《寒笳集》，整理了律宗名著《四分律比丘戒相表记》。在以江心屿双塔为背景的舞台上，在《清凉歌》的歌声里，弘一法师潜心修佛专心著作的身影，是那样的安静出尘。本剧说是以弘一法师在温州的史实为依托，"心怀天下，爱是慈悲"的歌声，也时时贯穿，但窃以为后半部分这一主题的表现过于单薄。

80分钟似乎一闪而过，音乐剧的帷幕在弘一法师合掌入定的画面中落下，观众的掌声潮水般响起。

曲终，人散。

我一个人，赴一场盛会，喧嚣之中的孤寂，一如弘一法师一生两种截然不同的状态对比。半世风流才子，半世得道高僧。不管是李叔同，还是弘一法师，他永远都是活得最为潇洒恣意的那个人，他的前半生只有诗和远方，不必为生活奔波苟且，甚至没有为时局艰难所限；他的后半生心中只有佛法，丝毫不为红尘小爱所累，真是率性至极。

　　然，世事局中局，夕阳山外山。他寻得圆满了吗？我们谁也不知道。唯有"悲欣交集"四个字，是他留给世人不解的答案。

那些孤独的身影

　　我到达布拉格的第一天，正逢我们中国的中元节。在这一天里，我们中国人是有着许多忌讳的，但在异国他乡，这些忌讳就显得不那么重要了。我和女儿想到的第一件事，就是要去祭拜卡夫卡。若卡夫卡有灵，在中元节里我们是否会更容易相遇？

　　那是一个下着微雨的傍晚，我们几经周折，多方打听，才找到了卡夫卡墓园的所在地，但大门已经落锁，好在守墓人听了我们的来意，很热情地开了门，并把我们带到了卡夫卡的墓碑前。卡夫卡，这位布拉格最伟大的作家，他的墓碑却是那样的不起眼，小小一块灰白色的花岗岩石碑，淹没在数以万计的黑色大理石墓碑中间，显得寂寥惨淡。若无守墓人带路，我们实在无从寻找。

　　墓园很大，大得仿佛无边。园外的世界也很大很热闹，车水马龙，人来人往。当我们把一束菊花放在卡夫卡的墓碑前时，我分明感觉到，躺在这里的人，是那么的孤独，真如寒冬里一只孤独的"寒鸦"。

喧嚣之中的孤独！我突然就想起这句话、这本书来。

那种过于喧嚣之中的孤独，是觉醒者的绝望，不管你活着，还是死去。

捷克作家搏胡米尔·赫拉巴尔的重要代表作《过于喧嚣的孤独》，写的就是卡夫卡笔下的布拉格——这个有着数千年历史的美丽城市中，喧嚣表层下最为阴暗底层的一面。作者用充满诗意的眼睛，去透视灰暗的日常生活，善意地倾听这个世界的边缘人。他被米兰·昆德拉称为"我们这个时代最了不起的作家"。他是"捷克文学的悲伤之王"。

翻开本书，跃然入眼的是这么一句话：我为写这本书而活着，并为写它而推迟了死亡。

这真是让人震撼的一句话。据说，作者为了这本书酝酿了二十年，三易其稿。一开始，书稿是以诗歌的形式呈现的，他觉得过于抒情。第二稿改成了散文，用的是布拉格的口语，他又觉得不够黑色幽默，少了嘲讽味。第三稿才改为小说。他说："三十五年了，我置身在废纸堆中，这是我的 love story。"

作者称其为自己的"爱情故事"，但这个爱情故事并不美好，也不圆满。它是一首忧伤的叙事曲，看似毫无章法且无意识的喃喃自语，却充满了嘲讽味和黑色幽默。作者用他恣意驰骋的幻想，把幻景和真实、希望和绝望两组强烈的对比反差，同时和谐地穿插在故事里，成就了他独特的艺术表现风格和手法。

故事发生在 20 世纪的布拉格。

浮华喧嚣之中，一个生活在社会底层的普通老头，在喋喋不休地诉说、自白，他的孤独，他对艺术、对美的坚守，是旁人无法理解的，也和那个社会格格不入。但这样的独白却不让人反感，反而很着迷。一本并不算薄的书，读至结尾，我才赫然发现，全书竟然没有分段落。而我一直读下来，竟没有察觉。这是多么令人震惊的事。在习惯了碎片化阅读的微时代，很难得。

诚如作者所说，一切暗喻和象征都包含着流血的实质。主人公汉嘉工作的地下室，其实就是整个社会的缩影，所有的生活污水垃圾都汇聚于此，老鼠们乐此不疲地内讧战斗，永不停歇。文中出现的人物，也都是最普通的弱势群体，他们为生存丢弃尊严，却依然活得艰难。这个社会，就像是被他扫入压力机的垃圾一样，散发着恶臭和肮脏，吸引着苍蝇和老鼠。

但在这样的垃圾场里，主人公却在寻找美，发现美。他"把书贴于胸口"，"嘬糖果似的嘬着那些美丽的词句"。他注重一切美的仪式感——虔诚地为自己打的每一个废品包里装上一本名著，再裹上一张名画的复制品。仿佛他这么做就会给丑恶的社会带来真善美。虽然他知道这是无用之功，他却把这看成是自己的使命。他时刻处于紧张的状态，他不断地提到头上重达两吨的书籍。这两吨的书籍，就像达摩克利斯之剑，时刻警示他不要忘记自己的使命。

主人公汉嘉反复述说着，天道不仁慈。但是天道又在哪里？当处在一个知识被禁锢、美被摧残的时代，众人皆醉我独醒，是注定要痛苦的。真正有智慧、有责任感的先行者，可能和其所处的时代都无法轻易地去握手言和。

　　这样一个人，身份卑微，思想高尚，有血有肉丰满地存在着。在这个喧嚣的世界上，老人是一位孤独的守望者，也是一位觉醒者，他用书籍和艺术来救赎自己、净化社会。

　　但现实依然是肮脏残酷的。

　　最后，绝望的汉嘉还是不得已要离开他的"天堂"。看着自己的工作被人轻易地取代，看着孩子们在老师的带领下撕毁书籍，看着野蛮侵占一切，他彻底地迷茫了，直至崩溃。失去了精神的支撑，集工人、酒鬼、书迷三位于一体的诗人汉嘉，躺在了传输带上，把自己打进了废纸包，乘着书籍飞升天堂。这样开放式的结局，悲伤之中带着唯美，令人深思。向生而死，是希望的诞生。这可能是作者想要表达的意愿。

　　今年夏天，我远渡重洋，穿行在布拉格繁华美丽而又古老的街道上时，总想起那些喧嚣之中的孤独身影——汉嘉、赫拉巴尔、卡夫卡……

行走的力量

对于陈坤，只知道他是一个不错的演员，也是一个没什么负面消息的明星，其他不甚了解。我不追星，从来没有想过要去了解一个演员的生活或是人生。但他确实是我喜欢的男演员之一，不只是因为他长得帅。

明星么，离我们大众都是遥远的，是否喜欢，大多会受他演绎的角色所影响。陈坤演的电影电视剧，我大多看过，从《金粉世家》，到《云水谣》《龙门飞甲》《画皮》等，角色跨度很大，演得也都很出彩。但不管怎样的角色，他眼睛里流露出来的那种忧郁和深沉感始终没有变。这好像是我喜欢他的最大理由。

没想到陈坤还会写文章。文笔还不错。这着实令我惊奇。当然，比他文笔更好的，是他如今丰富的内心世界和强大的精神力量。

如果在平时，一个偶像派演员写的书，我是没有兴趣去看的，我的八卦心一直很缺乏。我是在去往西藏的前一天，在友人处发现了这本书——《突然就走到了西藏》。就为这个题目，就为相同的旅程，我突然对这本书有了阅读的欲望。但，直到我也走过西藏了，直到今天，我才有空闲，用自己走过的足迹，去印证他人的脚步。

发现，他是一个让我惊艳的男人。

初秋微凉的早晨，气温宜人，泡上一壶茶，不经意地懒懒翻开这本书。没想到，一读就欲罢不能了。

陈坤用两条线索相互交叉的方式，讲述了他和团队在西藏的行走，及他自己人生之路的行走，剖析了自己从一个穷苦人家自卑敏感的孩子，成长为如今拥有明星光环的成功男人的心路历程。全书言辞恳切、坦诚，我们看到了他的迷茫、挣扎，也看到了最后凤凰涅槃般的转化。许多感悟的语句，让人深思共鸣，也让人鼻子发酸。难能可贵的是他在耀眼的明星光环下，从迷失中找到人生的定位，始终保持一颗清澈通透的悲悯之心。

行走西藏，是陈坤发起的一次公益活动，他经过层层筛选，挑选了十名大学生，用了将近一年的时间，完成了整个组织和训练，然后用了十一天的时间，一步一步，在西藏走完了整个旅程。通过在西藏行走中所经历的一切，所有的坚持和残酷，以及对自身体能极限的挑战，陈坤告诉自己和这些大学生，这样的行走经历，是一颗种子，让他们内心变得强大的种子。

这颗种子，也许不会马上发芽，但是它会在某一天，在你人生的路上，在面对困难的时候，破土而出，茁壮成长，直至，给你力量。

此次西藏行，我也颇多感慨、颇多感悟。二十天的时间里，我也一直都在路上，不同的是，我大多数的时间是在车上，真正用脚步去丈量的时间并不多，但心灵的行走是相同的。由此，读此书时，便多了许多为之击掌的共鸣。比如，当我徒步十公里，排除一切困难，甚至超越了自身体能极限，终于成功登上亚丁近五千米海拔的高山时，那种行走的体验带给我的力量感和途中心理上的磨炼，是受益无穷的。以后做任何事情，遇到困难，我都会想起那一刻的坚持和超越。只要你内心是坚定和渴望的，没有什么可以阻挡你前行的脚步。

再想起一路上遇到的那些徒步行走的背包客，那些从成都或者更远的地方骑自行车进藏的骑行者，以及花上一年半载的时间在路上，磕着"等身长头"，一直磕到拉萨的朝圣者们。行走的力量，在他们的脚下，变得那么的强大。

我们每个人，都在路上，脚步的行走和心灵的行走，缺一不可。生命只有一次，只有一直向前，方不负时光，不负生命。哪怕后退，脸也要向前方。

陈坤在这本书里，写西藏当下旅程中的一刻，却又时时回到他的过去，想着他的未来，以及人生的意义。

从一个自卑的孩子，到如今充满正能量、传播正能量的男人，陈坤说自己走了三十年。他自嘲自己成名是"爆发户"，这一路都是"巧合"的幸运，都有贵人相助。但，我们知道，任何成功的背后，都是有着无比努力的付出和拼搏。

因为这本书，我对陈坤这个人有了一定的了解，也对演员这个职业，有了更多的认知。如他所说，演员只是职业，他和所有普通人一样，有七情六欲，会失意，会失恋，会发怒，会忧伤，重要的是怎样成为一个更好的自己，去帮助需要帮助的人。

这便是生命有意义的行走。

所以说，这不是一本满足大众八卦娱乐心的明星自传书，而是一个在世间行走的人很老实的心灵告白和自我剖析。

一个男人真正的魅力，永远不在于他长得有多么好看，或是拥有多少财富，而是在于他的胸襟气度，在于他对这个世界的善良悲悯，以及责任感。有人评价陈坤，帅气的外表下，有一颗帅气的心。深以为然。

人生是一条高速公路

昨天厚厚的云层，一夜之间消散殆尽，今早，阳光灿烂，碧空如洗。十一月以来，今天是难得的好天气。洗衣机在欢快地工作，我在餐桌前慢悠悠地吃着早餐。桌子上只剩下一半的蛋糕提醒我，昨天，乃至昨天以前的所有日子，都是旧的，今天崭新的生活、生命和太阳，都不应该被辜负。

随手翻开桌上雷平阳的诗集《悬崖上的沉默》，读第一首诗《高速公路》，便觉得有点意思。

初看，觉得不过尔尔。"我想有一座房子"的意愿，海子老早就说过，且他"面朝大海，春暖花开"之句，深入人心，诗意都泛滥成大海了。再看雷的诗，语句平白，毫无诗意，像一个老实巴交的庄稼汉，还是上了年纪的那种。

我想找一个地方，建一座房子

东边最好有山，南边最好有水

北边，应该有可以耕种的几亩地

至于西边，必须要有一条高速公路

看到这里，着实奇怪，为什么要有一条高速公路？如果前几句还有点场景感，环境还算幽静，那么，这条横空出世的高速公路可真是个大破坏。

带着疑问，接着再读：

我哪儿都不想去了

就想住在那儿，读几本书

诗经，论语，聊斋；种几棵菜

南瓜，白菜，豆荚；听几声鸟叫

斑鸠，麻雀，画眉……

到这儿，采菊东篱下，悠然见南山，很惬意了，但还是一个人在絮絮叨叨地说话，和高速公路一毛钱关系都没有。

再接下来读：

如果真的闲下来，无所事事

就让我坐在屋檐下，在寂静的水声中

看路上飞速穿梭的车辆

替我复述我一生高速奔波的苦楚

原来如此！这最后一句，直戳心窝，让人有落泪的哀痛。无边的苦楚潮水般涌进来，让人窒息。

这便是所谓的诗眼所在吧！高手！摒弃华丽繁复，用最简单朴实的语言写出大悲大喜大感受，才是写作的高境界。

反过头来，再通读一遍此诗，这些平实朴素的语言，勾勒出一幅极美的画面。在诗里，诗人对方位的安排是用心的。

你看：

东边有山。东方，寓意希望。东方的山头，见日，亦见月。每天早上，当太阳从东边的山头爬上，便是一天美好生活的开始。读书写字也好，种菜种花也好，一日之计在于晨，在于东。

南边有水。一座理想中的好房子，肯定是要坐北朝南的。你的门前若是一汪湖水，便可开门见山水，这可是好风水。不管是阳光明媚、波光熠熠，还是细雨蒙蒙、涟漪轻泛，都是美景。

北边几亩地。自家后门一开，便是几亩地，可栽瓜种豆，随意侍弄，顺带听听鸟鸣，这不是后花园么？简直爽歪歪了。

西边高速。闭上眼睛畅想吧，太阳从西边落下了，夕阳的余晖中，坐在屋檐下，看逆光里的高速路上，飞速穿梭的车辆，幻化成一道道剪影，是一幅多么美的画卷。可以任思绪飞扬，也可以什么都不想。彼时彼刻，无论怎样，都是好的。

你不觉得，在这首诗里，雷平阳就是一位环境规划师吗？

房子，高速公路。一静，一动。两者构成了生命和生活的本质状态。

也许，诗人要的是一座依山面水的房子，来承载《诗经》的风流、《论语》的思想、《聊斋》的自由，然后，用一条高速公路来复述自己一生高速奔波的苦楚，提醒自己生命活着的意义和艰难。而我，把它读成了居家过日子的庸常。

当然，一千个读者眼中会有一千个哈姆雷特。任何一篇文章、一首诗，都一样。我只是在这个美好的早晨，读出了自己的心情，并随口胡诌了一通。而已。

早餐吃好，诗也读好了，晾被子、晒衣服去。

如他般孤独

　　星空是谜，凡·高也是谜。但越是难解之谜，才越引人遐想和狂热。

　　油画动画电影《至爱凡·高》以"凡·高之死"为主要线索贯穿全剧，通过人物访谈来拼凑还原凡·高的生前，是对他短暂悲苦的一生和他那充满争议的死亡的一次探索，试图通过重构可能导致他死亡的那些事件，去揭晓谜底。但最终你会明白，对凡·高之死的刨根问底其实正如死亡本身一样的虚无，他说，我只是想自杀。也许，只有死亡才能解救他敏感孤独而又无助的灵魂。

　　就电影本身来说，并不出彩，它的精彩之处在于艺术表现形式，这也是我看此片的目的。除去影片所要表达的人物内心精神世界，这是一部"很凡·高"的纯视觉电影。影片把凡·高的印象派油画作为手绘的唯一基础，那些浓烈饱满的色彩、狂放的笔触和旋转流动的线条，铺满整个荧幕，填满你的眼眶，致使"凡·高印象"扑面而来，使人眩目。随着故事的进展，凡·高笔下的人物、酒馆、星夜、麦田、统统都活了过来,仿佛每一个镜头都像凡·高亲自画下来似的。这样的视觉盛宴,美得令人窒息而震撼。要说缺点,许是受动画片的制约,整个画面少了远景和透视感,也少了许多原画的细节,显得有些局促而粗糙。

有人说,单单看到凡·高那个转身的背影就已经泪流满面。有人说,这部片子就是现代艺术市场的一个鬼,亵渎了凡·高。这很正常,任何一部电影都会有不同的声音存在,艺术这东西,很难真正去定义。有人问毕加索,什么是艺术?毕加索反问,什么不是艺术?诚然,一万个人的眼里,应该有一万种艺术的样子。

这虽是一部视觉电影,但观影过程中,内心是压抑而沉重的。

故事从邮差的儿子阿尔芒为已经去世一年的凡·高送信给弟弟提奥而拉开帷幕,从他一开始对凡·高的蔑视误解,到后来的理解认同,这一过程,也是世人对凡·高其人其画的认知过程。

凡·高是孤独的。这是整部电影给予的最强烈的感觉。有人说,他孤独并享受孤独。我却不这么认为。凡·高并不享受孤独,他比任何人都渴望温暖和爱,渴望得到社会的认可,渴望得到家人、朋友的温情,但他求而不得。他的孤独从小就开始了,父母对他是疏离的,长大后,社会对他也是疏离的。帮工被人辞退,立志想当牧师又被驱赶(幸好没当成,不然世间将无凡·高),而他偏偏是一位内心情感炽热之人。这样的人,总得为自己的精神找一个出口,也注定会燃烧和迸发。

凡·高说，我心藏瑰宝灿烂如歌，唯有画作可为我吟唱。

哪怕凡·高二十九岁才开始作画，但这并不妨碍一个天才的出现。他为绘画而生，也为绘画而死，一生创作了1000多幅油画，从一个默默无闻的落魄画者，成为一个世界级的大师，只用了八年的时间。这八年，是凡·高最困顿的时候，也是生命最丰盈的时候，他疯狂地画画、阅读，完全沉浸在自己的世界里，不为世人所理解。当孤独感越来越强烈，加之家族遗传的精神病，让凡·高生命后期出现了焦躁、多疑、幻听等症状，甚至割了自己的耳朵送给妓女。彼时的社会，注定容不下这样的人。而他，似乎也容不下自己了。三十七岁。凡·高的生命止于三十七岁，他用一把猎枪结束了自己的生命，从此后，他永远高居神坛。

你看凡·高的自画像，他的眼神里有着桀骜不驯，有着偏执的疯狂，但又偏偏是清澈的。这样的凡·高，似乎是怪癖另类的代名词，但他却又是那么的温情而温暖。人们只知道他是一个伟大的画家，殊不知，他还是一个不折不扣的文青、一个哲学家。

弟弟提奥是凡·高最大的精神支柱和物质提供者，他给弟弟的家书，就是一部自传。从这些书信里，你会看到一个令人无比惊讶、截然不同的凡·高。他文笔优美简练，思想深邃，字里行间，充满了对世界、人类的无比热爱和激情，你也看不到他一丝一毫的"疯子"形象、"精神病"症状，他正常极了。他的身上满溢着正能量。这样一个对世人，对上帝，甚至对万物都掏心掏肺热爱着的人啊，是那么渴望温暖与理解，如同一个孩子渴望糖果和爱。可是，就是这么一个"内心有大自然，有艺术，有诗"就感到满足的人，成了世人眼中的疯子。

他说："请对我耐心一点，我将向你奉献一切。"可是，这个世界没有给他哪怕一丁点儿的耐心。只能说，他对世界报以赤诚之心，世界却还他以冷漠决绝。

他说，我们都清楚，必须经历时日。是的，很多事情必须经历时日，伟大的人即使死亡，也不会湮灭，时间会还他公平。凡·高用他精神苦难的结晶给人们以安慰，他对这个世界深刻而细腻的感知，已经通过火焰般晃动的笔触和色块，深深刻在我们心里，潜移默化地影响着百年后人们的内心和世界的关系。

法国那个叫阿尔勒的小镇，怎么也不会想到，曾经那个穷困潦倒受人欺凌嘲笑的画家，会给它带来永世的名声，以及永不枯竭的财源。因为有了凡·高，时至今日来这个小镇旅游的人们仍源源不断。

凡·高之死，如同星空里一颗明星的陨落，这悲剧式的结果总是令人惋惜，但我理解他的选择，他的放弃，是不屑于与这个黑暗的世界相处。看着凡·高那孤独踉跄的背影走在雨里，我潸然泪下。

幸好，再孤独的人，也还是会有知音。比如邮差，比如唐吉老爹，比如加歇医生，他们理解他的孤独忧郁、彷徨无奈，欣赏他的赤诚和才华，他们是除了提奥之外给予过他温暖的人。

95分钟，6.5万幅画作。当阿尔芒寻找凡·高的旅程走向末尾，当 Vincent 的旋律响起，我长舒了一口气。

环顾四周，偌大的放映厅里，仅我和另一女孩两人观看。不由得长叹了一口气。这是一个审美缺失的年代，艺术疯狂地趋于功利。在普罗大众的心里，凡·高和他的画，自然不如那些美国科幻大片好看。回头再看看凡·高所处的时代和背景，突然发现，今天的我们，其实和他一样的孤独。

但有百鸟，无法朝凤

　　知道《百鸟朝凤》这部电影，源于这几天微信上疯传的一条消息，据说发行人为了请求影院安排档期而下跪。到底是一部什么样的电影，值得一个发行人去下跪？好奇心起。观罢，回肠荡气，胸中鼓胀的情绪久久难以平息。

　　几乎是含着泪水看完整部电影。

　　老一辈艺人对艺术的执着、深情，还有做人的品性德行，以及唢呐这种小众民族乐器的没落现状，让人感动又心酸。这是吴天明导演的绝世遗作，可以说也是他自身对艺术态度的写照。有人说，看了这部电影后，感觉是失望的，归之为烂片也并不意外。比如剧情的安排甚至影像技术什么的，都缺乏新意太过老套和传统。但窃以为，像这样一部艺术片，它讲究的应该不是技术层面的问题，而是以情见长。这部电影从表面上看，是写两代唢呐艺人对唢呐的传承和坚守，但从深层次来看，表现的却是我们在对待中华民族优秀传统文化这个问题上，应该持有怎样的正确态度。撇开目前五花八门的特技数码技术，这无疑是一部好电影，但这种艺术片曲高和寡。尽管有一拨知名电影人为之呐喊助阵，但仍是观众寥寥。整场电影，连我在内，一共三位观众。

故事发生在八百里秦川一个叫无双的小镇上。影片讲述了焦三爷与游天鸣这两位新老两代唢呐艺人，为了坚守信念所产生的真挚的师徒情、父子情，以及师兄弟之间的兄弟情的故事。

唢呐这一乡土气息浓郁的乐器，在无双镇（其实是在整个秦川大地上），是流传久远的民间艺术，它不仅是娱乐，更具意味的是，它在办丧事时，是主角，是对逝者的一种人生评价和一生功德的概括。比如道德平庸者只吹两台，中等的吹四台，上等者吹八台，只有德高望重者才有资格享用《百鸟朝凤》。如果说前几种还可以和金钱挂钩，那么《百鸟朝凤》这支曲子，却绝非你有钱就能享用的。比如影片里一位村长过世，即使他的子孙披麻戴孝在焦三爷面前下跪叩首请求，焦三爷也不为所动，只是坚决地摇了摇头，因为他的德行够不上。这就是老一辈艺人的执着，凡事他们都讲究一个规矩，但是这"规矩"二字，在当今社会和人们的心里，却越来越模糊，越来越一文不值了。

整个无双镇，只有四方闻名的焦家班班主焦三爷能吹《百鸟朝凤》，好比武侠小说里继承衣钵绝学的那个人。这首曲子的传承，有着严格的规矩和硬性要求。并不是曲子本身有多难，而是学这首曲子的人必须人品端正，忠守唢呐艺人的德行，真正做到"唢呐离口不离手"。焦三爷说，你要把唢呐吹到骨子里去。也就是说，要从骨子里热爱着唢呐。

这样的德行和赤子之心，焦三爷做到了。他的弟子游天鸣也做到了，但是游天鸣能否坚守到最后，已经由不了他本人的意愿了。在时代变迁的浪潮下，有些坚持真的无能为力，生存下去才是第一要紧的。

影片用几个细节阐述了时代背景，以及唢呐由盛到衰的变迁。

一是故事开始时，游天鸣的父亲带着他去唢呐王焦三爷家拜师学艺。焦三爷的出场，相当有派头，乍一看，一副江湖大佬的模样，那神情、那气场，就表明了焦三爷虽然是个吹唢呐的，却是别人敬仰的人物。而游天鸣的父亲，却是一副卑躬屈膝讨好的神态，忙不迭地躬身上前递烟，以至于紧张摔倒。这场景，很好地交代了唢呐在民间的地位。

二是游天鸣在逃学回家时，听见父亲和邻居间的对话。父亲吹嘘自己的儿子会吹《百鸟朝凤》，邻居赞其为村争光。由此可见，这是多么光宗耀祖的事情。

三是游天鸣学成接了焦三爷的班后，对着日渐没落的唢呐却还在坚守的时候，连当初把自己的梦想寄托在儿子身上的父亲也叫他改行，那一场父子之间的对白，无奈地表明了唢呐的衰落。

同时衰落的还有人的理想和梦。

世界变化太快，一个人的梦想是会随着现实而变化并消亡的，所以坚守便显得难能可贵。

戏剧最尖锐的冲突，在于民乐和西乐的那一场对抗赛，最后以大打出手这样的闹剧收手。看着满地的狼藉，宝贝了一辈子的唢呐被踩得面目全非，焦三爷的心是在滴血的。那一刻的绝望，是多么的庞大。连同一起碎去的，还有他的尊严。但时代前进的脚步谁也无法阻挡，闭塞的西北农村一旦被"西乐加女人的超短裙和曼妙腰肢"所包围，那么"土里吧唧"的唢呐还能有什么市场？消亡是注定的。

饰演焦三爷的陶泽如，表演精彩极了！他把一个艺高德重的唢呐王形象，刻画得淋漓尽致、入木三分。他的两场表演让人难忘。一是弟子游天鸣继承了他的衣钵出师后，第一次接活结束来看他，师徒俩对酌酒酣后的喜极而奏；二是在他生命中最后一场《百鸟朝凤》的吐血倾情演奏，一悲一喜，都让人无比动容。我相信，我们还会有无数次的机会去看譬如《美国队长》这样的电影，但再也没有机会去听一曲一个纯粹艺人用生命、用热血吹奏的《百鸟朝凤》。

影片中的《百鸟朝凤》是大哀之乐。当濒死的唢呐王焦三爷，拼死喋血吹出《百鸟朝凤》之时，我的眼泪也随着音乐肆无忌惮地流。这大哀之乐，也是为唢呐本身而奏。唢呐，是民族器乐里一种独特的存在，它不及一些丝竹弹拨乐器来得高雅，它根植于民间，存活繁荣于民间，一直是下里巴人，永远难成阳春白雪。似乎在全国各地，它都是白事的主要乐器，因而随着生活水平的提高，时代的飞速发展，日渐式微甚至没落，也许是它无法避免的命运。影片末尾，最后一代班主，年轻的游天鸣，看着分散的游家班，还有那个在西安城楼上像个乞讨者般吹唢呐卖艺的老人，他迷惘无助的神情，让人为之扼腕叹息。

　　如今，唢呐被列入非遗，在民乐里也占有一席之地，自然也算是登上了大雅之堂，但比之其他乐器，它依然是孤独寂寞的。曾经的民间艺人被冠上艺术家的头衔，看起来仿佛光彩熠熠。但居江湖之远的繁荣热闹，和居殿堂之高的清冷孤寂，哪个才算是真正的传承？不说也明白。

　　遗憾的是，整部电影里，听不到一首完整的《百鸟朝凤》，都是碎片化的乐段表现。尤其是百鸟的叫声，也穿插到平时的片段里。这样的表现手法，是对唢呐这一器乐尴尬现状所做的诠释吗？我觉得焦三爷是配得上《百鸟朝凤》的，导演应该把一首最完整的《百鸟朝凤》献给他。即使徒弟们因为去打工伤的伤、病的病，已经凑不齐八台的伴奏，游天鸣也应该独奏一曲《百鸟朝凤》，以慰亡师之高贵灵魂。

　　影片结尾也显得过于仓促。当荧幕上焦三爷的背影渐行渐远，并显出"剧终"两个字时，我还没有回过神来，就这么完了？是的，剧终了。可是唢呐之路没有终结。何去何从？留了很多悬念。这或许就是本片留给我们所要深思并要面对的问题吧。

云中谁寄锦书来

云中谁寄锦书来，雁字回时，月满西楼。

鸿雁传书，这是多么久远的事了？每个人心底，都会深藏着一封用青春和懵懂涂写的情书吧。

特意去电影院看《北京遇上西雅图之不二情书》，肯定是奔着第一部《北京遇上西雅图》去的。还有，我曾经为第一部电影写下好几千字的影评，这也是一个情结所在。但看了这封"情书"之后，才发现，什么第一第二的，在故事情节上压根没什么关系。这部电影名字的断句应该是"北京遇上西雅图之不二，情书"。据说导演也是这个意思，说不二，就是表明并非第一部的续集。据说，"不二"的另一层含义也代表了在爱情上的信念和坚守。

看后上网搜索了下影评，吐槽的人很多，意思是太文青，太作之类的。不过，我多少还是有些文青情结的，所以个人觉得，影片说不上特别好，但也不是像个别网友说的特别乏味，还是有可看性的。

至于让我费笔墨写观后感的原因，可能是一时的心绪使然。突然很想写信，但不知道写给谁。

那就写写电影吧。

一直不喜欢在看一部电影之前去剧透，所以我还停留在第一部的剧情里。一开始，当银幕上出现的汤唯居然身在赌场，一幅欢场女子玲珑老练的模样时，我深感意外。是的，汤唯饰演的女主角，是一位名叫"姣爷"的赌场公关，一个在喧闹市侩之地为了生活苟延残喘的女子。呵，这有点意思。

镜头切向地球的另一端，美国。男主角在旅游车上向中国游客推销房产。没错，吴秀波饰演的男主角大牛，是一个满嘴跑火车的房产经纪人，一个远在异国他乡戴着虚伪面具的谄媚男子。

这是两个很有特色的职业，也是很有代表性的两个职业。赌场公关、房产经纪人，似乎都不怎么讨喜，甚至还带着一些不屑的贬义。这么两个看似毫不相关的人，能发生一些什么故事呢？这好比北京和西雅图这两个地球两端的城市，只要你想，一切也是皆有可能的。

影片很跳跃，很有蒙太奇的效果。我一开始跟不上节奏，没能看懂那来来去去的信，以及那本叫作《查令十字街84号》的书，到底是怎么回事。一个在美国，一个在澳门，而信都是寄往英国，怎么收信？随着情节的展开，终于看懂了，原来，他们有一个中转站，就是英国查令十字街84号的一家书店。书店老板弗兰克和女作家海伦相互通信，但双方却二十年间始终未曾谋面，虽相隔万里，却能深厚情意、莫逆于心。这样的故事，美好却带着遗憾。大牛和姣爷把遗憾变成了圆满。书店老板过世了，他们也知道了彼此的真实身份，于是查令十字街84号，成了他们共同的目的地。

情书的最先，并不是情书。一开始，是两人掐架似的互相讥讽。到后来，两人相互倾诉烦恼，相互鼓励，到最后袒露心扉。用这样的方式来讲述一个爱情故事，其实也没多大的新意。但在这个互联网铺天盖地，书信已死的年代，写信，成了一个需要单独拎出来渲染的稀罕玩意儿。于是，电影和故事，就都有了存在的理由。

生活是现实的，有滚床单的热闹，就有滚钉板的惨叫。而现实，更是残酷得血肉模糊，我们常常自以为是的那些关系，其实很多时候都是自欺欺人而已，脆弱得经不起任何的风雨。好比姣爷的生活。好比姣爷的那三段感情。

姣爷自小是个爱读书的文艺好女孩，可是好赌的父亲那一屁股赌债，迫使她以一个十五岁女孩的娇弱和胆怯，在一个大雨的深夜，手提两把砍刀，独闯狼窝。她的生活就此改写，文艺女孩焦姣，成了混迹赌场的"姣爷"。命乎？运乎？反正这就是残酷的现实和人生。

姣爷在和大牛通信期间，同时也体验了三段感情。

一是对学霸同学的爱慕。陆毅饰演的学霸同学一开始的光辉形象，在赌博和金钱面前彻底输掉，轰塌得支离破碎。这种单方面的信任和爱慕，让发誓不再欠债的姣爷背上了一百万的巨债，但她除了对学霸投去藐视和不屑的眼神，只能用眼泪为自己的轻率埋单。姣爷是硬气的。这为她和大牛的一系列诗词对白埋下了伏笔。古典文学对她的熏陶，使得她始终拥有那份清高。

姣爷的第二段感情，男主是王志文饰演的富商，两人有不少的对手戏。王不愧是老手，演得很是出彩。姣爷对他是动过真情的，不为别的，就为他那句"你真让人心疼"。为这句话，姣爷放声痛哭。女人就是如此，心底的防线，可能连炮弹都攻不开，却会因为一句关心的话语而决堤。哪怕平时姣爷是多么的坚强，可她终归是一个需要男人疼爱的小女人。但这种真情依然是单方面的，最终也敌不过"陪我五天给你一百万"的现实。这种有钱中年男，他需要的不是你的真情，而是用金钱换取一个女孩的年轻美丽后的快感和成就感，真情对他们而言，是负担。

祖峰饰演的文艺中年男人，纯粹是姣爷理想化了的"教授"大牛，但这只是一个逢场作戏想泡妞的中年男人。现实中就有这么一拨男人，打着文艺、文学的幌子，借着自己能写几首诗或是几篇文章，就想不花成本去勾引文艺女青年，美其名曰，为了爱情。他们想着的是，家里红旗不倒，外面艳遇不断。

这三个男人，是现实中三种不同类型男人的代表。是不是觉得很熟悉？或许你也曾遇见过。

对这三个男人，姣爷的毅然转身都让我叫好。硬气。帅。姣爷说，想要绝处逢生，就要先学会悬崖勒马。是的，向死而生是智者的感悟、勇者的行动。竹杖芒鞋轻胜马，谁怕？一蓑烟雨任平生。这话不是一般人都能做到的。

爱情有时候就如感冒，平常得很。那么，姣爷肯定不只是这三段感情。她只是一直在寻觅。

姣爷说，从摸手到上床，一蹴而就。

大牛说，爱都可以做了，谁还会去谈呢？

所以，生活在美国的大牛，内心是孤单寂寞的，他没有爱情，却拥有好几个可以上床的女友。大牛的生活，是身在异国他乡游子的一个缩影。

确实，这是一个速食时代，什么都讲究快捷便利，连同爱情。这样的时代，我们是不是也需要慢下脚步，等等自己的灵魂呢？一封信，从写到寄出，再到对方收到，要经历时间的过滤。这种等待，虽然是漫长的，却是令人无比期待和美好的。

木心说，从前车马很慢，书信很远，一生只够爱一个人。

时间之慢的美好，在爷爷和奶奶身上得到了很好的诠释。这一对老人的存在，以及他们的爱情，都和当下的现实形成了鲜明的对比。他们七十年相濡以沫，相知相守，这份感情，是时间和信任慢慢熬出来的一锅浓香扑鼻的人生之汤，你中有我，我中有你。把他们称之为爱情，我都觉得过于单薄。相较于现在年轻人轰轰烈烈的爱情，这样相守两不厌的情感，更值得我们为之感动和向往。

爱情无疑是这部影片的主题，但人性善的坚守和回归，也是一个重点。说的是爱情，其实讲的是人性。大牛买爷爷房子时，从一开始的作假小心思，到最后真挚地相待。还有对待来美国读书的那对母子客户，他在最后良心上的坚守，正是我们这个物欲泛滥的现实社会所缺乏的人性最基本的操守。

影片最出彩的元素，窃以为，在于古诗词的运用。很多人都说，扯什么古诗词？作！而在我这个喜欢古诗词的人眼里，却正中我意，惊艳不已。在他们密切的书信来往中，在他们一次次的隔空对话里，那些精彩的古诗词如珍珠般熠熠生辉。

若教眼底无离恨，不信人间有白头。

长恨人间不如水，等闲平地起波澜。

黄沙百战穿金甲，不破楼兰终不还。

渴不饮盗泉水，热不息恶木阴。

去家千里兮，生无所归而死无以为坟……

这些古诗词和场景的无缝对接，让整部电影充满了唯美而又忧伤的文艺气息，也增添了不少文化韵味。只是，又有多少人被感染呢？又有多少人真的对其字字明了呢？

经过不断地鱼雁传书，经过人生路上的兜兜转转，最后，他们在查令十字街 84 号遇见。一见倾心。这样的结尾是大家所希望的，但也是庸常的。不过，庸常有时候就代表着幸福。

笔尖的世界

人生，是一个不断积蓄和丢弃的过程。时至中年，很多东西都已经定格，比如性格、爱好。某天驻足于生命的某个路口，猛然发现，最初的那份爱好一直蛰伏于内心，并未随时间而离去。这样的发现，让自己感动，原来尘封之下的旧时情愫，依旧年轻鲜活。

我并非聪颖之人，而爱好却明显有点多了，琴棋书画都想玩上一把，虽最终也都沾了点皮毛，但"花心"的最终结果是什么都学不好。有些爱好，如同过客，一段时间的缱绻后，便烟消云散，也不再怀念，但画画之于我，却是不同的。

从小就喜欢涂涂画画。

我最初的美术老师是家中的连环画，对着它们临摹，曾是我最大的乐趣。读小学时，有没有美术老师？有没有专门画画的本子？实在是想不起来了。但一直记得数学书和语文书上，哪怕仅有的一点点空隙，都被我画满了各种各样的画，有田间看到的小花小草小动物，也有从连环画上临摹的各种人物形象。父母为这事，没少训斥我，但我依然是我行我素。在他们眼里，书本是神圣的，怎么能在上面涂这么没用的东西？简直就是不务正业。如今，每当翻看女儿的书本，角落里空白处，都被她涂鸦了个遍，和我小时候如出一辙。有时候也想训她几句，但总是想起自己小时候的情景，责备的话语便再也不忍出口。有一个为之执着的爱好，是一件值得尊重的事情。

记得小时候有一天，在同学家看到她姐姐画的仕女图，羡慕得紧，一有空就跑去看她画画。那时候，会用毛笔蘸上颜料画好看仕女图的同学姐姐，在我眼里宛若仙女，对她膜拜至极，梦想着自己若也能像她那般端坐书桌前，用五彩的颜色描绘自己的欢喜，该是多么幸福的事。后来，便忍不住也偷偷摸摸学着画，书上的小花小草，都换成了各种头戴金钗有着长长水袖的美人。只不过，我的画笔永远只是一支铅笔，只有一种单一的色彩。

真正接触美术是在上幼师的时候。从那以后，我知道了什么叫素描，什么叫水粉，什么叫中国画。记得上第一节素描课的时候，老师问我，你是不是学过？我怯怯地摇摇头。尽管小时候如此热衷于涂鸦，但是三十年前的农村娃，哪有条件去学画？又到哪去学？虽然老师那带着赞赏的目光给了我莫大的鼓励，但幼师的美术课程，真的只是教学生一点皮毛，会画儿童画会做手工即可。再后来，为了学历，又去温师院美术系混了三年。同事们读的都是学前教育，唯有我，跑去读美术专业，也是因为真心喜欢画画。然而，每年寒暑假那么几天的函授学习，又能学到多少呢？当然，自身的惰性是主要的原因，那时孩子尚小，工作与家庭已经够我手忙脚乱了，再去谈自己的爱好似乎是奢侈的。

梦想一搁浅，就被时间沉入了生活的湖底，很长一段时间，连涟漪都泛不起来了。

但只要是内心真正所爱，哪怕尘封的时间再久，也会在合适的时机破土而出。终有一天，有了自己可以支配的闲暇时光，口袋里也有了能为自己爱好买单的钱，我便有十万分的理由，重拾画笔去续自己少时的欢喜，和画儿们谈一场无人阻碍的爱恋。

朋友是位画家，恰巧在我家隔壁开了画室，天时地利人和一样不缺，理所当然拜他为师。我要学钢笔画。选择钢笔画的原因很简单，一是喜欢这种黑白分明的表达方式，或许，这和我的性格相似。二是简便，只需一张纸，一支钢笔，还有一颗爱画画的心，便足够了。

一开始，心情好复杂，如同要面见少女时期的恋人，时隔这么多年，我们情怀依旧吗？我被生活烟熏火燎过的双手，还能描绘出美吗？事实证明，我是多虑的。仿佛这么多年的尘封，就是一场用心的酝酿，为的就是有朝一日久别重逢。

从第一节课画一颗大蒜的忐忑，到现在的得心应手，我完全爱上了钢笔画。这一年，每周一次的钢笔画课，我风雨无阻且期盼着，若是偶有事忙冷落了，竟然有了深深的歉疚和不安。这是人到中年后还难得的热爱和坚持，我享受着。从此后，看见任何东西，都会有用笔画下来的想法。一棵树一座房，一片叶子一朵花，一块石头一条河，一只小昆虫等等，在我眼里都会成为画画的素材，会不由自主地去仔细观察它们的造型以及光影的变化等，寻思着，如何才能用手中的笔，来表达出它们的特质和美感来。

钢的笔，承载着柔软的心，我要用它，绘出眼中的风景、心中的欢喜。

学画期间，正好赶上我的第一本散文集出版，本来为如何设计一枚书签而犯难，不经意间灵机一动，何不自己画一幅？于是结合书名《醉倚东篱》的意境，以自己的背影为题材，用钢笔画了一幅"醉倚东篱"图，用作书签，效果出乎意料的好。

前几日，一尊面容柔美头戴花冠的菩萨头像，又引起我"画下来"的冲动。但如何才能表现其细腻的质地和繁复精美的顶上花冠？用线条似乎不合适，只能用点了。0.2毫米的笔尖，四开的画纸，单单一顶"花冠"我就点上整整四天。这数以万计的点，如一个个神奇的细胞，在我的笔下慢慢地成长、壮大，最终成为一个完整的人物，一幅完整的画作。当然，个中过程难免枯燥，但其结果却是无比愉悦的。这滋味，如人饮水，冷暖自知。

曾有人问，这么细致的画，怎么安得下心去画？怎么耐得住这机械般的无聊和枯燥？

我说，我很享受这样的寂寞。

徐渭说，画者，创世者也！深以为然。

一个人，一支曲子一杯茶，一张白纸一支钢笔，可以画上一天。看着笔下一根根简单的线条，聚成花草树木，一个点一个点汇成山石房屋，世界在我的手中慢慢扩大、美丽。你会看到，一棵树在自己手中慢慢鲜活茁壮，一朵花在自己笔下渐次绽放，一条河流的距离变得触手可及，甚至，你会听得见鸟鸣婉转……画笔在手，感觉自己既是建筑师，又是魔法师，整个世界，任由你描绘，尽在你掌握，这样的感觉，美妙而又满足

尽管目前画技粗浅，作品也不成熟，但感觉到自己慢慢地、一点一滴在进步，便会无限欣喜。

每个人的一生，都必定会有这样那样的爱好，不管高雅还是低俗，只要是自己的心头好，能愉悦自己，不妨碍他人，便可。我画画，我喜欢，仅此而已。这样的想法似乎过于消极和颓废，但我只是想忠于自己的内心，做自己喜欢的事。画画如此，码字亦如此，不去想是否有成就，只要能慰我心，便无他求。

世界从一支笔开始，亦结束于最后一笔的力量。爱上钢笔画，爱上这从无到有，从虚到实的笔尖世界、纸上欢乐。

一袭布衣红尘淡

　　打开衣柜，曾经满柜子的真丝衣裙，不知从何时起，渐渐地被棉麻布衣所代替。长袍、短袄、花裙子、素衬衫，一眼看去，除了棉麻，还是棉麻。

　　近两年来，不知不觉就爱上了布衣。逛街时，目光只收罗布衣店。网上购衣，搜索的时候，从以前的"真丝"二字，很自然地就换成了"棉麻"二字。这过程，仿佛从青春到中年，不着一丝痕迹就过来了。有时候突然想起，也会兀自一惊，我这是老了么？

　　听说，一个人老了的标志之一，就是着装向着宽松舒适的棉麻转变，不再一味地追求外表的靓丽，而是注重内在的舒服感。这话是对的。但与其说是老了，我觉得用"成熟"一词更为贴切。

　　好比真丝的衣物，娇贵，难伺候，不管是穿，还是洗晒，都得小心翼翼，稍不留神，就会受伤。这如同我们的青春，光彩照人，但脆弱易伤。棉麻衣服却不同，朴实柔顺，仿佛没了脾气，任你怎样上身，都是妥帖的。摒弃繁复，一身简洁布衣，多像成熟的中年啊，有着千帆过后，繁华看尽的豁达和从容。

看着自己满柜子的棉麻布衣，会有一种安宁感。

那款靛青蓝的苎麻连衣裙，是我一见钟情的心头好；那件绿地花色的亚麻长袍，是我一眼相中的欢喜儿；那条五彩斑斓的麻料老花布长裙，是我的最爱，也是陪我出镜最高的一条长裙；还有那淡黄色的竹节麻长袍，那条绛红色的苎麻长裙，那条翠绿的……天，不知不觉中，我居然把所有颜色的麻布裙子都买齐了。

有人说，喜欢棉麻的女子，淡然温柔、素雅安静，是懂得取悦自己的人。喜欢这样的描述。那么，就让我做一个这样的女子吧。不要浓妆，不随世俗，只剩下简约舒适。

当浮躁褪去，布衣这两个字，带给你的是时间的沉淀感。它不张扬，不炫耀，没有夺目的光彩，却有着宜人的清新和如水的性情，处处散发着知性女人特有的味道。

初春的暖阳里，着一袭宽大艳丽的麻料长袍，赤足走在新绿的田埂上，翩然若蝶，让大自然的气息合着麻布的粗犷味道，把我紧紧拥抱。那是一种与自然紧紧熨帖的感觉，无与伦比的美妙。

夏日的午后，沏上一壶茶，以一身素色棉麻为伴，抚琴涂鸦，捧卷闲读，都是极好的享受。麻布衣服的良好透气性能，自会让你心静自然凉。

最喜欢穿着长长的麻布长裙，行走在秋光里，让宽大的裙摆亲过秋草，吻过落叶。那裙袂翩然的感觉，便会心生空灵飘逸。这时候，不管是灰调子的纯棉裙子，还是色彩斑斓的麻料裙子，都是如此应景。

至于冬天，棉衣的舒适保暖，就不用多说了，是属于穿了就脱不下来的爱。

小时候，老屋的菜园一角，种了一小片苎麻。高挑的苎麻伸展着细细的麻秆，带着片片心形叶子，风一吹，就探出墙头，摇曳生姿。母亲会在苎麻长大后，砍倒晾干，把麻皮剥下，交给年长的阿婆们，纺成细纱，做成衣服围裙等物。苎麻线织成的围裙，要染上靛青，手感粗粝，但耐磨耐用，做家务、干农活、背孩子，都可以派上用场。当然，这种用原始手工艺做出的苎麻布，因粗硬疏漏，不适合用来做日常穿着的衣服，一般都是当孝服用。记得我坐月子的时候，母亲还很宝贝地从箱底掏出一条长长的苎麻布来，要我缠在小腹上。说这样的麻布才是宝贝，吸水吸汗性强，凉爽透气。

古代，布衣麻鞋是平民服饰，布衣也是平民的别称。许多古诗词中，"布衣"一词出镜率极高。藤岑在和陶渊明喝酒时说"布衣有真乐"。诚然，布衣之交最纯粹，这样的友谊如同棉麻布衣，让人自在舒服。诸葛亮说"臣本布衣，躬耕于南阳"。李白说"白，陇西布衣"。布衣二字，从他们的口中吐出，便多了一份坦然和自信。仿佛看得见卧龙先生时刻不忘的谦卑，和太白"散发弄扁舟"的潇洒从容。把布衣精神体现得最为淋漓尽致的，自然非杜甫莫属。杜甫一生贫苦，却心系天下布衣，"安得广厦千万间，大庇天下寒士俱欢颜"之句，透露出了布衣精神的高贵气度。

现在，布衣不再是平民的专用服饰，穿什么，全凭个人喜好。当然，布衣也是极挑剔的。穿棉麻布衣的女子，该有一份与之相宜的书卷气、清淡感才好，棉麻那种浑然天成的淡淡忧伤气质，并不是人人都适合的。陆游在《书叹》一诗中说："布衣儒生例骨立，纨绔市儿皆狐肥。"虽写的是百姓悲苦，但现今看来，这"例骨立"的瘦削模样，却正和布衣所需要的清瘦感不谋而合。试想，一个脑满肠肥，或是浓妆艳抹之人，穿上布衣，会不会感觉很违和？

随着纺织技术的完善，棉麻面料也越来越舒服。因其质地柔软、透气性吸湿性好，被越来越多的人喜欢。据说，布衣还是现代土豪们的新宠。夏日里，当你街头偶遇一位穿棉麻衣裙的女子，宽松而又柔软的布衣，随着脚步柔顺的摆动时，那一刻的擦肩而过，该是旖旎美好的。

都市的快节奏，让我们向往一种悠然自在的慢生活。棉麻布衣刚好带给你这种无拘无束的慢感觉。它偏重于生活和休闲。也许是因为原料的纯天然性，窃以为，棉麻衣料上身，会比任何一种织物更无障碍。每款布衣都是不屑于收腰、褶皱这些繁杂设计的，它宽宽松松的裁剪，就是一种无障碍的表达。大象无形才是棉麻的灵魂。

锦衣玉食，是生活的一种追求。麻布简装，粗茶淡饭，却是一种态度，是生命的返璞归真。这中间，可能都要走过一段长长的繁华之路，你才会明白，最终向往的也许就是最初所拥有的。

爱生活，爱棉麻。但愿一袭素雅布衣，陪我走过平实人生，走过柴米油盐，走过月圆月缺、花开花谢。

恋上钩织，遇见美丽

一直认为，手中飞舞着针线的女子是安详而柔美的，这是母性最好的诠释。这感觉，成了内心深处挥之不去的情结。

极喜欢毛线钩织的物件，那种复古的镂空花纹，有着淡淡的时光印记和若隐若现的惊艳感，既朴素含蓄，又俏皮张扬，闪烁着迷人的光彩。比如钩花的毛衣、帽子、披肩、手袋、家居装饰等等。对一切有着钩织元素的东西，我都有一种欲罢不能的爱恋。

这种爱恋，最初来自母亲的嫁妆。

母亲有一套她十分宝贝的嫁妆——白色棉线钩织的枕套、茶几巾、沙发巾，以及书桌的桌布。漂亮得不得了。母亲说，那是她出嫁前，四个闺蜜用了半年的时间，一针一线完成的。在我眼里，它们堪称艺术品。在母亲眼里，它们是有生命的，承载着一个待嫁女孩对未来美好生活的向往，以及闺蜜们的深深情谊。

小时候，那套钩花艺术品装点了我们简陋的家，使其有着不同于一般乡下农家的别样精致,顿有陋室生辉之感。雪白的钩花枕套里面衬着一层红色的洋布,红白相间,漂亮醒目。再塞上鼓囊囊的棉花枕芯,宽大的木耳花边铺展开来,两只枕头安静地躺在绿色的缎面被子上,就像两朵盛开的白牡丹。茶几沙发巾和书桌布,其花纹比起枕套的镂空,相对要密实一些。一根细细的纱线,精细地钩织出各种花样,轻灵,又不失厚重。我最爱四边垂下来的流苏。浅棕红色的书桌和茶几上,铺着雪白的钩花布,用玻璃压着,旁边的流苏随意垂下来,沙发靠背上的沙发巾呈倒三角铺着,也有流苏。那流苏蛛网般交叉钩织,纵横间构成了很有规律的图案,在每根流苏的末端,都挂着一个小圆球,一晃一晃地垂着,仿佛时光在上面舞蹈。我爱极了它们。

尽管母亲对其视若珍宝,可终究是用棉线钩织的物品,经不住时间的洗淘。慢慢地,这一套钩织品都泛了黄,断了线,有些地方甚至有了破洞,岁月的痕迹越来越浓。后来,母亲将它们收起来压箱底了。现在,我已经许多年不见它们了,不知道是否还在。

我整个童年最漂亮的一件毛衣,是表姐托人钩织的。绿色的钩花镂空毛衣,套在白衬衫外面,衬着白皙的我,春天般的清新可人,常被同学极度羡慕。清晰地记得,那件毛衣的花纹像一个个叠加起来的贝壳,疏密有致,并在领口处系了两朵绣球似的花朵,镶上白色花边,很是漂亮。在那个缺衣少食的年代里,我这件绿毛衣,简直就是公主的华服,穿上它,仿佛丑小鸭霎时就变成了白天鹅。

就这么两段往事,在我心里埋下了对钩织品喜爱的种子。此后，生根发芽疯长了。比如逛街时，只要看见服装店里挂着钩织衣物，我必挪不开眼睛，总要一试方才作罢。

我是个有怀旧情结之人，也执拗地认为，这种钩织的镂空毛衣是有着岁月感的，或许每一件作品都在讲述一个故事。比如，旧上海那些穿旗袍的女子，或真丝或麻布的旗袍外面，随意披一件钩花镂空的披肩，或是套一件精致的钩花小外套，所散发出来的气质和风韵是极诱人的。她们娉娉婷婷从光阴中走来，眼角眉梢都是故事，窃以为，女性含蓄温婉美的极致，莫过于如此。此刻，旗袍的端庄，因为有了钩织披肩、外套的提亮，霎时明媚起来。

从服装的用料上来讲，很多布料，是可以男女通用的，但镂空的钩花毛衣，如同蕾丝，却只是女人的专属。从服装搭配方面来说，钩织毛衣和棉麻裙子是绝配。春暖或是初秋季节，着一袭长裙，披一件似透非透的钩花毛衣，盈盈浅笑，一低首一回眸，举手投足间的女人味，足以让人心醉。

这一份柔软的美丽，不惧于时间的流逝，无忧于时尚的轮换。有资料说，最早的手编毛衣应该出自古代游牧部落的牧羊人之手。虽然我国的编织技术历史悠久，古人在远古时代就懂得用经纬之线来编织衣物，但到 18 世纪，钩织花边的束发带才在欧洲流行，19 世纪，爱尔兰钩针花边才闻名于世。所以确切地说，钩织的手工艺应该算是舶来品。

现在钩织技术的运用范围更广泛了，比如很多首饰、工艺品，甚至鞋子上，都有了钩花艺术的运用。而我不只是喜欢买，还喜欢自己动手钩织衣物。对于这门自学成才的技术活儿，我有点小得意。看图摸索，居然一学就会，且触类旁通，各种花样变化着，都钩得有模有样。曾为自己钩织过帽子、开衫、胸花头饰等物。最得意的作品是一条粉色的钩花大披肩。一朵朵盛开的粉色玫瑰遍布其上，像春天的花园般烂漫。这款围巾后来被同学要走，可惜的是，她竟弄丢了它，甚是心疼。后来有了女儿，我的爱好更是有了用武之地。"经天纬地"一针一线，都是对生命生生不息的期许和爱。女儿被我打扮得公主般花团锦簇，各种款式花样的小衣服、小裙子、小发卡，件件漂亮得惹人夸赞羡慕。衣服还穿在女儿身上，后面等着接收的人已经排成一大队了。

把钩花技术用在改造衣服上，是一件极好的事。我常常乐此不疲。这里钩一朵花那里加个蝴蝶结，随心所欲。新买的毛衣太平淡了，也可以钩上花边，感觉马上有档次起来。

有段时间，只要经过毛线店，看见喜欢的毛线就会被吸引，想象着它们变为毛衣的漂亮模样，便忍不住统统收入囊中。

随着岁月的流逝，对钩织品的喜爱也与日俱增，衣柜里有了各种各样的钩织衣服。家里也到处可见钩织的软装物品，如杯垫、抱枕、床盖、茶几巾等。去年在一家服装店里看见一顶钩花的帽子，漂亮但价格不菲。心动。回家马上动手钩织了一顶。前天，在楼下看见一女子穿了一件黄棕渐变色的钩花长裙，从远处袅袅娜娜而来，那姿态竟如仙女般动人。我竟看得傻了。顾不得脸皮薄追了上去，拍下照片，打算自己也仿制一件。

常暗自思忖，若有前生，我是否是大户人家楼阁里的绣花小姐，抑或农户纺车前的纺织姑娘？不然，身为现代女子，为何独独对这些有着深深浅浅岁月感的女红，如此钟爱？

环佩叮当醉南红

身为红尘凡俗女子，没有不爱美丽，不喜首饰的。女人心底里那一抹柔软的小情怀，不管世事如何变迁，年龄如何变化，都不会轻易改变。古代女子的满头珠翠也好，鬓边斜插一枝野花也罢，还有现代女子颈间腕上的种种风情，都是如此。

自认为很小女人，落了所有女子的俗套。虽平时着装简朴，从不披金戴银，但我的"百宝箱"里也是琳琅满目、应有尽有。这两年更是爱上了南红玛瑙。看着首饰盒里一圈圈、一串串的南红玛瑙，时常小女人心态发作，时不时拿出来把玩摩挲一下，即便于镜前孤芳自赏，也甚是欢喜满足。

爱上南红玛瑙的原因很简单，不关乎高大上的文玩或是收藏，只因心底里有着深深的红色情结。我喜欢红色。

南红这个名字，是在近两年才开始为大家所知并流行的。南红属于玛瑙的一种，产量稀少，质地温润，色彩鲜艳，因产于我国西南地区，故名。或许不只是我个人，国人也都有红色情结存在。短短两年时间，南红的身影遍布大江南北，价格也一路飙升，大有比肩和田玉和翡翠，并与其成三足鼎立之势。这也难怪，红色是我们中国的吉祥色，一直被认为是一种喜庆、富贵的颜色，对于红色的推崇和喜爱，自古以来根深蒂固。在我们的传统观念里，红色是用来辟邪和祈福的。红榜、红包、红对联、红灯笼、红嫁衣、红盖头、红蜡烛、红地毯等等，一切有关幸福喜庆的事情，都会用红色来体现。红色，被我们赋予了这么多美好的意义。美丽的女子被称为"红颜"，美丽的装束被称为"红妆"。"冲冠一怒为红颜"的典故，该是"红"字在这世间最昂贵的价值体现。由此可见，南红玛瑙那夺目耀眼又不失沉稳大气的红色，恰好迎合了国人的审美观。

我拥有第一串玛瑙项链，是在二十年前。这串玛瑙不叫南红，但我必须提及。当初还是男友的爱人，送了我一条红玛瑙的项链。那是他送我的第一份礼物。天然的红玛瑙珠子有点大，项链看起来有点粗犷，不是很雅致，戴在当时瘦削的我身上，似乎有些不堪承受之重。所以，这条玛瑙项链一直被我压箱底，它对于我的意义只是一份美好的纪念。直至前年，南红的身影开始渐渐出现，我在朋友的颈间邂逅了那一抹让我惊艳的红色。那是一块南红玛瑙平安扣，用黑色的丝线吊着，简简单单，却绚丽无比，如同一粒朱砂痣，俏生生地点在雪白的胸口。我相信，人和人之间，人和物之间，都是需要眼缘的，也是存在着磁场的。就那么一眼，我便瞬间爱上了南红。忽然想起那条被我冷落许多年的玛瑙项链，于是找出来，重新组合，加上同色的玛瑙坠子和隔珠，串成了一条毛衣链。这条沉睡了二十年的玛瑙项链，经过一番新的梳妆打扮后，绽放出了前所未有的光彩，很是漂亮。

此后，便开始关注起南红玛瑙来。

上网一查资料，才知道，这种2009年才在四川凉山地区发现的红玛瑙矿石，已逐年升温，成了许多文玩爱好者和收藏者的新宠，并以极快的速度走红。其实，南红玛瑙自古就有，在汉代之前被称为"赤玉"或"琼"，也是富贵的象征。在中国最早的文物鉴定专著《格古要论》中就有"玛瑙无红一世穷"的说法，许多古诗词中也时常出现"玛瑙"一词，如"香杯浮玛瑙""玛瑙一泓浮翠玉"等。记得前几年在陕西历史博物馆、山西博物院里，看到一些王侯将相墓中出土的红玛瑙饰品，都极其精美，当时就很感叹，这么精美的项链手镯，该是戴在哪位美人身上才不相负？

现在，我们无须王侯将相，也不用正儿八经地去搞什么文玩和收藏，只要喜欢，都可以玩上一把，收一些入眼入心的小物件入囊。

目前市面上流行的南红玛瑙，大致分四川凉山和云南保山两种料。其质地温润，色彩比起普通玛瑙鲜艳了许多。从色彩上区分，有柿子红（黄）、玫瑰红、樱桃红、狗屎黄，以满肉柿子红为上品。按其生长纹路，可分为冰地飘红、火焰纹、缠丝纹，红白料。其成品有雕件、珠子、手镯等。《玉纪》里有对和田玉"体如凝脂，精光内蕴，质厚温润，脉理坚密"的描述，这样的特质在南红身上，同样体现得淋漓尽致。所谓"谦谦君子，温润如玉"，这种厚重温润之美，完全符合了中国人对玉器的要求。

我一直惦记着友人颈间的那一枚平安扣，想象着，自己戴上它时，是否也能风情万种，增辉不少？于是留了一份寻觅的心思。寻得一块玉石，是需要缘分的。这枚平安扣，我最终在文化市场的玉器展上得到。在一堆大大小小的平安扣中，我挑中了它。当时同行的俩朋友却不怎么认可，认为质地色彩都不大理想，瑕疵过大，但我就是喜欢了。都说千金难买心头好，何况这枚平安扣价格亲民，我不收藏，不文玩，只是把它当作小女人的一件小饰品来买，如此，理由足够了。

那枚我爱上的平安扣，被我配上黑丝线、小珠子，怎一个漂亮了得啊！慢慢地，越戴越温润，越戴越有感觉了。它如同一抹红霞跳跃在我的胸口，我见犹怜。

女人总是如此感性，也总是会有许多理由为自己的小败家、小爱好开脱。于是，当我的颈间腕上，有了圈圈点点的红色之后，我的首饰盒里已经被南红占了半壁江山，红彤彤一片。比如那一枚心形的吊坠，色彩和质地都胜于原先的平安扣；比如那条柿子黄的塔链，温婉含蓄；比如搭配着绿松石的手串，俏皮可人；比如那串配藏银的保山料南红手链，沉稳内敛……南红，我真是喜极了她们。

虽无凝脂之肤，亦无纤纤之皓腕、蜻蜓之颈项，但感谢父母，给了我一副还算白皙的皮囊。如此，便能不负我的欢喜，和南红和谐相处，相得益彰了。看着手上叮当作响的珠串，感觉自己仿佛一下子唐诗宋词起来，感风、弄月，春愁、秋思，似乎就有了意境。

一扣平安

　　"你怎么选的都是平安扣？"店主小姑娘一脸惊讶地问我。

　　"啊？真的！我怎么选的都是平安扣？"我自己也一脸的愕然。

　　"你这是有多爱平安扣呀！"小姑娘捂嘴窃笑。

　　不禁失笑。是呢，我这是有多爱平安扣！

　　彼时，云南昆明，某玉石商场柜台。旅行至此的我恰好下榻于这家商场楼上的宾馆，趁着行程的空隙，随便逛逛看看打发时间。店主是位二十岁出头的小姑娘，看着实诚和善，也姓夏，于是便多了几分亲切感。闲聊间，就坐了下来。一开始没想买什么，可看着琳琅满目的玉器，忍不住还是挑挑拣拣起来。最终，拿在手里的居然都是平安扣。当时想着：这枚大的，配自己的玉石珠链；那几枚小的，几个侄女每人一枚用红丝线穿了当吊坠。这完全是一种无意识间的选择，事先没有丝毫的计划。一般给孩子买玉石都会选生肖，可我就那么自然而然地选择了平安扣，可见这平安扣在我心里是多么的根深蒂固。

其实，平日里并没有意识到自己有多喜爱平安扣，每次把它收入囊中的时候，都觉得极其自然又顺理成章，仿佛它是我唯一的选择般，不再生出其他的心思来。小姑娘的一句话倒是点醒了我，原来我是这么喜欢平安扣。

回家后，把自己所有的挂件都拿出来，排列在一起，然后，我被惊着了。居然！我有三分之二以上挂件的吊坠都是平安扣。大大小小，正圆椭圆，材质各异，颜色缤纷。嗨！亲爱的，你们好！真的很抱歉，相伴这么多年，我竟一直忽略你们的存在，也忽视你们带给我的愉悦感。

我只是忽略。其实，随便哪种习惯或是爱好的形成，都不是无缘无故的，一定有着主观上的沉淀和客观上的影响。

说起我对平安扣的感情，时光可以穿越回我出生那一年。由于先天不足，母亲说我小时候体弱多病，特别难养。我出生时，家人请人定了时辰，说我八岁才"行根"，一岁之前不能过桥，不能去外婆家，不能穿红衣服，还不能被人称赞漂亮，等等。须佩戴一枚玉器才能保我健康长大。母亲说自己当时年轻气盛，压根不相信这一套说辞，但奇异的是，我每次一去外婆家或是一过桥就生病。更奇怪的是，果真穿了红衣服便会生病，然后动不动就发烧，烧到白着眼睛昏厥过去，常常吓得母亲惊慌失措、泪雨滂沱。在过去那个缺医少药的年代，我这林妹妹般的娇贵身体，能活下来并健康长大，实在是奇迹，而那一次次的发烧没把我脑子烧短路，也是奇迹。这奇迹里面有着父母多少的泪水和彻夜不敢眠的担心疲惫！是否也离不开那伴随我长大的平安扣的庇佑？

尽管平时我是个唯物主义者，但在这件事上，我宁可信其有。

祖母是虔诚的佛教徒，天天吃斋念经。她有一枚翡翠平安扣，说是家传的，带上能保健康平安。她把自己一直宝贝着的平安扣，拿去佛前开光，诵经百遍，给唯一的孙女戴上，祈求佛祖能保佑她平安长大。不负奶奶所愿，我平安长大了，而她却在我六岁那年因病永远离开了，只留了一枚平安扣陪我。这枚小小的平安扣，成色、质地都一般，但是所蕴含的意义却非同一般，它于我而言是唯一的，不管以后我拥有多少平安扣，它永远都是最珍贵的那一枚。

很遗憾，我弄丢了它。一次演出，为了不影响整体的舞美效果，我摘下了它，后来再也没找回来。万分惋惜，但也只能自我安慰。米兰·昆德拉说，这是一个流行离开的世界，但我们都不擅长告别。是的，这世上，本来就没有什么东西是可以永远属于你，人或物，生命里有一程的陪伴就好。这样不用告别的离开，让它去遇见下一场的缘分，也好。如此一想，便释然。

平安扣，听名字就让人喜欢。于生命而言，还有什么比得上"平安"二字来得重要？不管它是否如我们寓意的那样，能祛邪免灾，保出入平安，但它总归承载着人们最朴素美好的祝愿和希冀。

平安扣是一款常见的传统玉饰品，在古代被称为"璧"，也称怀古、罗汉眼，著名的"和氏璧"就是一枚特大号的平安扣。平安扣圆圆的大外圈，象征着天地辽阔无边，内圈的小圆，象征内心的平宁安远。我喜欢它这种简洁大方又圆润变通的外形，这很符合中国传统文化中的"中庸之道"，也是我性格中最为缺失的一面。每次挂它于胸前，心总会不由自主地安宁下来，觉得它越来越能带给我一些性格上的互补。

记得前年在嘉峪关时，在一家杂七杂八的玉器小摊上，我一眼就看中了一块平安扣。那种欣喜，如同千万人之中，唯独看到你的感觉。之所以用"一块"来形容它，是因为它挺沉挺大的。这块平安扣很厚实，拿在手里沉甸甸的，半边浅绿色，半边有着深深浅浅的各种绿色石纹交织，还有一层淡淡的浅红色笼罩其上，如同峰峦叠翠之间，漂浮着一层迷雾，煞是好看。价格也很亲民。店主说，这是祁连玉，因为产在当地，也多，所以价格不高，你要就便宜点儿给你。我对祁连玉不了解，不敢买。走出好长一段路了，我的脚步有点迟缓，先生看出了我的心思，说喜欢就买了吧，不要因为它是否天然而弄得自己心神不宁，它总归只是一件小饰品。言之有理，我马上有了买下它的理由。兴冲冲回头，店主赌咒发誓说是天然的祁连玉，绝不掺假。我笑笑，真假对我来说已无关紧要了，我就是对平安扣情有独钟，我就是买一份自己的心头好。它是一块石头、一块平安扣，这总归是没错的。

现在回头看看，我对平安扣的钟情是不知不觉渗透在平时的喜好中的。不只是玉石，其他各种材质的饰品，都会给它留多席之地。比如蜜蜡，我肯定会有一枚平安扣。

比如南红，那枚精雕细刻着蟠龙的平安扣，便是我的大爱。还有，陶瓷的呀，水晶的呀，一大堆。

女人在对待自己喜欢的饰品上，总是会感性得一塌糊涂，总是有千万个理由去为自己的小败家行为开脱。这不，昨天又相中了一枚绿松石的平安扣，要不要再纳为己有呢？

想起书上对天蝎座性格的描述，说天蝎座的人，凡事凡物，都很难爱上，一旦爱了，就不会轻易改变。诚哉斯言！

时光的凝聚，瞬间的永恒

一阵紧似一阵的西北风，带着凛冽的寒意终于占领了季节的阵地。前几天还"露着腰"迟迟不肯入冬的温州，也禁不住要"裹貂"了。此时，褪下冰凉的南红、玉石等饰品，换上温和的琥珀、蜜蜡，是否刚好合得上季节的脚步呢？

这些年来，我慢慢地喜欢上了一些天然饰品。比如蜜蜡，小小一枚缀于胸前耳下手腕指间时，那温婉含蓄的样子，便静静地衬出些古朴雅致来。一开始我并不待见它，总觉得它像塑料，轻飘飘的没有分量。这种偏见伴随了我好长一段时间。说来奇怪，改变我对蜜蜡的看法，却只是一次偶然遇见时一刹那的心动。朋友微微是卖石头饰品的行家，她店里有我们女人喜欢的一切小物件，其中包括琥珀蜜蜡。我们有事没事常往她店里跑，喝茶聊天穿珠子，不亦乐乎。一次饭后微醺，大家踏着月色，前往微微店里消磨时光。有朋友看中了一条手链。那是一款闪着光晕的鸡油黄蜜蜡珠子手链，搭配火红的南红三通和鎏金银饰，尤其是那风流灵动的流苏上挂着的鎏金荷叶，在柔和的灯光下轻轻晃动，美得不可方物！我猛然发现，原来蜜蜡也是这般好看！

琥珀和蜜蜡这两个词语像是双胞胎，总是成双成对出现，其实琥珀是总称，蜜蜡只是琥珀家族里众多成员（金珀、蓝珀、血珀、花珀等）中的一员，它们都是松脂埋在地下经过千万年的压力和热力的作用而形成的化石。我们通常把透明的琥珀称为珀，把半透明或不透明的琥珀称为蜜蜡。蜜蜡以"色如蜜，光如蜡"而得名，也最得我欢心。

只一眼，便误终生。就从那个泛着花香的春日夜晚开始，蜜蜡开始俘获我的心，并一点点填满我的首饰盒。于是，大大小小的蜜蜡圆珠手链、蜜蜡平安扣、蜜蜡随形吊坠、雕刻吊坠等，一件件走进我的生活，乃至文字。

有一段时间，我突然不满足于买成品的蜜蜡饰品，而对于 DIY（自己动手制作）产生了浓厚的兴趣。有一天在网上闲逛，偶然间点开一个琥珀店铺，里面的琥珀原石 DIY 引起了我极大的兴趣。看到那些形态各异的粗糙原石，被别人变魔术般地打磨出各种光彩夺目的琥珀、蜜蜡饰品，这是多么神奇的事。原来，还可以动手制作一件属于自己的独一无二的饰品，这么好玩的事儿，怎么能不试试呢？

按捺不住内心的雀跃，在网上买了一颗琥珀原石。收到原石的时候，很是忐忑，看着掌心里这么一小块又轻又丑的棕褐色小东西，能磨出漂亮的成品来吗？它里面是透明的珀呢？还是满蜜的蜡？一切都是未知数。我想，原石打磨的最大乐趣，就是在于享受过程的不断变化和结果的不确定吧，这样的感觉很刺激。而凡事一旦有了期待和希望，哪怕它再小，也会让人心生美好。

琥珀真是自然界赐予我们人类最有意思的宝石，它虽然也被称作"石头"，但却没有石头的重量和硬度，只要准备几张普通的砂纸，便能轻易满足人们 DIY 之心。我是有点迫不及待了，按照店家所教的方法，战战兢兢却又难掩兴奋地开始动手打磨。通过砂纸从粗到细的一番打磨，脱掉粗糙外衣的原石露出透明的胴体来，原来是一块金珀。再用棉布加牙膏进行抛光后，一块晶莹剔透中飘着淡如丝绵般薄蜜的长方形金珀，连同我的惊喜一起闪耀在掌心。

我的第一块琥珀，"夏氏饰铺"出品，由"非著名设计师兼工艺师霜霜大师"全手工打磨而成。突然感觉自己很适合生活在手工业盛行的古代，我是多么享受自己动手制作的愉悦。

初战告捷，欣喜不已。我的处女作被我配上南红珠子和银饰，做成一枚小小的吊坠，再用黑色丝线穿好，就成了一条相当漂亮的项链。那几天，在姐妹们面前，我不知道拿这条琥珀项链嘚瑟了多少次，估计她们听得耳朵都起茧子了。

此后，我又买了好些原石，在淡淡的松香味中，DIY了好几个蜜蜡的毛衣链挂牌。相对来说，我偏爱于鸡油黄的蜜蜡，随着经验的积累，我基本上能挑到称心的蜜蜡原石。不过，有一块四方形的小金珀深得我心，它透明的身体里居然藏着一个规整的圆形，酷似一架水车，尤为漂亮。少时读韦应物"曾为老茯苓，原是寒松液。蚁蚋落其中，千年犹可观"之诗时，便对这个"千年犹可观"的虫珀很好奇，千万年里，山海皆可移位，而一只小虫子，居然被包裹在松脂里变成化石，完好无缺地保留到现在，这真是天地造化了。虫珀因稀少而贵重，不是随便就能得到的，而我不是藏家，当然也不会花高价去购买它，倒是这块内心藏着一架"小水车"的金珀，满足了我内心隐隐的小欲望。

DIY 蜜蜡饰品这事儿，本来只是图个好玩，想过过手瘾便罢，哪知道这么容易上瘾。从一开始五六克重的蜜蜡原石玩到后来二三十克重的，欲罢不能，还带了一班"闺蜜徒弟"跟着我一起玩。再后来，我甚至买了雕刻蜜蜡的工具，工匠之心爆棚，但毕竟缺乏专业技术，在鼓捣出一个拙朴的花形蜜蜡挂牌后，放弃了想自己雕刻的念头。有一天忽然惊觉，自己的业余时间基本上都花在了 DIY 蜜蜡原石上，顿感不安，真是玩物丧志啊。不过，看着这些从自己手中诞生的小玩意儿，精灵般跳跃在胸前指间，感受着时间在它们身上所散发出来的淡淡香气，又会有一种满足感。它们曾经都是森林的孩子，或忧伤，或欢喜时滴下的每一颗泪珠，都带着日月的温度，穿过千万年甚至上亿年的时空隧道，如今却这么奇巧地佩戴在我的身上，我们之间该有多大的缘分？故而，店家把每卖一件琥珀饰品或是一块琥珀原石，都称为"结缘"，真是极有道理的。

我的一块蜜蜡挂牌就"结缘"于千里之外的九寨沟。

夜晚，寒冷，疲累。任何一条都不具备逛街的理由，但我偏偏就多走了几步，于是邂逅了这块蜜蜡。我下榻的宾馆外面有一个小小的夜市，出售各种小饰品和土特产。那晚，我在一个卖蜜蜡的小摊前停住脚步。一盏风中摇摆的小灯，一个玻璃小柜台，加上一架打磨机器和一盆水，便是全部行当，两个小伙子瑟缩着守在摊前。如此简陋的小摊上，又在风景区，不怕买到假货吗？何况现在市场上蜜蜡造假如此猖狂。确实是有点顾虑的，但不是还有"结缘"一说吗？那么，且允许我偶尔任性一下，把一切归之于缘分吧。

　　小摊上出售的蜜蜡价格比之店里，自然是便宜了不少，品相与我之前买的波罗的海蜜蜡，在花纹和色彩上都有较大的不同，老板说这是缅甸琥珀，姑且信他一回。在一大堆原石里随手挑了一块中意的，交于老板打磨。料峭的寒风里，我耐心地等待着一块粗糙暗淡的原石蜕变成一块流光溢彩的蜜蜡。遗憾的是，被我第一眼挑中的这块蜜蜡，却和我无缘，在最后一个打孔环节上，它注定不属于我，老板一不小心把孔打偏了，还蹭掉了一个角。如此，我只能放弃。老板倒是和善，说不买也无妨。那时候，我要它的心是坚定的，想着两个小伙子在冷风中忙活了大半个小时不容易，而我自己的等待也不易，最后，我挑了另一块蜜蜡原石，继续在寒风中等待了半小时。所幸，后来选中的蜜蜡比原先那块更加漂亮，打磨后的它有着江水流淌般的花纹和明丽的黄，在幽暗的灯光下尤为夺目。虽然，我后来质疑过它的真假，但那一个夜晚，它带给我愉悦，不比九寨沟的山水少。

　　我喜欢看琥珀和棉麻布衣待在一起的样子，不管是透明的珀，还是满密的蜡，都让人感觉特别温情。它们可以用一根丝线简简单单地串起坠于胸前，也可以和青金石、南红、绿松石等天然材料搭配使用，或者是直接镶嵌于金银上面，都相得益彰、彼此增辉。

每一颗来到你手里的琥珀，都是有生命的，它们的生命以"万年"计算，是大自然赐予我们最珍贵的礼物，称其为"时光的固化，瞬间的永恒"似乎一点也不夸张。它们经历了大自然恒久的孕育而散发出独特迷人的魅力，凝结着千万年的生物能量，也蕴含着无数神奇的传说。向着阳光举起一颗蜜蜡，那闪动的金色光芒和流转的纹路，仿佛向你呈现远古的森林浩瀚，又仿佛"兰陵美酒郁金香，玉碗盛来琥珀光"之句荡漾眼前。那一刻，手中的蜜蜡不再只是一颗化石，而是我们情感的凝聚物，温暖而灵动。

我最常佩戴的鸡油黄蜜蜡手链，饱满圆润，来自波罗的海；我最喜欢的那枚满蜜平安扣，质地温润色彩绚丽，来自俄罗斯。这都是我没有去过的遥远地方，但是它们都带着原始天然的气息，以明艳的黄色，在这个冬天温暖着我。

随着时间的流逝所带来的氧化以及我对它们的抚慰，我拥有的这些蜜蜡小物件们也在慢慢发生着变化，颜色越来越沉稳浓郁，包浆越来越润泽油亮，光阴带着我的体温和气息一起融进了它们的身体里，当时光一天一天老去，拥有它们的同时，也在积蓄光阴的厚度，这样的感觉真是美妙。

爱此一拳石，玲珑出自然

爱此一拳石，玲珑出自然。

溯源应太古，堕世又何年？

有志归完璞，无才去补天。

不求邀众赏，潇洒做顽仙。

曹公定也是爱石之人，不然，怎会用一块石头，幻化出一部文学巨作来？得人人称颂的《红楼梦》来自一块石头，集万千宠爱于一身的宝玉亦来自石头，世间美玉，皆从石中来。故而，爱石头，实在是情之所至，心之所归。

我也爱石头。以江南女子的柔婉细腻，爱着北疆大漠上一种有着粗犷豪放之美的石头——戈壁石。爱戈壁石，源于它的纯天然，毫无人工修饰。比起翡翠、和田玉，也许很多人不曾知晓戈壁石，但这种产于广袤浩瀚的阿拉善沙漠戈壁的五彩石头，以其坚硬的质地、千奇百怪的造型、斑斓瑰丽的色彩以及粗犷雄浑的神韵，在赏石界独领风骚。

这么一说，好像我的爱好也很高大上了。非也。我对戈壁石的爱好，同样只局限在女人对饰物喜好的层面上。买几串项链戴戴，淘几圈手链玩玩，图的就是一种心情。所谓生命不息，臭美不止，窃以为，女人的小恋物情结是不可或缺的，这除却外在的装饰效果，精神上的满足感更为重要。

时光倒流回三年前，我在妙果寺的文玩地摊上邂逅了戈壁石。那是一串单圈的手链，半透明状的棕、红、黄三色小石头，呈不规则的椭圆形，表面坑洼不平，但又润泽得很。她们没有一颗是雷同的，像枣核，像葡萄，又像杨梅，各自独具风采。这串看起来完全原生态的石头手链，引起了我的兴趣。问老板，说叫戈壁石，是玛瑙的一种，来自阿拉善大漠戈壁滩。我第一次听到戈壁石这个名字。凭着对大漠戈壁的无限神往，我对戈壁石也一见钟情，当即掏钱买下。两百八十块钱，买几颗并不起眼的小石头，不算便宜了，但千金难买我心欢喜，喜滋滋地如获至宝，捧在手心细细把玩，这戈壁滩上的小精灵，真是让人越看越欢喜。

阿拉善戈壁滩地处贺兰山以西，是一片广袤而壮观的瀚海戈壁，属于常年多风、多沙、多荒漠的"三多"地带。如此恶劣的气候和地理环境，并不适合人类居住，却能造就瑰丽的戈壁石。上天是公平的，把绿水青山赐给了江南，把五彩戈壁石赏给了荒凉的戈壁滩，自然界的一切布局，老天都已作了最好的安排。

我特意去查了有关资料：据地质专家考证，阿拉善戈壁石原岩由距今八千万至一亿多年前火山爆发喷射出的岩浆冷却而成，经过长期的地质变迁、日晒、风蚀等自然作用，岩石中抗风能力较弱的部分被剥蚀掉，留下最坚硬、最韧性的硅质部分，最后形成千奇百怪绚丽多彩的奇石。戈壁石又称风棱石，大小不一，以小型最为多见。其棱角峥嵘，造型粗犷，皴漏兼备，手感滑润。除了内蒙古的阿拉善外，在我国宁夏、新疆、青海等地也均有产出。以质地来分，可分为玉髓、玛瑙、石英、碧玉等，其中质地最上乘的要数葡萄玛瑙，色泽最神奇的要数"沙漠漆"。

葡萄玛瑙和沙漠漆这两种"极品"价格不菲，我都没有，我拥有的只是一些很普通的戈壁石，但我已经很感恩大自然的馈赠了。每每将她们摩挲于掌心，凝视每一颗姿态各异的石头时，那种被时光打磨的温润感会穿透指尖直达心底，让人产生一种很微妙的感觉。她们历经漫长的时光隧道和风霜雨雪，才炼成了今天的模样，每一个凹点里，都盛着满满的故事，每一丝皴褶里，都渗透着日月精华。我相信，颗颗石头都是有灵性的，你想啊，与你肌肤相缠绵的是亿万年的自然结晶和天地造化，这是一份怎样的缘分和感动？

大漠出奇石，天然去雕饰。造物主之神奇，让人叹服。

那串手链和我相依偎一段时间后，如同得到了爱的滋润，越发润朗美丽起来了。时常有人问，这是什么材料的？哪里买的？言语之中满是欢喜赞赏，我自然也是无比窃喜。

都说女人的衣橱里永远缺一件衣服，其实女人的首饰盒里，也永远缺一件首饰。

这两年，陆陆续续买入了好些戈壁石，把红、黄、棕、绿、紫这五彩颜色占有个遍。墨绿色的项链和手链，质地细腻光滑，有着瓷器的润滑感；相对贵重的紫葡萄，色彩优雅高贵，但手感粗粝，仿佛有着千万年风沙相袭的疼痛。红的热烈，黄的淡雅，棕的深沉，颗颗粒粒，都是天地造化。

去年的西北丝路之行，最远走到雅丹魔鬼城。面对千里荒漠、万里戈壁，我有一个强烈的愿望，就是要在戈壁滩上捡几颗戈壁石。后来，在雅丹地貌区，了了这个心愿，就着火辣辣的太阳，我热情似火地拣了一口袋的石头。看着天地相接的戈壁滩，看着那一枚枚的小石头，彼时，真是有一种相见两相惜的感觉。

你见或不见我，我就在那里，不悲不喜。

默然，相爱，寂静，欢喜。

那些生长于戈壁滩的石头，被我捡起，千里迢迢带回温州，我想，我们是否前世有着一万次的回眸？虽然，雅丹的石头，没有阿拉善的戈壁石漂亮精致，基本上都是石英石，只能充填鱼缸或是花盆，我却也宝贝着，一路乘飞机坐汽车带回家。

戈壁石除了做饰品外，最大的价值应该是作为观赏石，但那不是我的喜好，我唯有一朵嘉峪关买的沙漠玫瑰当作摆饰，放在书柜里。

世间爱石之人自古不少，米芾爱石成痴，应该算一个典型。白居易说"石虽不能言，许我为三友"，为石头写下《双石》《青石》《莲石》等诗篇，可谓石头的代言人。内蒙古一个叫何巴特尔的牧民，奔走六年呕心沥血，用戈壁石办了一场"满汉全席"盛宴，真是爱石之情比金坚。

人世纷杂，寻一份时光清浅，守一份自己的执念，真是挺好。就如曹公所说，不求邀众赏，只求自己喜欢。小小石头，惊艳了岁月，在心静如水的时候，你会听得见它轻轻地歌唱。

怀揣一朵火花，照亮来时的路

某天，跟女儿说起，我小时候喜欢收集火花。

她大感意外："什么？妈妈你这么酷炫的？你还会玩火花？你是魔术师吗？火花怎么能收集？"

面对她一连串的追问，我不由得失笑。这便是代沟。火柴已经退出生活的舞台那么多年，现在的孩子不知道火花为何物，实在是正常。在她眼里，"火花"一词，只是火光电闪间那一刹那稍纵即逝的炫目，是抓不住的虚幻，无法和实物链接。但对于经历过从煤油灯到电灯这一跨越的一代人来说，那是无法忘却的记忆。

为了让孩子对火花有更具体的认识，我过滤岁月，打捞记忆，从书柜的一角，找出一叠被时间遗忘了的火花。它们看上去依然崭新，但分明又有着浓得化不开的岁月感和时代感。女儿感叹："好神奇啊，那么小的一盒火柴上面，居然有这么丰富又美丽的图案。"

火花，其实就是火柴盒上的贴画。据说，这么诗意的名字，是藏家们起的。最早始于 1827 年英国的约翰·华克牌火柴。中国最早的火花则是 1879 年广东巧明火柴厂生产的"舞龙牌"火柴贴画。最初,火花只是作为火柴的商标装饰,后来才慢慢成为藏品。在我国,火花更是有着另类的使命。中华人民共和国成立后,火花也成了一个宣传的窗口,设计师们利用火柴这个方寸天地,逐步使火花向宣传性、艺术性发展。

我不是藏家,火花之于我,只是生活中一种美的存在而被我喜欢着,虽然小时候收集的火花到现在也差不多失落无遗,但我和火花是有故事的。

小时候,除去几本连环画,火花是我所能拥有的最好的画画摹本。喜欢涂涂画画的我,经常对着火花上的图案进行临摹,乐此不疲。在不经意间,火花成了我的艺术及审美的启蒙老师。记得母亲买的火柴盒上,图案繁多,内容丰富,有风景,有人物,有动物,我惊诧于那一方小空间里所容纳的大世界,仿佛每一张画面里都能"砰"的一声跳出一个故事来,和我一起欢笑嬉戏。

小时候老屋后有一个小池塘,那里便是我可以嬉戏的"大海"。母亲买火柴的时候,经常一买就是一大包,一包十盒火柴,上面的火花都是一样的图案,我会留下其中一张,把其余的都折成极小的彩色迷你小船,一艘艘放到水面上,看着小船在池塘里慢悠悠地漂着,想象着那是一望无际的大海,心就飞了起来。我经常一看就是大半天,母亲给我描述过的"民主轮船""大洋江海",都在我小小的脑海里乘风破浪、波澜壮阔。

常被别人夸赞是手巧之人,也常常如此自诩,但从小到大，有两件在别人眼中特别容易的事，我却始终不会做。其一是烧火。记得小时候母亲煮饭，总是要我帮着烧火，我是撅着嘴一千个不愿意，哪怕火烧得再旺，被我气呼呼一捣鼓，就灭了。

母亲时常为这生气："你一个女孩子家，不会烧火做饭，长大了谁要你？"我总会振振有词地反驳："我长大是不用烧火的。""你如果不好好帮我烧火，那我就把自来火盒上的火花也扔进灶膛当柴烧了，再也不给你。"母亲便以此威胁我，仿佛拿住了我的死穴。彼时，在母亲的"威逼"下，我大多会乖乖就范，虽然老大不情愿，但为了喜欢的火花，我不得不耐着性子很努力地把火烧旺。

我不喜欢烧火，但我却又喜欢火柴盒上的火花。为了自己的喜欢，常常要去做自己不喜欢的事，人生很多时候很多事情，都是这么的矛盾而又无奈。

我家的火柴盒上基本是没有图案的，一副光溜溜的丑模样。买回家的火柴，定是被我第一时间撕去了火花，我迷醉在那小小方寸间的精彩里，常常爱不释手。记忆最深的一套风景火花是江心屿的东西塔及湖心亭，它们是当时身居山旮旯里的我对江心屿最初的认识和向往。

第一次见到江心屿是在我八岁那年。记得那年秋天，有两个温州城里来的姑娘，到我家旁边山上的果园里买橘子，乡下人淳朴热情，母亲留这两个素不相识的过路姑娘吃饭过夜。她们问我，你去过温州吗？我说没有。那你想不想去呢？我说，想，我想去看大海，还有江心的塔。我拿出火花，指着上面的江心屿图案，眼睛里闪耀着兴奋与期待。她们被我逗乐了，说这好办呀，她们家就住在江心屿旁边的麻行僧街。于是，我们约定，那个星期五下午，我坐公交车进城，她们带我去看江心屿。

在那个没有电话交通闭塞的年代，母亲只是和她们约好了时间地点，就把我一个从未出过远门的八岁小女孩送上了公交车，交给了两个素昧平生的人，这在今天看来，是多么的不可思议！但那时候人心单纯，社会简单，人和人之间有着最基本的信任。而我，就因为向往那小小火花上描绘的大大天地，一个从未出过小山村的小女孩，就胆大包天地一个人坐车去了城里，到现在每每想起这事，我还会被自己当初的壮举吓倒。

那两个姑娘没有爽约，如期等在公交站。我在她们家住了两个晚上，她们带我游了江心屿和中山公园。我见到了心心念念的"大海"和江心屿的东西双塔。这一趟"温州行"成了我人生第一次旅行，也成了我在小伙伴面前炫耀的资本。这一切，全是因为几张火花的"蛊惑"。

如今，我就住在望江路，每天与江心屿面对面。时常会在某个独处的柔软时光里，想起童年的那一幕，想起火花的故事。也常想，那两个阿姨如今在哪里？会不会就是我的邻居？也许我们曾经在某天擦肩而过而不相知。一切都有可能。只是，时间易逝，一些相遇，一些缘分，也如同我曾经拥有的火花般，丢失了。

喜欢火花者不止我一人，藏家也不少。打开网络，有火花收藏网供藏家们分享讨论交流，其功用虽已不再，但却俨然成了一种商品。梅兰芳和胡适都是火花收藏者。据说梅大师每次出国演出，都会收集该国的火柴盒带回来收藏。胡适更是我国较早的火花收藏者之一，他一生不收藏字画金石古玩等大众热衷的藏品，收藏火花成了他除藏书外唯一所钟情之事。据说，他在担任驻美大使期间先后收藏了五千多枚火花，而这些还不是他特意收藏的，只是在旅行时到过的旅馆，或是参加宴会时的随意收藏，可见他所藏火花之多。

火花之所以受到一些人的爱好和关注，是因为它不仅仅只是火柴的商品标识，它和邮票一样，是一部微型的"百科全书"。通过生动简洁的绘画，描绘了大好河山、人文景观、生活场景，给人们带来美好的视觉享受外，还具有一定的教育功能和科普知识，使人在潜移默化中增长知识、陶冶情操。

前不久，朋友赠我一批旧时的火花，其中有温州产的，就充分表达了温州元素，描绘了江心帆影、楠溪江、洞头、雁荡山等风景名胜，白鹿衔花、温州鼓词等地域文化，十足一个浓缩的温州。从 1924 年温州第一家光明火柴公司的诞生，到 20 世纪 80 年代温州火柴厂的火红，再到被新兴产业打火机所取代，至 1992 年温州火柴厂停产，火柴终于完成了其历史使命，彻底退出了人们生活的舞台，火花亦伴着它的主人开始消遁。

那些书本的见证者

自称"书托"的八爪，经营着一间书屋，名为"八爪书棚"。书棚以二手旧书居多，是我们几个闺蜜挺乐意去淘书的地方。一日在"八爪书棚"闲坐，照例挑书喝茶，天南地北闲聊。八爪忽然献宝似的说，有一样好东西要让我们瞧瞧。众人皆好奇，是什么宝贝，让他像得了和氏璧般的难掩兴奋之情？

八爪说的好东西，藏在一个大大的木箱子里，木箱子上压着厚厚一摞一摞的书。藏得这么严实，这么用心，看来真是宝贝了。

打开箱子，八爪小心翼翼地捧出几卷蓝色的纸卷。普蓝色的宣纸纸卷长不过尺许，显得很薄，托在手心轻飘飘的，仿佛一点重量也没有。再小心翼翼地展开，只见蓝色底纸上整齐有序地贴着一张张薄薄的发票。

这是些什么发票？大家同问。

都是书的发票，是我从一本本旧书里面找出来的。一直嘻嘻哈哈一副玩世不恭样的八爪，神色忽然庄重起来，眼里的柔情也一下子就浓了，仿佛托在掌心里的真是稀世珍宝。这样的神情，让人顿感眼前之物变得神圣，手里的纸卷也变得分外沉甸甸起来。

纸卷慢慢展开，同时展开的是一段半个世纪以来书本的演变历史。拓于蓝色底纸上的书本发票，醒目地跳跃在眼前。从 20 世纪 50 年代到 90 年代初期，都有。一张张薄如蝉翼的发票，随着年代的久远，有的已经发黄变色长斑，多多少少都有了岁月的痕迹，但因为是夹在书本里的，再加上新主人对它们很是宝贝，每张都平平整整地拓在纸上，所以还是保存完好，丝毫不见破损。对着它们，八爪如数家珍：这张是我在某某旧书店的旧书里翻出来的，这张又是在某某废品站的弃书里找到的……每本经过我手的旧书，我都会仔细翻一下，有发票在里面，一定好好收起来，小心地保存。

这一批发票基本上都出自温州新华书店，年份不同，发票的名称、内容和大小样式也不同。

比如，20 世纪 50 年代的发票样式小巧，名称都是"新华书店温州支店零售发票"，类别栏里挺丰富：通俗读物、少年儿童读物、科学技术、课本等等。一本书的价格基本上在一角多到两角多。有一张 1955 年的发票上，没有单位名称，但盖着"温州联合书店"的印章，发票类别处为空白，和今天的凭证相似。通过图书的类别，我们可以看出，20 世纪 50 年代的人们，物质匮乏，但精神生活相对还是富足的。

20 世纪 60 年代初期的发票名称和现在一样，就叫"温州市新华书店"，图书的类别就更加丰富多样了，分为马恩列斯著作、毛泽东著作、社科、文教、文艺、少儿、自然、工业、农业、课本、图片，还有进口书刊，五花八门、应有尽有。一本书的价格也在两角钱左右。透过这些小小的发票，我们可以回想当年的生活状态。那时候，物质生活很是艰苦，常听我父母说，经常连肚子都吃不饱，但文化生活却并不匮乏，甚至可以说是相当丰富多彩的。20世纪60年代初期，文学创作也出现了好势头，进入了一个丰收的年代。一些家喻户晓的小说，如《青春之歌》《林海雪原》《艳阳天》等，都是那时候的作品。只可惜，这些发票上没有写明书名，我们也就无从知晓当时卖出的是什么书。

从20世纪60年代末到70年代，发票的名称变为"浙江省新华书店温州中心店"，而发票上的图书类别变得简单明了，排在最上面的是马列著作、毛主席著作、马恩列斯像和毛主席像，接下来就是中小学课本。一张1971年的发票上，图书类别除了毛主席著作、毛主席语录、毛主席像，就再也没有其他的东西了。有意思的是，1969年的发票上还有一句醒目的标语：最高指示——政治工作是一切经济工作的生命线。具有浓浓的时代特征。

这十年，中国在干吗？不说我们也知道。

这也让我想起父亲的无奈。父亲经常会对我们说起他的学生时代。他说，那时候（1970年左右）他正上初中，课本就是一本毛主席语录，所有孩子都可以不用上课，老师会被轰下讲台，上山打鸟，下溪摸鱼，只要你会背毛主席语录就行。说这些的时候，父亲是带着深深的无奈和惋惜的，惋惜大好的青春年华就这么蹉跎而过。

到了 20 世纪 80 年代初期，发票的尺寸也变大了，名称改为"温州市新华书店发票"，图书类别里的头条，改为比较笼统的领袖著作、领袖像，再有就是中小学课本、图书、一般图书和其他，而且在发票上出现了"折扣"一栏，价格也开始上调，出现了一本书五角多、一块多等价格。直到 20 世纪 80 年代末 90 年代初期，图书的类别有了明显的变化，自然科学、少儿读物、文学艺术等书籍，重新回到人们的生活，改革开放的春风，也悄然吹进人们的心灵。

无论何时，艺术和文学，都是人们永远不可或缺的精神生活和追求。很明显，文艺类的书籍，比起别的图书似乎都要贵一些，一张 1960 年的发票上写着，一本《明代歌曲选》的价格是四角四分钱，另一本文学艺术类的书籍价格是七角四分。当时买这两本书的人，可算是大手笔了，如果不是真正喜爱，不会花这么一笔"巨款"在一本书上。

这一张张小小的图书发票上，方寸之间浓缩的是这个时代鲜明的特征。通过它的类别内容，看这个时代的文化现象，更是一目了然。20 世纪 50 年代的丰富，60 年代初期的百花齐放，60 年代末和 70 年代的单一，80 年代的觉醒，都在这些单薄的图书发票上，画出浓重的文化符号。

而现在购书，直接鼠标一点网上搞定，好像再无发票了，店家给出的是一张电脑打印的千篇一律的发货单。那么，这样手写的发票就更加珍贵了。

爱书之人多矣，而因为书而一起爱上发票之人，可谓寥寥无几，非书痴不能及。八爪的这一份爱好，使得他的书棚更加书香醉人。

　　这么多年，我也买了满满两大书柜的书，但却从来没用心地对待过哪本书的发票，甚憾。经此文后，我想，我也会爱上它——那些书本的见证者。

醉／时／光

心无猛虎，只嗅蔷薇

从田间剪来的一枝野蔷薇，到家时，花瓣已经严重缺水卷曲，花茎软软地耷拉着，一副垂头丧气的模样。对这样的一枝花，还能有什么期望？我丝毫没有。

看着枝头尚有几颗含苞的花蕾，不忍弃之，便倒了一瓶水插上。能否活过来，看花儿自己的造化了。

午睡半小时起来，惊喜地发现，蔷薇花已先我醒来。

吸了水的花茎挺立起来了，花瓣饱满起来了，叶子也水润起来了。粉中带白，白里透粉的花朵们，一簇簇俏生生地立在水晶花瓶里，如少女绯红的脸庞。我的书桌瞬间便生动不少。春色撩人啊，微风拂动轻纱帘，带动花香，满室芬芳。

果然是野花，性子野，"懒贱"不娇气。这旺盛的生命力，让人感动又惊叹。

蔷薇花，似乎是暮春花事的代表，也是整个春天花事的收官者。当四月众芳摇落之时，独蔷薇开得闹猛，仿佛被压抑了许久而爆发出来的力量，怎么也忍不住了，不管不顾地释放。又仿佛有着春天即将老去的报复感，再肆意挥霍一回才够本似的，回光返照般灿烂。

中午，得一壶茶的空闲，拿上相机去七都岛走了一圈。桃红李白油菜花的黄，都已零落成泥，无迹可寻，唯有野蔷薇还开着，一堆堆、一丛丛，随性又张扬地开在路边、堤坝上、田坎旁，或是林子间。

这样的野，少了春花的旖旎脂粉味，却多了恣意不羁的放纵。我喜欢。何须名苑看春风，一路野花不负侬。

江南一带多野蔷薇，不知道北方有没有。落叶灌木，青茎多刺。花形大多单瓣，花色我只见过白、粉红两种。可能是生长在荒郊野地河滩之故，别号"野客"。这名号是宋代有位叫张敏叔的雅人给起的。估计张雅人闲来孤寂无事吧，把十二种花比作十二客，还各自赋诗一首。牡丹毫无疑问是贵客，其他还有近客、远客、雅客、清客什么的，唯蔷薇花分个"野客"之名。听着不受待见，倒也名副其实。

"野客"二字，不知道为什么，居然让我想起李白来，想起他散发弄扁舟的癫狂不羁。这真是滑稽。我不是应该想起陶渊明的吗？不管了，想起谁是我的自由，一如眼前花开自由的野客们。不向东山久，蔷薇几度花。前些年，我在七都拍过一组和野蔷薇一起的照片。那是一条开满白色、粉色蔷薇花的田间小路，美如画。但几年不曾相会，今天已经找不到了。也是，七都岛上到处在挖土，大肆建设，哪里还能保持原样？即使潇洒如野客，也不得不受影响。高楼大厦生了根，花朵们便没了立足之地，失了故乡。

我在堤坝上的一丛野蔷薇旁坐下。

左手瓯江，右手花，莫道春光已归去，清香犹有野蔷薇。爆开的白色花朵，雪球般，让人直接忽视了绿叶。鸟声对语里，花丛中，时不时地，有蛱蝶双飞，流连游戏。

我闲闲地吸着花香，馥郁中带着山野的甘洌清浅。蔷薇花中唯这种单瓣的野蔷薇最香，可做香料，据说还可酿酒。这么想着，不只是心脾有馨香，连口齿之间也似乎弥漫着浓浓的香味了。我是否在哪里喝过蔷薇花酒？在桃花酒坊？还是哪一首唐诗宋词里？都不如此刻，闲坐花丛旁，直接与花一醉，来得有感觉。

心有猛虎，细嗅蔷薇。这句英国诗人萨松的诗句，被余光中翻译得真好，他没有把 Rose 译成玫瑰，而是蔷薇，神来之笔。此时此刻，我是心无猛虎的，我只有细嗅蔷薇的安然恬淡。听燕语呢喃，看大江东流，闻花香四溢。我在。我要猛虎做什么呢？

倒是尖刺横生的蔷薇花枝，张牙舞爪得有点儿像猛虎，一不小心就扎伤你。这是野蔷薇的野性和自我保护，不同于其他人工培植的蔷薇花，美丽典雅，但也温顺了许多。

我家楼下百里路小学的围墙上，每到四月，便簇簇拥拥开满了蔷薇花，成为一道让人挪不开眼的风景，曾被誉为最美围墙。但前几天发现，不知为何，今年居然砍了个七七八八，只剩下一小段围墙上还有些花枝，凄凉而稀疏地缠在栏杆上，显得花事寥落。果然，美都是无法持久的。

几年前，我曾在此剪了几枝蔷薇回家插种，活了，也开了好些花。唯今年，只开了小小的两朵，前天大风，一吹，便零落而去，只剩空枝独自黯然。莫不是她们心有灵犀？

流水汤汤，时光漫漫。红尘诸事，也莫不如此吧。惜蔷薇之殇，叹人情寡淡。

也曾在网上买过几棵蔷薇，看似一段枯枝，竟也种活了。此时，她正在我的窗口，开着玫红色形似牡丹的艳艳花朵，雍容华贵、风华绝代。只可惜红颜薄命，这种蔷薇花只有两天花期，便会香消玉殒。让我惊叹的是，她不见倦色、不见枯萎，在最美的时候，风一吹，花瓣瞬间剥离而落，干脆利落，让你永远没有机会看到她容颜老去的无奈凄凉。世间憾事，莫过于美人迟暮、红颜白头。她是深谙此理吧。这种决绝的智慧，一朵花可以参透，我们人类却是无法效仿的。这是做人的无奈。

因而，我是羡慕一朵花的。

比如七都堤坝上面朝大海的率性野蔷薇，比如我窗口那棵美丽果敢的红蔷薇。

随手写下以上文字，有点儿眼酸，抬头，倾身嗅一嗅案前野蔷薇的花香，看一看窗口红蔷薇的美人颜，心旷神怡。如果，我有一方庭院，定然当户种蔷薇。让她不摇香已乱，无风花自飞。且对清觞湛，其余任是非。

中年况味

人到中年，天就黑了。这话是谁说的？如此悲凉！

确实，中年这词儿，一听就让人有一种紧迫感和无奈感。它比不得青春让人无所畏惧，也比不得老年让人从容淡然。都说四十不惑，而事实是，当你步入中年，惑，依然纠缠不休，许多无可奈何之事，依然无能为力。回望来路，青春已然苍茫不得见。翘首未来，却是老病相催的惨淡岁月。如此中年，是悬着的，仿佛孤岛般悬在人生的旅程中间，让人张皇失措。

很多时候，我都很想自己已经步入老年了，这不上不下的中年，实在令人尴尬。此时，父母正逐渐老去，而孩子尚未成长，我们肩上挑着沉甸甸的担子，歇不下，病不起，死不得，容不得你有半分懈怠。我们得时刻留有健康的身体，以备父母不时之需；得有充沛的精神，应付孩子的各种小情大事。于是，在这令人窒息的中年里，我们活得战战兢兢，如履薄冰。

自觉是达观之人，但向来也是悲观主义者，骨子里如此。曾不止一次地说过，如果没有必须活着的责任在身，于我本身而言，对生命，对尘世，并没有太多的眷恋。这样消极的话，和我面对生活的乐观态度，是截然不同的，却是我最真实的内心表达。不过，自从步入中年后，我突然开始害怕死亡。

身边尚在英年的朋友，病了，癌症。众人探望归来后，皆心情沉重。其中一位朋友看着他的妻子深情地说，我若有个差错，该把你交给谁呢？这戳中泪点的话，瞬间众人皆戚戚。

昨夜，噩梦不断。半夜时分，被夫君一声幽幽叹息惊醒，惊出了一身冷汗，再也无法入眠。伸手摸摸身边的他，睡得沉沉的，他并没有叹息，那一声剜心般的叹息声，是我的梦境所造，也是我的心境所造。近段时间，他时常感到各种不适，时常跑医院，虽都不是什么大毛病，但也是一袋接一袋的药拎回家，看着着实揪心。我自己也是一样，人至中年的一些毛病，避无可避，一一找上门来，一碗又一碗的中药灌下去，泛上心头的都是苦味。这一刻，我前所未有地恐惧生命的脆弱和消逝。如果我们有个万一，父母孩子怎么办？这问题让人不寒而栗。

看着镜中容颜褪色的自己，看着时常镜前悲白发的他，看着日渐年迈的父母，这说不清道不明的中年况味，让人难以将息。此刻，作为子女和父母的我们，再没有比保重自己的中年更为重要的事了。

如此说来，中年仿佛洪水猛兽般一无是处。当然不是。沉重不堪的，只是中年的一个面孔，它其实是两个极端。

从另一方面来说，中年又是人生最为丰盈绚丽的年龄。

当我们走过年轻的迷茫和青涩，经历过诸多悲欢离合人情冷暖，通过一定时间的努力打拼，人生到此，阅历、经验、认知、事业乃至经济，必然都有了一定的积累和沉淀，但我们又还未曾老去，这是多么美好的事。因而，生命里最为醇厚灿烂的时期，也非中年莫属。

这么美好的中年，该如何才能不辜负？

身为女性，在做好贤妻良母孝女的前提下，在我可以自主的时间里，我最想做的是好好爱一回自己。

时至中年，培养一份健康的爱好，是顶顶重要的。孩子不再是痴缠身边的小尾巴了，我终于有了完全可以自主的时间，来交给自己的爱好。灯下阅读，闲来码字，无事抚琴涂鸦，这些曾经因为家庭孩子的琐碎、工作的忙碌而搁置的爱好，此时，又可以一件一件拾捡起来，充盈着我的中年时光。当心思可以托付给文字，当画布涂满愉悦，我会感觉自己依旧如小女孩般鲜活美好。若有诗书心中藏，岁月不曾负美人。不是美人，也可以尽量让自己从容优雅。

时至中年，每年挤点时间和闲钱，去看看世界、看看山水，是必要的，趁现在身体康健，激情尚在。眼界开了，心胸自然也就打开了。别总是说没有时间，时间是一直在的，挤一下也就有了。我曾用了近一个月的时间走西藏，游欧洲，完成了自己一直心心念念的梦想。此时想起来，仿佛还是做梦一般。生活这么忙碌，我居然如此奢侈地花了这么多的时间一个人去旅行？但一咬牙，也就真的去做了。万事待明日，只能成蹉跎。中年的明日，更是无多。

时至中年，做有趣之事外，还有几位情趣相投、三观相符的朋友，是多么的可贵。相知不在于多，解意可人就好。很庆幸在我的中年里，有这样的朋友相伴。可茶可酒可文可诗可歌可画，让苟且琐碎的烟火生活之外，心灵有了诗意的栖居。

当然，时至中年，还会有很多的事可做，但贪心不得。人到中年，最重要的是选择正确的方向和道路。如果时光倒流二十年，错了又何妨？大不了从头来过。可是中年的你我，已经没有了从头来过的时间和资本。所以，选择自己应该爱的人和事，坚定地走下去，这才是最正确的中年吧。人世间繁华三千，姹紫嫣红一片，但不属于你的，纵使你再惦念，再不甘，也是徒增烦恼，苦了自己，也苦了他人。看开人与人之间的关系，放下对物欲的贪恋，舍弃情感上的执念，在沉重灰暗之中寻求一束照亮内心的光束，给自己一个干净通透、温暖善良的中年。

梦回老屋

蒙太奇般的画面，一幅幅切换：绵延的青山缓缓展开新颜，漫山遍野杜鹃花开放，错落有致的油菜花梯田从山坡上倾覆而下。青翠竹林随风摇曳，林中露出一角农家飞檐，边有泉水叮咚，屋前院后桃李盛开。院子里一个扎着小辫子，戴着红红蝴蝶结的小女孩，放牧着一群比她还要高的大白鹅。

鹅，鹅，鹅，曲项向天歌……小女孩拿着竹枝摇头晃脑随口吟诵着诗歌，头上的蝴蝶结像只红蝴蝶，在春风里飞舞。一只调皮的大白鹅，蹒跚着前行，摇晃着肥肥的身体，"嘎嘎嘎"伸长了脖子，扑扇着翅膀，想啄着女孩头上的红蝴蝶……

"鹅，鹅，鹅……"我呢喃着从梦中醒来。

微含着酸涩的眼皮，思绪还处在刚才的梦中，有点儿恍惚。

那是童年的我和梦魂深处的老屋。

多美好的梦境啊，又一次梦回老屋。但此刻，除却窗外有些聒噪的鸟鸣声，还留有梦境的痕迹，我的红蝴蝶结早就丢失在时光的风里，再也找不回来了。轻轻一声叹息，往事纷纷扰扰，凌乱成心头挥之不去的故园情结。

故乡，老屋，童年。随便哪个词语拎出来，都是沉甸甸的。她们就这么任性地一次次不请自来，沉甸甸地盘踞我的心头，午夜梦回之时，不能自已。

说故乡，说乡愁，实在觉得自己有点儿矫情。我一直没长时间离开过家乡，充其量就是从老屋搬到新房，从乡下来到城市。咫尺的距离，生长不出乡愁来。但，人总归是需要乡愁的，不然灵魂会无处皈依。我也是，我那小小的乡愁，来自对自家老屋的怀念和回忆。

时光倏忽，一晃如昨。三十年，仿佛一个转身的距离，世事却已翻天覆地。当年不谙世事的小女孩，现在已是人到中年，时间剔去很多的旁枝侧叶，但总有一根主干，会在记忆深处越发苗壮葱茏。当梦回老屋的次数越来越多的时候，我想，是时候该见上一面了。

只是，相别这么久，再次相遇的时候，物非人也非了。乡音不改，鬓毛已衰。我是，老屋亦然。

这还是我梦中的老屋吗？房屋早已拆除，只剩残垣断壁。前后院子里杂草丛生，竹林凌乱，唯一熟悉的，是那棵陪伴我整个童年的柚子树，还站在原地憔悴着等我。小山村也更加寂静了，有能力搬出去的人家也都搬离了，只剩下几位耄耋老人，打着盹儿，在太阳下消磨着他们最后的生命，陪伴着故园。

回忆，是一张旧时的地图，缓缓打开，便是满纸往事。

旧时的风、旧时的雨、旧时的明月、旧时的欢声笑语，还有旧时的苦痛，都从光阴深处，一一呈现。

我家老屋坐落在一座叫"马鞍山"的山脚下。这是一个叫"后山降"的小山村，只有十几户人家，隶属于相隔甚远的一个大村庄，但她却像一个不讨父母欢喜的孩子，独处一隅。听父亲说，1962年发大水，家里的祖屋被水淹至没顶，祖父才将家从原来村中心的大宅子里搬到这个山脚下，从此高高在上，不惧水患。

一代人有一代人的想法和需求。当初祖父费尽心思把家搬到这个小山脚下，后来我父母又千辛万苦地把家重新搬回村子里去。这来来回回，中间相差了几十年，但目的都是一样的，为了安居乐业。

我的童年是在老屋度过的，直到十三岁那年，我们家才从老屋搬离，而后，极少回来。十三年的相伴，她融入我的血液，流经生命的每一个朝夕。不管时光如何流逝，不管心境如何变迁，也不管现在的老屋早已颓败不堪，她始终成为心中最柔软的牵念，一次次梦回，永远画境般唯美。

我家老屋很"高大上"。

心悸于那一场百年不遇的大洪灾，祖父是想一次到位，故而把房子建在山脚下最高的地方。于是老屋便像居高临下的君王般，坐北朝南，俯视着前方开阔的田野和脚下的邻居。老屋占地面积挺大，风景优美，前后道坦宽阔，左右竹林茂盛，菜园子，池塘，猪圈鸡舍，农家该有的设施一应俱全。小时候，在我眼里，老屋真的很大。五间正房，一间轩间，父母带着我住在东首，祖父母住在西首，清爽得很。后来有了弟弟，总算热闹一点了，但祖母在弟弟出生后两个月便因病早去了，常年云游的祖父也几乎不见踪影。因此，偌大的老屋常常会让人觉得阴沉沉的。高高在上的距离，更是有出世的意味，倍添孤寂感。

我时常会想，老屋的这份遗世独立是否直接影响了我的性格？不然，为何尘世纷繁中，我总是怀揣着一份清冷孤寂，独自行走？

院前的小路，久无人迹，早已被野草湮没，拨开几近没膝的乱草，和纵横杂乱的水竹，我寻觅着小时候的足迹。梦中的诗画田园，此刻被岁月风化成发黄的旧纸张，仿佛风一吹就没了。满心戚戚。

还有一个捣臼，静默在时光里，不动声色。我被催眠般走向它，指尖抚过它的沧桑。坐下。这个捣臼曾经承载了生活的最大欢乐，我们家用它捣过年糕，捣过清明饼，搓过土豆……如今，它一定很寂寞吧？思绪飘忽间，我就这么一个人安静地坐着，不知怎么竟有了浓浓的睡意。迷糊间，居然看到祖母来了。她对我说：孩子啊，你怎么一个人坐在这里？会着凉的，回去吧。我说：奶奶，我想你了。来看看你，看看老屋。她说：我很好，别惦记我。记住，人要往前走往前看，回去吧。我一个激灵，突然间就醒了。有那么一会儿的怅然若失和惊慌，却又倍感温暖。谁说不是呢？我们都要往前走，往前看，往事再留恋，回忆都只能浅尝辄止。

起身，环顾四周，眼前面目全非的景象啊，这里留下过我多少的悲欢？

每个人童年的欢乐大抵都是相同的，不同的只是苦痛。

记得小时候，那个物资匮乏的年代，父母得为了生计而奔忙，空荡荡的一座老屋，经常只剩下我和弟弟在家。白天还好，小孩子贪玩，时间容易打发，但只要是天色暗下来，恐惧便也随之而来。四周黑黢黢的树影随风摇动，魔鬼般张牙舞爪，后山上各种小动物发出惊悚的叫声，整座老屋处在黑暗之中，尤其阴森可怕。此时，父母若还不回来，我和弟弟是万万不敢待在家里的。最常见的是，十来岁的我，领着四五岁的弟弟，站在村口的路上，眼巴巴地望着等着父母回家。那时弟弟还小，不是饿得哭了，就是想睡觉吵闹得哭了。小时候，我个子长得特别小，一边要抱着胖乎乎的弟弟，一边自己也一把鼻涕一把泪地哭。每次母亲见到我们姐弟俩这副样子，她总是哭得比我们还伤心。

在我的记忆里挥之不去的，还有一件事，虽然也是并不愉快的经历，但留给我的却是温暖。

记得小学时，老师要求我们晚上组织自学，自学的地点在村口的另一位同学家里。晚上自学结束后回家的那一段路，简直就是我的噩梦。我家房子独自高高在上，别的同学都已经到家了，我还要穿过一条浓荫蔽月的上坡小道，才能到家。女孩天生胆小，夜幕下的山村，树木繁盛，一点风吹草动，都能幻化出惊天动地的恐惧来吓自己。那一段十来分钟的夜路，我每次都走的心惊胆战。还好，有我童年最好的伙伴一直陪着我。他家住在我家下面一点儿，我们是手拉手一起长大的伙伴。每次他先到家，不进屋，站在路口，用手电筒照着我，一边高声大叫："别怕，别怕，有我呢，我在下面看着你！"而我则像兔子般，撒开腿飞快地跑回家，待到了家门口，便高声遥应一声："我到啦。"他便收起手电筒，也如兔子般奔进门。后来，他说其实他也一样害怕，但是他是男孩子，得保护我。

这个男孩手中的电筒，成为照进我单薄童年的一束温暖光芒。即便如今我们一年难得见一面，但相见之时，只需一抹微笑、一个眼神，便一切温暖如初。我对老屋的情结和乡愁，有一部分来自于他曾给予我的光亮。他说，我的心里有一个角落永远属于你。我也是。这和单薄的情爱无关。

昔我往矣，杨柳依依；今我来思，雨雪霏霏。数十年的时光，匆匆而过。有一句话叫时过境迁，但不管曾有多少悲欣交集，梦中的老屋都仿佛在《诗经》里走了一个来回，依旧明月清雅，清风暖人。

曾跟父亲提起，我一次次梦回老屋。父亲说，他也是，只不过他梦回的老屋，是他小时候住的大宅子，不是我的老屋。父亲的乡愁和童年，在他小时候住的那座深宅大院里，虽然一辈子没离开过家乡，但是他的乡愁似乎比我的要浓烈得多。

虽然，从古至今，无数游子写下无数乡愁诗篇，但不管是否远离故土，其实每个人的心中，都会有一份故园情在。有时候，乡愁只是一段关于老屋的记忆，有时候，是被搁置的一抹情怀，但某个特定时刻，会出其不意地泛滥，成为你心中最柔软的温暖。

　　我依然常常梦回老屋，当年岁越长，这种牵念就越深。每每从老屋的梦境中走出，便会嗟叹光阴过于无情。

　　潜入岁月，翻开曾经的一切过往。乡愁不就是一本枕边书吗？正面印着辗转反侧、夙夜忧叹，反面烙着咿呀童话、光阴缱绻。

　　其实，回不去的，只有自己。

风雨如晦，兰开明媚

阴暗的天幕下，风声呼啸，暴雨时袭，瓯江翻腾着怒气。沿海城市，每年夏天，都要经历好几次这样的台风天气。

今年的 9 号台风"利奇马"，是一匹桀骜不驯的野马，来势汹汹，撒蹄子朝着浙江正面狂奔而来。看样子，温州这只"小萌狗"（温州的地图极像一只小狗）首当其冲。随着台风越来越近，路径越来越清晰，大家都心怀忐忑，惴惴不安。船归港，车入库。关窗闭户，人不外出。全市停工、停课，各方严阵以待，把抗台防御方案提升到了一级响应。

自然界中，越美丽的事物往往越危险，小到一朵色彩鲜丽的毒蘑菇，大到台风来临前天空所呈现的各种瑰丽景象。这些现象从视觉的角度去看，美得赏心悦目，实质上却会是接踵而来的灾难。比如卫星云图中台风形成的漩涡，是那么的绚丽，色彩之美简直比过凡·高的《星空》。可这美丽的表象背后，隐藏的却是摧枯拉朽的巨大破坏力。突然发现，凡·高名画《星空》的笔触和台风卫星云图的运行轨迹简直如出一辙。这是多么神奇的巧合。凡·高所处的年代,肯定没有卫星云图,可他像窥见了宇宙中的奥秘,并把这神奇的一幕用油画的形式表达了出来。只能说,人类和大自然之间,一定存在着某种神秘的联系,只是能够感知这种联系的是极少数的人,所以凡·高注定是超前的,他属于未来,如同他的画。

隔窗,狂风的嘶吼一声盖过一声,一窗花草,在风雨交加里凌乱哭泣。台风天,让一切生灵都变得脆弱不堪,甚至无所适从。即便人类,面对大自然的脾气,也存在着永远无法与之抗拒的悬殊和卑微。

这般天气,真是让人压抑又揪心。

这样风雨如晦的台风天里,却发现窗台上的兰花开了好几枝。真是非同一般的惊喜。这花开所带来的慰藉,仿佛在风狂雨骤的间隙照进了一缕阳光,心情瞬间明朗起来。花香弥漫在一阵又一阵席卷而来的风里,又随风回旋散去。我又想起那台风的云图,在眼前星空般旋转。在这匹狂乱的野马蹄子下,微小的兰花实在过于柔弱。怕台风辣手摧花,一狠心,剪了花枝插瓶。

闻着兰之幽香,微有沉醉,想起这盆兰花的年岁,真感时光倏然。

环视陋室,陪我时间最久的物件有三:些许旧书、此盆兰花、钢琴。它们与我相识的时间,甚至超过了我爱人及孩子。

那年我十九还是二十?如花年纪,青春正好。有个同爱花草的男孩子,送了我两苗兰花。彼时毫无养花经验,去地里挖了些田土随手种上。都说兰花娇贵难养，我居然一种便成活。无数花草在我的手里前赴后继、生死轮回，唯这株兰花一直坚韧地活着，不离不弃随我到现在。

兰花已从当年的两苗，繁衍成现在满满一大盆，年年花开，从不懈怠。我也从当年的青葱少女，褪色成如今的黄脸婆。花开次第，人只一生。时光，只对人最残酷无情。

男孩只是普通朋友，加上中间十几年的时间横亘，如今怕是见到了，也就只剩下相互寒暄几句便无话的境况。兰花也只是普通品种，并非名贵。我此刻想起的、并怀念的，是曾经的青春年华和不再来的年少时光。我们那色彩缤纷的青春岁月，在今天再回想起时，像不像台风来临前的天气？天空湛蓝，云朵洁白，彩霞绚丽。

哪怕前戏再能迷人眼，该消逝的光阴总会消逝，该来的风暴总是要来。窗外，"利奇马"的马蹄声越来越疾，嘶吼声越来越响，这多么像是人到中年后，越来越急的老病相催的时光。但请你从容以待，记取风前静好，细嗅花香满怀。

夫君抗台，夜里留守永嘉。我有了案头这一抹兰香陪伴，倒是安心了许多。但夜里两点，还是被不断扑窗的怒风惊醒。此时恰好是台风登陆的时间。听着窗外如鬼哭狼嚎般的风声，一阵强过一阵，中间夹杂着各种物品被风吹起四处撞击然后又掉落碎开的声音。惊心动魄。雨水从窗缝里不断地挤进来，门窗在发抖，整个世界都在战栗。起卧不安中，我无眠到天亮。

"利奇马"没有在温州登陆，而是去了温岭。温岭和温州近在咫尺，自是不能幸免，尤其是永嘉和乐清两地损失惨重。于是，山体塌方，道路中断，桥梁冲毁，人员伤亡。洞头掀起千层浪，乐清、永嘉成泽国。满目疮痍啊！台风过后的这个早上，大地的伤疤一片一片呈现出来，痛彻心肺。至此，才明白，"利奇马"哪里只是一匹马？分明是一百万、一千万匹野马怒吼狂奔而至，铁蹄踏碎山河。

我的窗前，昨天独留一枝没剪的兰花，在台风的摧残下，从水灵灵的少女一夜之间老成满脸枯槁的老妪。再看看整个阳台，花折枝落，憔悴不堪。但比起风口浪尖中台风过后的一地破碎和悲怆，我眼中的这点小伤真是不足一提，花枝修剪一下，再养上几个月便能恢复元气。而那些伤亡的人、毁坏的家园，需要多少时间才能修复创伤？天灾面前，我们多么无力，唯一能做的，就是在灾难过后，努力收拾心情，重整家园。

人生漫漫，每个人必定会遇上一次或是几次这样的"台风"，也许是病痛，也许是失恋，也许是事业失败亲人离散，也许是飞来灾祸……爱恨情仇、生离死别，有些人坚强地挨过，有些人劫后重生，有些人可能永远消逝于风中。

漫漫人生，定然也会有许多如兰开般美好的时光。亲情友情给予的温暖，爱情带来的悸动，成功所赋予的喜悦，日子的期许，旅途的风景。平淡生活中的岁月静好，或是不期然跳出来的惊喜……

生命总是这样，既风雨如晦，也兰开明媚。

忽发现，另一盆兰花又开了一朵，开得特别娇艳。在这个风雨肆虐后的清晨，它的开放显得弥足珍贵，令人感动。世界不会对所有人都温柔以待，但生命总是生生不息，我们需要的是自我坚强。但愿风停雨歇后，我的花草安好，我所眷念的所有人安好，世间万物安好。

柴火往事，烟火人间

　　大罗山上有许多针杉林，林子并不大，一小片一小片，点缀在各个山谷里，林间地上均落满了厚厚一层的落叶。这些一串串红褐色的干枯针杉叶，密集地铺着，像一大块蓬松的毛毯。还有松针也是一样，软软铺满地。每次爬山，我都能见到它们。对于这些落叶，我熟悉极了，每次看到都会莫名的激动和兴奋。可见，童年的境遇，对一个人心理所产生的影响，真是很难消除。

　　一脚踩上去，往事就随着枯叶的沙沙作响声，开始止不住地絮叨。在煤球炉和煤气灶没有走入寻常百姓家之前，柴火是每个农家不二的选择，砍柴拾柴，也是每家每户必做的活儿之一。这对于有山有林的农民来说，不是难事，只要付出点劳力就行，大自然会源源不断地馈赠于你。但对于没有山林的农家来说，这是关乎生计的大事，显得尤为重要。

　　我突然想起一件有关柴火的趣事。母亲说，在我出生的那个大地铺满浓霜的早上，家里正好缺柴烧水做饭，却不料，一户借了我家一担柴好几年没还的人家，一大早挑着一担柴进门了。奶奶大喜，说这真是现成的好事，这孩子有福气，就叫"现成"吧。母亲坚决不同意，一个女孩子，名字怎么可以这么随意？

虽然我一出生就自带了一担柴，但是也没改变我家缺柴火的事实。因为我家没有山林，只有几分用来种番薯的山田，在很远的一个光秃秃的山头上。虽然那时我家就住在一座山脚下，但周边那些伸手可触的山地和林木，是属于别村的。我们整个村好像都没有山林，只有水竹林。但人要吃饭，猪要喂食。没有柴烧火怎么办？

记得我家老屋前的自留地里就有一片水竹林和针杉林，可缓解平时缺柴之急。于是，树上每掉下一串叶子，我都会当宝贝一样捡回家当柴火，所以我家针杉林的地上，一年到头都是光秃秃的，绝不会像我今天看到的这般落叶堆积。这简直太过奢侈了。针杉叶长得细密坚硬，尤其叶尖，真是针头一般，稍不留神就会扎痛手指。它和松针都是烧火的好材料，叶片有油性，火烧起来特别旺，往灶膛里一塞，火苗立即"噼里啪啦"蹿得欢。所以，用针杉的枯叶烧火，心情也会明亮起来。

然而，我家的针杉林并不大，总共也就二十几棵树吧。小小一片林子，单凭几片落叶，自是无法满足一家子的烟火所需。于是，上小学时的我，放学后不是去拔猪草，就是去拾柴火。那时候，也并没有多少干柴让你可拾，无非就是在山林边拾一点落地上的松针，或是在一些梯田田坎上割点茅草，再捡一点无主的枯枝。山上的柴和树是万万不敢动的,那些都是别村所有。

在我缺衣少食的童年里,有一次关于柴火的记忆,深刻得我此生不会忘记。那应该是母亲和我此生唯一一次做了小贼。那一年,我七岁。那几天,父亲不在家,家里却断了柴火。在一个月色亮堂的夜晚,怀着七八个月身孕的母亲,带着瘦小的我,上后山去砍柴。为什么要带上这么小的我?因为家里无人陪我。一个挺着大肚子的年轻孕妇,手里牵着一个七岁的孩子,摸黑爬上山,在树影憧憧、山鸟怪叫的夜晚,一边紧张地砍几把柴(地上的蕨类植物),一边安慰吓得哭泣的孩子。这是一幅什么样的画面?没有经历过的人,永远无法感同身受。此刻,我在写下这段文字的时候,泪流满面。

黑暗中,背着柴的母亲,牵着我,深一脚浅一脚地往山下挪,一不小心就滑倒了,我们从山上一路滑下来,但幸好,我们都无恙,母亲腹中的弟弟也无恙。生命很脆弱,但有时候又很顽强,环境所逼,会爆发出前所未有的勇气和力量。当摆在面前的困难,你必须去接受并克服的时候,你是没有选择的。若是往常,若非情不得已,母亲怎么敢挺着大肚子黑夜上山?

其实,从小母亲就对我家教严格,她平时绝不允许我偷拿别人的东西,还说做小偷就是从剥别人家的芥菜叶开始的。"勿以恶小而为之"这句话,母亲不会讲,她也不懂,但是她就是一直这么教育我和弟弟的。我家老屋旁边就有一片邻村的柑园,柑橘成熟时,沉甸甸的果实都挂到墙外来了,一伸手就可以摘到,但我硬是没有偷摘过一个,这一直是我引以为傲的事。

然而，我也并没有为这一次月夜砍柴而羞愧过。非常时期，非常之事，属于情非不得已。只是那一个夜晚，我吓得心神俱裂，此生难忘。当时母亲是什么心情？我想，她是怀着一种做母亲的无畏勇气的。那一夜，我们虽受了惊吓，还好有惊无险。在那个年代，偷砍别人家的柴，是要被罚放电影的。一位邻居，因为偷砍了别村山上的柴而被当场抓获，被罚放了电影，她也因为此事羞愧难当，积郁成疾，没多久就去世了，让四个年幼的孩子没了母亲。每每想起此事，我都嗟叹不已，至今唏嘘感慨。

一个特定的年代所产生的悲剧，能怨谁呢？只能说，活着不易。

望着脚下厚厚一片铺满地的落叶，我突感无语凝噎。这些上好的柴火，要是放在七岁的我面前，那该有多好。那么，那一夜，我们再也不用冒着风险和惊恐去偷砍别人家的柴了。

抓了一把落叶在手上，我竟有捡一串带回家的冲动。

今天，我穿过好几片这样的针杉林，也一次次穿过记忆的河流。今天是感恩节。感恩生活的所有赠予吧，因为有了曾经的苦，才有了今天的珍惜和满足。如我此刻，思及往日之苦，心中亦是澄明安静。生活永远向前，愿每一个明天都比昨天好。

蛋酒之醉

绿蚁新醅酒，红泥小火炉。晚来天欲雪，能饮一杯无？

冷雨的冬夜，还有什么比围炉煮酒来得更加惬意温暖？

腊月初七，闺女自学校归。难得一家人都在家吃饭。正好，前日夫君从永嘉山上得十斤陈十年老酒，今晚便舀了一斤余，切姜丝加鸡蛋，再加少许冰糖，在火上温了。冒着热气的蛋酒，香醇得很。每人一小碗，三碗平分。灯光下，琥珀色的酒液里，漂浮着蜜蜡纹般流淌的蛋花，荡漾在青花白瓷碗里，观之，色彩极是诱人，真应了"玉碗盛来琥珀光"之句。浓烈的酒香更是扑鼻而来，酒还未入口，便觉得心头已经暖烘烘起来，冬夜的寒气，消散无踪。

晚来天正雨，能饮一杯无？我端起酒，笑问女儿和她爹。皆答：如你愿！

只须臾，各自酒尽，皆微醺。

借着酒意，忆起有关蛋酒的趣事。

我平素里对酒没有念想，但这黄酒打蛋的做法，却向来是我喜欢的。而且，生平两次记忆深刻的酒事，都与此酒有关。

青春时期，第一次喝酒，喝的便是蛋酒。

十八岁那年，刚参加工作不久，四个青春躁动的女孩子聚在我家，竟一致想到了喝酒（那天我爸妈不在家）。那时，对于刚入社会不久的女孩子来说，喝酒，便意味着长大了，能做大人做的事情了。当时，内心是无比雀跃的。

女孩子喝不了白酒，太烈。那时啤酒还没有进入我们的生活。那么，黄酒就成了我们唯一的选择。在小店里买了两瓶加饭酒，些许花生米、瓜子，再学着母亲温酒的样子，把酒煮热，加了鸡蛋、姜丝和白糖。当热乎乎的蛋酒冒着香气出炉的时候，我们的心情是无比激动而兴奋的，仿佛干了一件惊天动地的大事。花生、瓜子摆开，酒上桌，心情飞扬。每人半瓶，平分喝下，一滴不剩。

像偷吃糖果的孩子终于得逞，我们喝得心满意足。

那一次，四个女孩皆有深深浅浅的醉。我尚有几分清醒，还知道套她们的话。于是，喜欢谁、暗恋谁此类平时打死都不肯说的话，都在酒后一一道出，毫无保留。

第一次酒醉，鲜明如昨，却已一晃二十几年。曾经的四个女孩，也因为某些原因而渐行渐远。人生总是这样，有些人，走着走着，就走散了。醒时相交欢，醉后各分散。忆及某些事、某些人，就像是醉了一场酒，酒醒了无痕。

第二次喝黄酒打蛋，我是实实在在地醉了，酩酊大醉。

记得那年女儿已三岁。闺蜜订婚，我陪她送喜糖至一位朋友家，朋友好客，遂邀众友人于泽雅农家小院小聚。

席间，有啤酒、白酒、黄酒供选择，我不喜啤酒，又喝不了白酒，只能选黄酒。友说，喝黄酒得一斤。我思忖再三，壮着胆子硬着头皮，豪气干云地拍桌子应承下来。

很快，加了鸡蛋的黄酒上桌了，酒装在一个底大口小的玻璃茶壶里，看上去浅浅的小半壶，色泽金黄，很是悦目。友说，这是一斤。我毫不怀疑。

我向来是豪爽之人，做不来扭捏之事，再加上加了冰糖的蛋酒，口感好得很，很容易过口，所以你来我往一番推杯换盏下来，那小半壶的黄酒尽入我口。我开始脸红，头也微微地有些眩晕起来，但自我感觉尚好，至少我感觉自己还是清醒的。

见我把壶中的酒干尽，友一副奸计得逞的表情，笑眯眯地说，这是两斤黄酒。

皇天啊，不是一斤吗？怎么会变成两斤？我怎么可能喝得下两斤黄酒？定是万万不能的。这实在是超出了我的心理承受能力。于是乎，本来尚觉清醒的我，被友的一句"两斤"瞬间击倒，立马头昏目眩，天旋地转，一头栽倒在桌上。

晕乎乎的被闺蜜送回家，我瘫在了客厅的沙发上。我的记忆停留于此。

第二天醒来，我已在床上。问女儿，妈妈昨晚是怎么到床上睡觉的？女儿奶声奶气地说，昨晚舅舅在，是他把你抱到床上的。

记得小时候，有一次去姨妈家吃新年酒，十来岁的表哥偷喝了桌上大人的蛋酒，醉倒在柴仓里呼呼大睡，一直被我们谈笑至今。想不到，我也有这么一天。赶紧吩咐女儿，千万别把妈妈喝醉酒的事情说出去啊，很丢人的。

　　生平第一次大醉，第一次喝酒断片，是为黄酒打蛋故。

　　蛋酒虽然好喝，但后劲足，尤其是加热的老酒，酒劲就更猛了。此后，面对美味的老酒打蛋，再也不敢贪杯，只敢小酌。

白梅花开淡墨痕

近几年，温州赏梅之地越发多了起来。盛名在外的梅岙自不必说了，各处公园里也都有栽种，甚至连街道两边的绿化带里，也见梅姿招摇。不过，大多是红梅，鲜见有白梅。比如永嘉梅岙，一眼望去，满山坡红艳艳一片，甚是喜气热烈，却总觉得过于浮躁，少了些许梅风清奇之感。再比如，惠民路两侧的绿化带里，粉红色的美人梅开得恣意欢畅，把一条冷硬的柏油路装饰得春光旖旎，显得脂粉味四溢。美是美，但梅花的清雅却是半分不见的。

梅花之中，最常见莫过于红梅，被历代诗人歌颂最多的也是红梅，但在我眼里，似乎只有白梅，才最配得上出尘的品格，也最能表达孤高清冷的意境和风骨。

那天在绣山公园里随意踱步，竟不期而遇一片梅林，约有数十株之多，一眼望去，竟也有一大片，在公园里实属难得了。更让我惊喜的是，白梅居多。这一片梅树看上去树龄不老，树也不高，但枝干已然显得遒劲有力，弯曲之间，骨节分明，枝条有倒悬着，也有旁逸斜出的，很是符合中国画的意境。

白梅似乎要比红梅含蓄一些，总是等她们开得酣畅淋漓了，才慢悠悠地展颜开放，一派与世无争的模样。我见到那一片白梅时，她们正是一副羞答答欲开未开的样子。株株梅树枝头都缀满了花苞，颗颗饱满，淡红色的花萼裹着粉白的花蕾，仿佛满树的珍珠，在阳光下熠熠生辉。只有少数雀跃的花朵，已悄然开放。

风递幽香来。有微风拂面而过，几缕若有若无的幽香拂过鼻尖，使劲一嗅，却又虚无。这抓也抓不住的梅之暗香浮动在身旁，无处不在，却又无处可寻，只有贴近花朵，深深细细地闻，才能感觉并捕捉得到。

这才是我心目中梅花的样子。疏枝横玉瘦，小萼点珠光。不热烈，不浓艳，骨骼清奇不流俗，虽恬淡，却又占尽风情。

我是如此偏爱白梅。

每次去永嘉梅岙探梅，目光总是会很自然地舍弃满山坡的艳艳红梅，而被村口那棵白梅所吸引。小溪石桥，野径人家，流水淙淙处，素梅亭亭立，只一处小景，便很好地诠释了"驿外断桥边，寂寞开无主"的意境，觉得，那漫山遍野的红梅都省去不要也罢。

野外的白梅，自有野外的清冷孤傲和野趣，但要说书香雅韵，还数园林里的白梅。

江心屿盆景园里，也有几株白梅，且颇具年岁。很多事物都是鲜嫩才好看，比如新出的嫩芽新开的花朵，比如新生的婴儿青葱的女子，唯有梅树，真是越老越美。那份岁月凝聚成的沧桑，在每一条皲裂的褶皱里，都闪耀着力量感，让人敬重。每年花开时，我定要去瞧上一瞧，拍几张照，再在树下凝神坐上片刻，梅花的香味伴着鸟鸣蜂声，能愉悦好些天。或者干脆带上一本书，随意地往梅树下的石头上一坐，便能闲闲地度过半日。

江心屿的白梅有两个品种。

一种是单瓣的，红萼白花黄蕊，花朵晶莹剔透，看着很是秀气，色彩偏暖。我用钢笔画梅时，常偏爱此花，它线条流畅简洁，易入画。

还有一种，是重瓣花，绿萼白花黄蕊，花型稍大，花瓣层层叠叠，显得有层次有质感，色彩偏冷。单从欣赏的角度来看，我很喜欢这个品种的白梅，尤其是花骨朵儿半开半合时的状态，淡绿色的花萼包裹着淡粉色的花蕾，如同婴儿不染俗气的脸，怎么看都让人欢喜。

盆景园里的白梅树虽不多，仅四五株，但胜在高大，树龄老。粗壮的树干、扭曲旁逸的枝条、星星点点的白花，衬上背后中式古典的院墙和黑瓦灰房，古朴典雅的味道便出来了。恰好，园子里有一方池塘，就依偎在白梅边上。"吾家洗砚池边树，朵朵花开淡墨痕。"诗意也来得恰到好处。

梅，贵在疏。总觉得红梅过于花团锦簇，那花朵总是不管不顾满枝丫地乱开，不懂得留白。唯白梅，清冷疏离的样子，最符合寒冬里清孤不等闲的气质。

林和靖一句"疏影横斜水清浅，暗香浮动月黄昏"写尽了梅花的韵致，窃以为是咏梅诗里最美的句子了。想来，那孤山之梅定也是白梅吧。寒依疏影萧萧竹，一轮孤月，满池清水，数枝梅影横斜，更有暗香随风而动。这次第，想想就万分醉人了！

遗憾的是，我没在月夜赏过梅，如此美景妙境，只能从诗词里体会。

去年底，网购了白梅、红梅各一株。红梅热烈娇艳，最终，我还是独宠白梅的清冷素雅，把她置于卧室临床的南窗外，仿佛这样，便能与我同宿同起，连梦里都能闻得见花香。

柳絮飞时孤屿雪

近日雨多，便阻了去江心夜走的路。昨晚上，天空难得有片刻晴朗，饭后与夫君携手渡江而去。夜走江心，与风月诗情无关，与浪漫也无关，只因了自己日益丰腴的腰身和日见增长的赘肉。

只半月时间不见，江心屿已经完全换了新装。这盎然的春色，连无月的夜色也掩不住。蠢蠢欲动的春意，仿佛时时刻刻都会扑面而来。雀跃的花朵们在夜色里也散发着诱人的芳香。榕树冒了新绿，去岁的严寒，并没有阻止她们向往春天的决心。前几天还只是点点嫩芽的水杉，已经满树翠盖，亭亭玉立。香樟树新长的嫩叶间，开满了细碎的小白花，一串串，一簇簇，整个江心屿都泛着时浓时淡的香气，甚是好闻。

雨后的空气中透着湿润和清新，也透着江南水乡的温婉秀美。走在这样的夜色里，是舒坦的，自内而外滋生出一种极致的宁静和安详。

裹着淡淡的香樟花香味，一路行至北边的堤坝边，远远的，路边一堆堆的"雪白"紧紧抓住了我的目光。奇了！阳春三月，这里怎么会有雪？赶紧小跑上前，俯身，抓一把，却是柔软蓬松的。呀！是柳絮！真的是柳絮！这么多成堆成堆的柳絮，我还是第一次看到。瞬间惊喜万分。巡视周围，只见路边的草丛里，墙根处，到处都伏着一堆堆的"雪"，直教人看醉过去。梨花淡白柳深青，柳絮飞时花满城。抬头看看，江边的柳树不知不觉已经换了新颜，万条垂下绿丝绦。春色，在枝头一晃一晃地摇曳着，悠闲自在。一阵风起，树上，地上，连同手上的柳絮，都悠悠然飘飞起来，恣意地洋洋洒洒开去。刹那间，仿佛穿越回到寒冬，一场大雪从天而降，江心屿的春天，成了雪的世界。

我有片刻的晃神。

真是下雪了么？

忽想起谢才女的"未若柳絮因风起"之句。谁说只有雪花像柳絮？其实柳絮更像雪花呢！那么，应该改句为"未若雪花因风起了"。呵，两句一对比，自然是后句逊色多了，那柔美轻灵之意境，竟然全无，乏味得很。这拾人牙慧之事，果然不怎么讨巧。

风中，温软的夜色下，我追着纷飞的柳絮，伸手去抓，去捧，可是顽皮轻盈的她们，如何能抓得住？躲避着我，却又仿佛故意勾引着我，让人有一种欲罢不能的焦灼感，心痒难耐。如此一路追赶，我奔跑着的裙摆所过之处，又"卷起千堆雪"，地上的团团柳絮跟随我一路飘飞舞蹈，忽近忽远。虫声呢喃里，鸟声啁啾处，有浪涛阵阵拍岸而来，这简直就是一场音与舞的盛宴。

夫君在一边看着我，神情里透着无奈与好笑：多大的人了，怎么还像孩子一样！管他多大呢！此刻我就是高兴。夜色掩护下的我，肯定是个孩子。玩着柳絮，拍着柳絮，醉在其中，其乐无穷。

就让我做片刻的孩子吧，才不辜负这么美好的夜晚。

风，忽又大了起来。

地上的柳絮被风吹得越滚越快，越滚越大，一会儿就滚成了一个个大小不一的雪球。曹雪芹有《唐多令》如此描述："粉堕百花洲，香残燕子楼。一团团、逐队成球。漂泊亦如人命薄，空缱绻，说风流。"词句透着浓浓的忧伤味，但一句"一团团、逐队成球"把柳絮的动态描绘得活灵活现。自古以来，人们好像约定俗成般，把柳絮当作薄命的象征，如无根的浮萍，无依无靠，风一吹，便身不由己。这种不安定、随风的被动，是多么的无奈，他这也算是以物寄情吧。然，柳絮、浮萍，又是多么自由自在，纵情山水，无牵无挂，万物和谐共处，到哪不是家？对人来说，很多时候千金难买自由。这样的自由，是我们多少人为之奋斗而不得的向往？

王国维语，一切景语皆情语。诚然，什么样的心态会看到什么样的风景。好比此刻，我眼中的柳絮，没有忧伤，没有彷徨，也不叹息。她们是轻灵、自在且美好的，如同这阳春三月，有着轻盈的脚步、脉脉的深情。抓了一把柳絮捧在手心，轻轻一揉，暖暖的，软软的。我想，如果把她们都收集起来，应该可以做一床又轻又暖又软的被子，那么，即使在冬天里，也可以被整个春天拥抱着。

闲笔端午

一个鸡蛋一个粽子，一杯牛奶一碟水果。如无数个寻常的早上，一家人安然地吃着早餐，没有过多的节日喜悦和激动。唯一的不同，是餐桌上多了一句"节日快乐！"

这样的场景，你是否觉得熟悉呢？

生活的节奏越来越快，人们的步履越来越急，随之而来，传统节日里那些传统的仪式感也越来越淡化。比如端午节，居住在高楼之上的我们，简单到一颗鸡蛋一个粽子便打发了事。不用包粽子，不用腌咸蛋。没有草头汤洗脸、艾草熏香，没有菖蒲悬门为剑，也没有雄黄酒的薄醉微醺。最热闹，也不过是家人聚在一起吃一顿大餐，往往还是在酒店里。

可我记忆中的端午节分明不是这样清冷随意的。

对于农村（我不知道以前城市里如何过端午节），对于操持过节的家庭妇女，或是为生计奔波的寻常百姓来说，屈大夫太过遥远而高大上，他们只知道端午是个节日，把节日过得热闹，就代表着日子的红火。

我母亲是位没读过书的农村妇女，她压根儿不知道屈原是谁，但这并不妨碍她过端午节的热情和庄重感。

俗话说，无粽不端午。过端午节，包粽子是首要大事，一般在节前几天进行，其隆重程度，等同于过年捣年糕和杀猪。尤其是孩子们，更为兴奋期待。

一年四大节，端午居其一。可见，这是个重要的节日。这时候，瓜果蔬菜逐渐成熟，水稻和番薯已经种下，一年的好光景似乎希望在望。日子一旦有了奔头，自然就有了过节的好心情。再则，此时离春节已远，来年尚早，对于物资匮乏的 20 世纪 80 年代农村，端午节的粽子，简直就是寡淡味蕾和干瘪肠胃最好的救赎。所以，家家户户都很重视端午节。

母亲会在包粽子的前一天，把箬叶泡好洗净，把棕榈叶、稻草灰、糯米准备好。第二天起大早，摆开大木盆，倒入糯米，加入馅料，再把绑粽子的棕榈叶垂挂在天花板下，便可大显身手了。包粽子的时候，一般会叫上左邻右舍帮忙，或是几户人家合在一起包。人多气氛好，一天时间，很快就在女人们手指翻飞间，谈笑着过去。

母亲包的粽子紧实漂亮，我特别喜欢她包的"长脚粽"，有一个尖尖的角，特别长，形状像现在的冰淇淋。"长脚粽"的味道和其他粽子其实是一样的，我因喜欢它独特的形状，便觉得味道也特别好。每次粽子包到最后，母亲总会包几个"长脚粽"给我。

这边粽子尚在包着，那边锅里的水已经烧开，边烧边煮，等所有粽子包完，一大锅粽子也就滚烫出锅了。热烫的粽子尚不能入口，但空气中飘浮的香味已足以令人垂涎三尺。那样的感觉，现在的孩子是无法想象的。

端午节前一天，母亲会挖来菖蒲，割来艾草、黄金柴，放在露天，等候夜里露水降临。她坚信，只有经过端午这一天凌晨露水的自然润泽，这些草木才具有消灾祛病的功效。她说，这是上辈传下来的方法，不可随便。我常笑她愚昧迷信。但细一想，这何尝不是一种精致的生活仪式感，以及对自然万物生灵的敬畏？

万事俱备，端午节终于隆重登场了。

一大早，父亲把象征着宝剑的菖蒲系上红线，虔诚地挂上门框，再将艾草点燃，熏遍屋子里里外外每一个角落，最后把雄黄撒在房子四周及院子里。菖蒲辟邪，艾草驱蚊蝇、净化空气，雄黄避蛇虫。三者有虚有实，如同两道护身符，牢牢地把守着老百姓的生活之门，让人心安了不少。母亲用沾了露水的"草头"来煮蛋，煮出来的蛋黄灿灿的，便和平常有了不一样的感觉，似乎连蛋都染上了节日的色彩，变得神圣起来。煮了蛋后的"草头汤"呈暗绿色，如一锅稀薄的中药，飘散着浓浓的青草气息。母亲一定要用这锅"草头汤"来给我们全家人洗脸，说洗了不会得皮肤病。而我总是极其讨厌抗拒，害怕自己一洗，脸蛋也会如鸡蛋壳般变黄，但每次都在母亲的强迫下不得不洗。

一切仪式过后，一家人高高兴兴坐在一起吃粽子、吃鸡蛋，那天的早餐便觉得特别美味可口。到中午或是晚上，炒上几个小菜，大人们还会喝上几口雄黄酒。如此，端午节才算过得完整。

现在店里卖的粽子，种类繁多，有甜有咸，肉粽、蛋黄粽、豆沙粽、蜜枣粽等等，估计两只手都数不过来。但记得小时候那会儿，我家就只包过红枣和豌豆这两种馅的粽子。我不爱吃豌豆粽，只喜欢红枣粽。稻草灰淋出来的粽子，呈微微的金黄色，香喷喷的，用筷子戳着，蘸着白糖或红糖，一小口一小口地吃，无比享受。吃的时候，会有一种隐隐的期盼，这个粽子里面会有几个红枣呢？两个，还是三个？母亲一般只在里面放两个小红枣，如果哪天吃到有三个，那简直是欢天喜地的事。有时候，红枣放偏了，恰恰在吃到最后的那个角上，那可真是难过失落，是不是这个粽子没有放红枣呢？感觉连粽子的味道都寡淡了不少。到最后一口咬到红枣的时候，又欢呼雀跃起来。

对于小孩子们来说，满足口欲之后，玩是顶顶重要的事。端午那天，以及过后的若干天，上学时，大家脖子上一定都挂着花花绿绿的蛋袋，蛋袋里装上一枚鸭蛋（鸭蛋似乎比鸡蛋坚固耐撞），跑起来一甩一甩的，威武神气。别小瞧端午节的这枚鸭蛋，它是有魔力的。如同士兵手中有了武器，小屁孩们手上有了装备，腰杆也直了，连走路都变得昂首挺胸起来。

有了武器，就必须上战场，人类似乎一直是好斗的，这一点连孩子也不例外。对手选定，战场摆开。在啦啦队的助威声中，俩孩子满脸认真严肃，眼睛一眨不眨地盯着对手，如两只炸毛相斗的小公鸡。撞赢的一方会哈哈大笑，得意忘形，撞输了的会懊恼万分，沮丧不已。撞蛋虽是简单的小游戏，但似乎也讲究技巧，比如出手的快慢、用力的巧拙、相撞的角度等，都决定着胜败。有些机灵的孩子会使诈，比如用大拇指的硬指甲，狠狠地顶过去，蛋就容易破。但要诈次数多了，要是被发现，输的一方就会不依不饶，到最后恼羞成怒大打出手也是经常有的事。当然，这事儿一般都是男孩子干的，女孩们的撞蛋游戏会斯文很多，输了，最多也就是翘嘴巴、甩脸子，不会动武。

划龙舟作为端午节一个重要的标志存在，是大人们的事，孩子们最多也就凑个热闹，起个哄。小时候我家离江很远，我对划龙舟的记忆就非常模糊，直至现在，对观看划龙舟也没什么兴趣。

时间一忽闪，就过去了几十年，对端午节的感觉也在不知不觉中淡去，甚至觉得可有可无。我不知道，今年会昌河里有没有划龙舟，端午节的早上还有没有人用"草头汤"煮蛋、洗脸，有没有人把菖蒲挂在门上。我也不知道，现在玩具过剩的孩子们，还会不会玩撞蛋的游戏。总之，过节的心情越来越寡淡。这是我个人的原因吗？也许是的。节日的快乐更多是属于孩子们，成年人的心已太过于坚硬和麻木，唤不起对节日的激动和期盼。

至于粽子，一年四季天天可吃，再也吃不出儿时的种种滋味，而母亲也已经很久没有包粽子了。

城市的发展逐渐消亡了旧时习俗，生活的快节奏和便捷，也摒弃了节日的繁文缛节及仪式感。虽然现在以传承为名的各种节日活动在媒体上时常可见，但那终究是浮于表层的，节日当天昙花一现，过后消散如云烟，不像从前那样自然而然地渗透进家家户户的生活里。世事变迁如大浪淘沙，一切逝去的和留下的，都有其合理的缘由。就像我，始终没有学会包粽子。

一条路，七年时光

漫天飞雨的六月，女儿生命里读"有字之书"的最重要一次考试——高考，终于落下帷幕。

今天，我以家长的角色，最后一次走在这条通往女儿学校的路上。这条路，从望江路到梧田，我陪着孩子整整走了七年，风雨无阻，寒暑不变。

七年，不是短时间，它足够一个小丫头长成大姑娘，但似乎又是一眨眼的瞬间。除了感慨时间之飞逝，我还心有戚戚。孩子的中学时光就这样结束了？她就这样长大了？

是的。生命的成长和衰老，都是挡不住的。这几天，我常觉得恍惚如梦。

我们家住在望江路，位于白鹿城的最北边，女儿初中和高中两所学校都在南边，得穿过整个城市的拥堵。这一条路，说远不远，说近也不近。偶有畅通时，二十几分钟的车程可到，但基本上都是不畅通的，像挤一管所剩不多的牙膏一样，挤到学校要五十几分钟，或者更长的时间。虽如此，这一条路我们走得很幸福。因为路的前方有着孩子和家长梦寐以求的温州最好的学校。

这条路的最初终点，是温州第二外国语学校，七年时间里，有四年是交给二外的。

女儿在小学五年级的时候，考到了二外，成了"五四制"的首届学生（总共也就两届），开始了她小白鼠的学习历程。那一年，她十一周岁，还是个稚气未脱的小丫头。二外对于她的诱惑，很简单，不知道她从哪听来的消息，据说学校里会有八个网球场，还可以学日语（她是动漫迷）。当然，这两点都停留在"据说"的路上，二外倒是开了法语课，但始终没有日语，网球场好像也没有八个。

孩子刚进二外的时候，学校尚在施工建设中，那尘土飞扬的画面还历历在目。好长一段时间，孩子们都是踩着铺满红地毯的黄泥路，穿行在精美的法式建筑教室、寝室和食堂之间。进出学校的那一段路，要穿过横港头村，记忆尤其深刻。村庄的路本来就小，突然之间多了个学校，多了这么多接送孩子的私家车，一下子就把整个村子的路都塞满了。于是，每周接送孩子时，校门口的堵车场景浩浩荡荡，好不壮观。

后来，学校修了专用的大路，从校门口直通温瑞大道，终于不用堵车了，二外也建设得越来越漂亮了，漂亮得像童话里的城堡一样，但孩子们却要毕业了。

四年时间一闪而过，当泥泞小路变成康庄大道之时，那一群小屁孩们也就长大了。当初的小丫头踩着黄泥路，满眼新奇地走进二外，四年后，亭亭玉立的少女踏着宽广的柏油路，目光坚定地走向对面的温州中学。这一路，有付出，有努力，有迷茫，有成长，应是无悔。

从二外到一中，不远，她们遥遥相望，所以孩子上学的路线也是没变，继续从望江路出发，穿过城市的拥堵，"挤"到梧田。只是，终点从原来的右转，变成左转，且少了一个红绿灯。

从家到学校的路，有很多种走法，但殊途同归。

第一条路线最好走，走城市的外围，一路风景佳，路况也好，不堵。但相对来说远了点儿，兜了个圈。从家里出发，顺着瓯江路一直到汤家桥路到底，后右转进瓯海大道，再左转到温瑞大道，过一个红绿灯，温州中学便到了。如果是女儿的"路盲"爹开车，往往走这条路。尽管走过无数次，但方向感不好的他，依然会经常在每一个路口问我，左拐还是右拐？这令人好笑又无语。

七年的时间里，在这条路上，我们见证了一个城市的变化和发展。瓯江路越来越宽敞漂亮了，新城的房子越来越多了，绕城高速飞速运转了，城市绿化越来越好了……但汽车也越来越接近饱和了。这一条路，如同我们的孩子，日夜在成长着。

第二条路线最短，但也最堵。走信河街、人民路、小南路、吴桥路……最终也进入温瑞大道至一中。这一路，穿过白鹿城最繁华热闹的中心地段，看尽城市的喧嚣繁杂和人们形形色色的生活表情。如果是司机接送，他大多挑这条最近的路，小伙子车技好，路况熟，我们很安心。

女儿上高中后，我们基本上走这条路。逐年增加的汽车使得这个城市越来越堵了，这有点像身体日益臃肿的中年的我们，需要丢弃和减负，但这实在是太难。

我们偶尔也会从别的路走，但不管走哪条路，能到目的地就好。

七年时间，这一路，女儿从一开始坐在车里叽叽喳喳说个不停的小女孩，随着车轮一圈圈碾过时间，到慢慢地变得沉默寡言。话题也从"哪个动漫人物好可爱"之类上升到现在和她爹讨论世界格局，分享"知乎"上的言论见解。变化就这么一步一步、一点一滴地发生。

这一条路，孩子从童真走向花季，走向青涩的青春。最终，她要走向成熟，走向更广阔的世界。接下来，她的大学之路，会走向哪一座城市？

写给上大学的金子

亲爱的小金子，今天是你的生日，先祝你生日快乐。

时间过得太快了，快得让我措手不及。你也长大得太快了，快得我在你后面慌慌张张、紧跟慢跟都跟不上。仿佛昨天你还是那个牙牙学语的小奶娃，今天，我就要送你上大学了。真是做梦一样。

十八年前的今天，经过二十四小时死去活来的阵痛，我迎来了你。你一出生就窒息，半夜一点钟急召儿童医院的主任医生出诊，而我昏死在产床上。你爸爸在产房外吸了整整两包烟。你外婆说，不管男孩女孩，只要大小都平安，就算生个鹅卵石也行。所幸，你这颗"鹅卵石"总算有惊无险地平安来到我身边，于是，我的世界便发生了翻天覆地的变化，你，成了我的全世界。

怀你的时候，我也很辛苦，整个孕期几乎一吐到底，吃不下任何东西，而你，既调皮又爱臭美，还在妈妈的肚子里就给自己戴了串项链（脐带绕颈），所以，到了最后，我只能躺在床上挂着盐水，吸着氧，以保证你的健康。如果因此而让你先天不足，不够聪明，也请你原谅，我尽力了。当然，你聪明又健康。所以，生命真是个奇迹。

告诉你这一切，不是在诉说我的艰难，一切我都甘之如饴，而是要你明白，生命多么来之不易。在你整个人生的每一天里，我希望你都能善待自己，这世界上，没有什么比你自己的生命更为珍贵、重要。

你十八岁了，祝贺你成为大人！这是一个多么美好的数字，一个多么美好的年龄，美好得万物都为你展露笑容。十八岁的你，将可以享受许多属于自己的独立权益，同时也要负起相应的责任。从今天开始，你是一名大学生了，将进入一个全新的世界和集体。不管高考如不如愿，它都已经成为过去，而你的人生，已经打开了一扇全新的大门，希望你全力以赴，全情以待。

不要认为上了大学就可以完全放飞了，也不要认为大学生活是轻松的，在这个人生学习的最好年华里，你如果辜负了它，那么你就真的亏大了。妞，给自己定一个目标，选一条将要走下去的路，然后，大步向前。妈妈和爸爸会是你永远的后盾。请时刻记得你说的话——以后必不负期待——这期待不是爸爸妈妈的，也不是任何别人的，而是你自己的。

妞，这么大好的青春年华，光彩熠熠，我想想都为你开心呢。四年的大学时光，你很可能会遇上自己喜欢的男生（我希望你能），那么就大胆地去喜欢吧！但你要切记，他一定要是一个品行端正、善良开朗、有责任心的男孩，还要与你三观相符。爱情，是基于平等对待下的两情相悦，任何屈就、放低自己而获得的情感，都不是好的爱情。低眉顺眼永远换不来真正的爱与珍惜。你看，哪怕才女如张爱玲，即使她低到尘埃里，也得不到爱的尊重。所以，你要切记，一份好的爱情，它一定会成就更好的自己。

说到这个话题，我还要多一句嘴，虽然我知道你都懂。两个青春期的男女，情到深处，就有可能会发生点什么，但请切切记得，你是女孩子，无论何时何地，别丢掉女孩应有的矜持，更要记得保护好自己。当然，作为母亲，对自己珍爱着的女儿，在这件事上，我希望你能发乎情，止乎礼。

大学已经是一个微型的社会，那些有关人际交往的注意事项，我不再赘述，很多事情靠你自己在实践中学习。你只需记得，无论何时何地都要做到自尊、自爱、自重，有任何事情发生，第一时间告诉我们。至于那些大道理，我就不说了，空泛的话没有意思，你也不爱听。请继续保持你的阳光开朗和乐观大方，以善良之心待人，以平和之心处事，但也要记得，防人之心不可无。

我承认，我想说的话其实还很多，但怕你嫌我啰唆。我知道，此刻你是一只飞出笼子的小鸟，哪里还能顾得上听我碎碎念呢？之所以絮絮叨叨这么多，究其因，就是为娘我终究是有些不放心你。你爸若是知道了，又会笑话我了，说现在的孩子还有什么不懂的？但儿行千里母担忧啊，在我眼里，你永远都是个孩子。

先这样吧。不过，以后我肯定还会不断地、不厌其烦地啰唆。没办法，在这一点上，天下的妈妈都是一样的。

　　送你到了学校，我和你爸待不到两个小时，转身就回家了，我们没有依依惜别，你也没有过多依恋。这很好。我相信我的金子，在哪儿都会很适应的。果然，我们还在回家的路上，你已经发来微信，说自己当选为班长了。真为你高兴，这是你送给自己十八岁生日最好的礼物。

　　亲爱的金子，今天是你的生日，今天也是你上大学的日子，你的生命和人生都站在一个新的起点上，向着未来奔跑、飞翔吧，如果这世界上真有奇迹，那只是努力的另一个名字，希望四年的大学生活成就一个全新的、更好的你！

一小时骑行

对于我的这种超级无敌宅家行为，夫君是有意见的。

"今天又一天没出门？"这是他每天回家必问的话。他总希望我多出门多找乐子，别一天到晚闷在家里。虽然我喜欢窝家，可我怎么会闷呢？爱好这么多的人，差的就是时间，我巴不得一天有七十二个小时才好。

今天周六，女儿约了同学出去玩，夫君要上班，我顿感清爽。看看日头不烈，似乎有点要阴天的趋势，便想着去妙果寺买几颗珠子。

摩拜单车我骑过一次，感觉尚好。以为满城的自行车皆摩拜，殊不知均不同。楼下门口就停着一辆红色的摩拜自行车，开锁后，发现我的短腿够不上车的高度，调节座位的螺丝我也无力对付，只能放弃，历时一分钟，扣去一元钱。转身看到旁边一辆蓝色的自行车亭亭玉立，甚是招人，摩拜扫码却开不了锁，一看，它的心门只为支付宝开，遂"支"了一下，提示要注册要押金。我一年都骑不了五次自行车，就不翻人家姑娘的牌了，免得惦念。坚决放弃。再前行数步，又遇一辆红车，车上写着"天天骑行"，还说可免费骑行一小时，但我开不了锁，亦作罢。

原来，共享单车的蛋糕，分了这么多块，但这些车子在我眼里都一个样，实在分不清楚谁是谁。共享时代似乎已经来临，自行车共享，汽车也共享，这是一个万物互联的时代。不知道会不会有一天，人也可以正大光明地共享？扯远了。

终于在文化宫门口逮到一辆红色摩拜自行车，扫码，说我余额不足，充值买了一个月的月卡，依然无法开锁，再充值五元，方才傲娇地"嘀"的一声开了锁。为什么买了月卡还不行？我不知道。好在这辆车高矮胖瘦皆合我意，于是"一骑红乘"（红车红衣）呼啦啦穿过信河街向妙果寺而去。

十点钟，妙果寺的文玩地摊竟已收摊，悻悻然归。

再次启动摩拜单车，日头开始有点猛了，反正无事，也为了防晒，可悠悠然从九山路回。

从车马汹涌的人民西路拐进九山路，迥然两个世界。自带空调的九山路，我认为是白鹿城最美的一条路，没有之一。道路两旁高大的行道树，擎起蔽日的浓荫，巨伞般把热气阻挡在外，风也立见凉爽，加上湖水荡漾，整个人都神清气爽起来。

上午十点多的九山路，行人稀，车辆少，空旷得赏心悦目，让人倍感奢侈。我慢悠悠地骑着自行车，享受这快速喧哗城市里的难得清静。凉风拂过，树上偶尔慢悠悠地飘下来几片微黄的树叶，我们相视一笑，道一声"嗨，今天你也这么闲！"湖边两两三三的行人，湖水里三三两两的泳者，各享各的怡然。一个七八岁模样的男孩，光着屁股在湖水里玩得不亦乐乎，他时而在水面扑腾，时而潜入水中，时而狗刨，时而仰泳……玩到兴致高处，忽然"哗啦啦"从水里爬上岸来，光溜溜的身体泛着水光，笑着对我做了一个鬼脸，又鱼儿般跃入水中，水性好得很。

这孩子无忧虑的撒欢儿，真让人羡慕。我特意停下来，竟痴痴地看了他好几分钟。生长在江南水乡的人，谁的孩提时代没有这么光着屁股在河里戏过水？思绪瞬间穿越回到童年。仿佛也就一转眼的事呢，时间已经横亘几十年。当小家伙再次从水里爬上来又跃入水中时，我对着他的光屁股拍了一张照片，他回头对我哈哈大笑。

经过胜昔桥。面对这个我曾经来回走过三载寒暑春秋的地方，不免感慨，时间都去哪儿了？我曾在湖边的琴房里练过琴，在舞蹈室里跳过舞，这里的湖水和花草听过我的歌声……如今，一切都成了过往。九山湖不老，九山湖畔的树木长青，唯独我，老了。

九山伏茶点的杏黄旗子飘在绿树间，好有"水村山郭酒旗风"的即视感，仿佛我此时正策马扬鞭一路风尘，终于有了可以停下来喝一口酒的地方。如此想着，我的自行车已经越过了伏茶点，于是掉转车头回去，讨了一杯茶。守茶的帅大叔微笑着送上一句暖心的"你好"，我微笑着道一声"谢谢"，气氛自然融洽，伏茶满口生津。

我决心要把"今夏第一次也可能是唯一的一次吃冰淇淋"这么重要的事，交给九山湖畔的长椅和潋滟波光。可惜的是，走完了整条路，都没有看见那个熟悉的小摊，我终是没有吃到地道的九山湖冰淇淋。这对于我这个从不惦记冷饮、整个夏天都不吃冰棍的人来说，难得想吃一次而不得，未免有点遗憾。

最后，回转车头，在胜昔桥的桥头边，买了一个灯盏糕，挂在自行车头，再慢悠悠骑回家。若换了他时，过了就过了，我绝不会回头再去喝一杯茶，也绝不会回头再去买一个灯盏糕，但今天，我就有这样的心情。很难得是不是？

出了九山路，望江路的风变得滚烫，我又汇入滚滚红尘，一看时间正好一小时。

一小时的时间能干什么呢？卫星上天，小鸟筑窝，大到国家大事，小到个人生活，任何事情都有可能发生。也可能，任何事情都保持原样，你只是发了一小时的呆。

我这一小时的时间，有什么可记的呢？无非就是骑了一回自行车，说的也尽是些无关痛痒的零散话。但忙碌的生活中，有时候就缺乏这样随性的一小时欢乐时光，只属于你自己。

不死鸟开满了玫瑰花

阳台上，本来属于牡丹、月季的花盆里，兀自多出了许许多多的多肉植物来，它们以一种野蛮轰炸的方式，强行占领了花儿们的地盘，然后死皮赖脸地长住下来，轰轰烈烈地开始了一个植物王国的开疆拓土、繁衍生息。

这么强悍的植物，有着一个与之高度匹配的名字——落地生根，又名不死鸟。是的，落地就生根，它们不管落在哪里，环境多么恶劣，只要有一丝泥土一点水分，便能迅速生根存活。

据说不死鸟的祖籍是非洲马达加斯岛的热带地区，至于为什么会出现在我家花盆里，我真不知道。是风刮来的种子？是小鸟携带着来的幼苗？还是泥土里本就埋藏着的基因？不得而知。反正，它们不是我种的。

我觉得这些不死鸟就像哪吒一样，风一吹就长大了，常常只几天的工夫，就绿茸茸地铺满了整个花盆，使得原本的正主像个受排挤的小媳妇般，无可奈何，又楚楚可怜。每当看到这样的情景，我便心慌。心一横，拿剪刀把它们从根部剪断。但被拦腰剪断扔在一边的不死鸟们，没两天，又齐刷刷地长出白色的根须来，翠生生的叶片依然饱满肥厚，仿佛什么事也没发生过，一接触到泥土，又自顾自欢畅地扎根生长。我甚至看到一朵落在木板上的不死鸟，都能努力地活着。那块木板上只有雨后的积水，没有丝毫的泥土。某天，忽然好奇心起，从花盆里拔了一棵，随手扔在清水里，十天过去，一个月过去，她依然生机盎然。

不死鸟这名字，真是名副其实。

说实话，不死鸟除了这种过度的野蛮态度有时候让人感到不讨喜外，其实长得挺好看的。小时候，像一朵盛开的绿牡丹，贴着地面。长大了，身姿最高可达两三尺，亭亭玉立，翠绿宽大的叶子，水润多汁，簇拥着细而笔直的枝干，永远一副饱满的、昂扬向上的生命状态。一直以为不死鸟是观叶植物，让人意外的是，有一天它居然开花了，复聚伞花序，从顶上分枝出去，一串串小铃铛般的橙红色花朵挂满枝头，像一把撑开的小伞。

不死鸟的繁殖方式是我见过最独特，也最有趣的。它有点儿像胎生。幼苗从叶子边缘的锯齿处生长出来，长到两片或是四片小叶子的时候，就脱离了母体掉落，一落地，根深入土，又是一个单独的生命个体。

那一朵朵幼苗，像极了一朵朵绿色的玫瑰花，精致地缀满叶片的边沿，它们整齐有序地排列着，又像极了女子衣领袖口的蕾丝木耳边，美丽得很。繁殖期的不死鸟，是最美的，它们高调地炫耀着生命的顽强和美丽，以及自己做母亲的骄傲和欢喜。

这时候，我会爱上它们。

这么"懒贱"的不死鸟，竟也属多肉植物。我一直认为"肉肉"是娇贵的，也曾挺用心地养过好些"肉肉"，可它们总是恃宠生娇，不是浇水太多烂掉了，就是伺候不当，枯死了，没一盆能善终。反而是这些时常让我嫌弃的不死鸟们，在我眼角的余光中活得有滋有味。

看着它们，我时常想，养花如育儿，你太过紧张周到了，反而不好，适当地施肥浇水，顺应生命的自然规律，它们可能生长得更为茁壮。

荒废的故园

自从十三岁那年搬离老屋，至今我回去的次数不超过三次，但老屋却时常在我的梦里穿梭。

梦见自己的家并不奇怪，奇怪的是，我梦境所在之地，永远是陪伴我童年时光的那座最老的老屋，而后面的几处生活并不短的新居，她们承载了我的青春，以及生命里许多重要的时刻，却从来没有进入过我的梦境。这是多么奇怪的事。可见，老屋在我的生命里，占了多么大的比重。

整整三十年过去了，人间已经沧海桑田。

我知道，故园早已荒废，老屋早已不在，她连同我的童年一起，只属于回忆。但梦里许多场景，始终还是那一方山水，不曾有半分改变。

一日，友说想去看红枫。我兴奋自荐：我家老屋那里一个山头垭口处，有两棵红枫无比高大又绚丽多姿，我带你去，顺便也慰藉一下我对老屋的念想。

虽心里早有铺垫，但今日一见，这物非人非的沧桑和荒凉，还是狠狠刺痛了我。记忆里的老屋，有六间大房子，大大的道坦广场般，房子的前后左右，有菜地、池塘及竹林树木围绕，她留下我许多难忘的记忆，有快乐，也有悲伤。如今，就只剩下一片杂乱的竹林，连路都被荒草掩埋。唯有孑然淹没在竹林里的那一道残墙断壁，尚能找出这里曾经是一户人家的痕迹。

面对这般的荒芜，我无语凝噎。踩过落叶满地杂草丛生的小路，旧时光阴在三十年前与我隔时空相望，彼此是那么的疏离。记忆里的小树长高长壮不认识了，那堵高高不可及的院墙，为什么变得这么佝偻矮小了？老屋旁边那一片供我们小孩玩耍的宽大无边的草坡，如今怎么这般狭小杂乱了？还有房前屋后那两个清水长流的池塘呢？墙脚下那一口夏凉冬暖常年不涸的泉水呢？你们都去哪儿了？最伤心的是，那棵给了我童年无数欢乐的老柚子树，竟也枯死而去。

三十年的时间，父母老去，我老去，花草树木老去，连石头，也老了。这寂静的小山村，变得更小更静了。旧时熟悉的房子也所剩无几，破败的破败，搬离的搬离，一路进来，竟碰不到一位旧时故人。

时光仿佛遗忘了我及一切。

那两棵在我心里无比高大的枫树，挺立在我家老屋不远处的一个山头垭口处，如两位把守着山门的将军，威风凛凛。不知它是否还安好？我的心里是忐忑的。面对眼前的似是而非，靠着儿时记忆，循着荒径，一路寻至印象中的地方。万幸，树还在，叶犹红，可是也非想象中的模样了。

记忆中，这个垭口上，周边是视野开阔的山地，唯有两棵枫树傲然挺立，无比高大。且此处南北通透，山下村庄一目了然。而如今，由于植被茂盛，四周竹林树木林立，这几棵枫树遮掩其中，变得并不显眼，最熟悉的倒还是那满地落叶堆积。此刻，踩着脚下厚厚的枫叶，听着"沙沙沙"的声音，熟悉地拂过心头，尘封的往事一片一片浮于眼前。记得小时候，每当秋来，这两棵大枫树叶落时，我们会用长长的竹签把每片叶子都串起来拿回家当柴烧，这对孩子们来说，算是半个游戏了，常常玩得乐此不疲。

比之当年，我的身高不过高了几十厘米，但视界却是截然不同。不知道当我们老了时，这一切在我们眼里又会是一番怎样的场景？这两棵老枫树还会守候在这里吗？

枫树下，我给儿时的小伙伴发了一条微信，我说，我在枫树下。他说，帮我好好地看看它。我想，只要记忆尚存，我们都不会忘了最初的老屋和这两棵老枫树。

于我而言，曾经，这两棵大枫树还是地标性的景物，我对她别有情感。小姑妈嫁于离家两小时外的山上，每次她带着孩子回娘家时，来回都经过这两棵大枫树下。每当她回家时，母亲都是将她和两个孩子一起送至这两棵枫树下，再目送他们远去隐入山林方才回来。小学时，我跟表妹每年暑假都会顺着这条山路去小姑妈家住上十天半月，母亲也总是把我们送到这两棵枫树下，再目送我们的身影隐入山林。二十年前，姑妈一家搬到了城里，这条山道和红枫也就此淡出了我们的生活。

坐在落叶满地的红枫树下，前尘往事随风而至，思绪如同枫叶翻飞，唏嘘不已。小径几乎已不可寻，被蔓延的杂草侵占得更小了，但我还是想走一走。寻了一根枯枝在手，拨叶拂草，左右探路，小心翼翼前行没多久，终究还是断了路，举步维艰。今日不复昨日，世界瞬息万变，何况时隔三十年呢？有些路是再也走不通了。其实是不必走了。时间无法倒流，曾经走在这条山路上的小女孩，现在更适合走的是城市里平坦的大马路。

我决然回头。

终于，碰到一位旧时邻居，居然还认得我，我们寒暄间总算有了几分故园的暖意。

回程时，再深深地看一眼老屋的残墙断壁，不知再见面又会是几个寒暑春秋。虽近在咫尺，一些过往已然是天涯。我明白，世间一切，白云苍狗，昨天是留不到今天的。我们都长大了。今日走这一趟，了了夜夜梦境牵挂的乡愁，也许他日再来又会是另一番境况。

馄饨的故事

楼下开了一家以"老温州馄饨"为招牌的点心店，店里的馄饨味道确实不错，我是常客。我在这家店里，吃得最多的也是馄饨，每次一进店，老板问吃什么，我好像都是不假思索地脱口而出：馄饨吧。其实，别的点心如炒粉干、拌面，味道也都不错。我对馄饨为何情有独钟？因为我和它有故事。

"笃笃笃……笃笃笃……"清脆的竹梆子敲打声，在寂静的夜里，听起来格外响亮。它依然是排除一切杂音，不由分说地钻进我心里。

这几天，夜风清冷的街上居然又响起了那久违的敲打声，于是，关于馄饨的故事，又被渲染得热乎了一点。记忆深处再熟悉不过的"笃笃"声，很有节奏，一声一声，稳稳地敲着，显得那么从容，却一下子敲开了我记忆的闸门，学生时代那些对于馄饨的趣事，便如冒着热气的一朵朵馄饨般，跳出来。

读幼师时，每天晚上，我们都深受这"笃笃"声的折磨。

那年，姑娘我年方十六七，离家去城里读书，开始了住校生活。学校里食堂晚饭开饭一般都很早，大概五点多就开吃了，然后是两节课的晚自修，到熄灯睡觉，差不多是十点左右。睡觉时，大家的肚子基本上都饿了。学校是不准学生晚上出去的，大门一关，铁桶一般。而且，那时候生活条件不比现在，我们基本上没有零食可当消夜。饿是饿，就熬着吧，反正要睡觉了，还减肥呢。古人不是说，过午不食么。可每天晚上，当我们熄了灯就寝的时候，"噩梦"便开始了。那"笃笃笃"的竹梆子敲打声，总是准时无误地响起，由远而近，越来越清晰，越来越响亮。

我们知道，这是卖馄饨的小贩挑着他的馄饨担子来了！此刻，我们的胃正在唱空城计，却忽然又来了强敌，在城门口摇旗呐喊，这对于本就意志薄弱的我们来说，是多么的残忍。那一声声清脆的"笃笃"声，毫无商量余地，带着馄饨的香味肆意钻进我们的耳朵里、胃里、心里。大家都觉得饥肠辘辘，越来越饿，却是没有办法，只能干瞪眼，翻来覆去睡不着。

从下午五点多到晚上十点多，整整五个小时，晚饭基本上消化光了，而且个个都是长身体的时候，本来胃口就大些。但女孩子爱美，怕胖，晚饭也总是打了折扣的。如此一来，肚子就饿得更快了。

彼时，听着那被我们诅咒了千万遍的"笃笃"声，想象着馄饨诱人的香味，怎一个"饿"字了得啊！于是，同学们的叹息声、咽口水声、肠胃的"咕噜"声，还有辗转反侧的声音、蒙被子的声音，此起彼伏，充斥了整个寝室。

这样的种种声音夹杂在一起，我们美其名曰"饥饿交响曲"，但这首交响曲可不怎么美妙，让人毫无愉悦感。大家都把头蒙到被子里，企图把诱惑稍稍拒绝一点点。可是人的意念很奇怪，越不想听到的声音，偏偏越是锲而不舍地追着你，入耳又入心。

等到我们的身心和意志都被折磨得差不多的时候，那可恶的"笃笃笃"声，也似乎功成名就般潇洒远去。一声一声，由近及远，仍是那样的从容，那样的不紧不慢、稳稳地敲着，纹丝不乱。可是我们的心思却总是被敲得乱糟糟的，怎么也睡不着了。有同学打趣说，如果叫那个卖馄饨的大叔到我们学校乐队来打大鼓，节奏感绝对好！

不知道别的同学有没有在梦里吃过馄饨，反正我是梦见过很多回的。梦里的馄饨那么美味，比现实中的更好吃！

当然，偶尔，我们也是能吃到馄饨的。记得好几次，实在是被诱惑得受不了了，就选两个能说会道嘴巴特甜的同学，偷偷溜到楼下，腻着门卫老伯说好话装可怜，也恰逢门卫心情好，总算给我们开了门。那样历尽艰辛买回来的馄饨，绝对是这世上无双的美味。大家抢着吃，最后连汤都被消灭得干干净净。那种对吃的满足感，现在是怎么也找不到了。

有一次，我去温州中学接女儿的时候，看见好几个孩子从学校的铁栅栏围墙外接过外卖。我就想，当年我们学校的围墙怎么会是全封闭的呢？如果也是这样的铁栅栏，那我们当时就不用饿肚子了。虽然那时候的我们，不见得每天都吃得起馄饨，但也不至于天天晚上挨饿。

毕业以后，想吃馄饨就变得很容易了，却再也不觉得馄饨特别好吃了，但这馄饨情结倒是永远留在了心里。每次去天一角吃饭，我都会点一碗温州馄饨，告诉孩子，馄饨很好吃，女儿总是一脸不置可否的表情。

有一次在成都，听说成都的特色小吃龙抄手很好吃，当即前往。排了很久的队，才发现端上来的一大碗龙抄手，就是馄饨。成都的龙抄手皮厚个儿大，其味道实在不能跟温州的馄饨比。很失望。

馄饨在广州叫云吞，皮薄馅满，窃以为味道比起龙抄手要好得多，但和温州馄饨比，似乎还逊色一点。当然，一方水土养一方人，我的口味也只是我个人的体验，不能泛用。前几天，我在楼下店里吃馄饨的时候，进来一名女子，她看着墙上的菜单，无从选择，面露难色。也许是我面善，也许是觉得我们年龄相当好说话，她要求我推荐一款点心给她，我毫不犹豫向她推荐了馄饨。她说自己是广州人，来温州旅游，想去江心屿。于是，我们两个毫不相识的女人，边吃馄饨边聊天，从温州的馄饨到广州的云吞，从江心屿到鼓浪屿……馄饨吃好了，她说，谢谢你，真的很好吃，比广州的云吞还好吃。

饮食是一种文化，每一种食物，对于品尝者来说，肯定都包含着自己的主观意识和情感，还有不可忽视的饮食习惯。好比四川人觉得龙抄手好吃，我却觉得馄饨好吃。那一顿晚餐，虽然只有一碗简单的馄饨，但我们两个人相谈甚欢，感觉美好。这个广州女子的赞美，不管是客气还是出于她的真实感觉，我都觉得很开心。这又是一份因馄饨而带来的愉悦感。

　　"笃笃笃……笃笃笃……"在这寂静的夜里，一切喧嚣都沉入了睡梦，我的耳边又真真切切地响起了这曾经令我抗拒又留恋的声音，馄饨的香味似乎也扑面而来。披衣下楼，在馄饨担上买了一碗热腾腾的馄饨，我仿佛又吃出了少女时代的味道……

吐故纳新，放空自我

我时常会有这样的感觉：当某一件事情完成，或是告一段落的时候，突然之间，就会有了一种无所适从的空落落感。

就像今天上午这样。

其实，我要做的事情很多。比如，那幅画了一半的画，等着我去继续完成；钢琴和古筝，我已经好几个月没有眷顾；公众号很久没有更新；很久没有好好地看书了；再比如，欠了别人很多文字和画的债还没有还上；比如……天呐，罗列一下，吓死人，要做的事情真是多得不得了。可是，今天上午，一整个上午，我竟不知道自己该做些什么好。从客厅踱到书房，从书房挪到卧室，晃来晃去，就是安不下心来做任何一件事。

打开电脑，觉得应该写点什么了，但脑子里一片空白。

罢罢罢，泡茶闲酌，看 K 线，消磨时光。看着股票池里，从红肥绿瘦，到绿肥红瘦，再到红肥绿瘦，消逝和再生，失去和拥有，就那么一小时，不由得感叹，这世上，什么事都无常。

　　其间，收到友人一条微信，发的是他自己小时候的照片。照片上，两个流鼻涕的小男孩，站在油菜花田里，呆萌的样子有着那个时代的鲜明特征。他问，认得出哪个是我么？我一眼认出。再怎么长大、老去，模样还是依稀可循的。

　　想起自己的童年，好像也有一张这样的照片。遂有了事做。

　　书房里，尘封的柜子下，翻出尘封的岁月。

　　那是我童年唯一的一张彩色照片，和弟弟一起站在自家菜园子里。照片已经褪色发黄，边角开始霉变。那年我十岁，弟弟四岁。红背心白马裤的弟弟，咧嘴笑着；红色连衣裙，头戴大红头花的我，也咧嘴笑着。多么纯粹的欢乐。一转眼，中间已经横亘着三十多年的光阴。

　　一页一页翻下来，看着那时青葱的自己，白衣白裙，眼神清澈，笑容无邪。突然深感惶恐。人生既快又短，还剩下多少光阴，让我可以这么虚度、糟蹋？

　　惶恐中，想记点什么，但脑子依旧是一管空了的牙膏，怎么挤都挤不出一点思绪来。

　　阳台上的幸福树，本来已经枯死，却在去年春天，居然又挣扎着起死回生了。虽然活了过来，但树上也就那么几片晦涩的叶子，倦倦的，显得无精打采。明明是活过来了，为什么就是不见长新叶子呢？后来我发现，叶子上长了虫子，抑制了生长。这一年半的时间里，幸福树活得并不幸福，她萌动的生命无法发芽，内心的渴望被这些小虫子生生压制。如同一个人，心里明明有话要说，却讲不出来。就像此刻的我。这感觉很糟糕。

前几天，一狠心，拿把剪子，"咔嚓咔嚓"毫不犹豫地把幸福树上所有的叶子都剪掉，只剩下光秃秃的树干和枝丫，彻底除去了细菌和虫子。

奇迹出现了，没过几天，一年不见动静的幸福树重新冒出了新叶，并以极快的速度生长、泛绿，貌似要把这一年多压抑的生命和能量，一股脑儿地爆发出来。

某天，看着越来越饱和拥挤的家，每个角落都塞满了东西，莫名地就烦躁起来，有一种想把家都扔空的冲动。

是不是人也一样，需要一个自我放空的过程？

张三丰在教张无忌太极剑法的时候，问他：无忌，你忘了几成了？……好，忘光了最好！

我想，我们也经常要把旧东西忘记，删除。如同电脑硬盘，如同家居旧物件，不定时去整理清空，怎么能有新的空间容纳新的事物？

好，那就放空自己，什么也不做，什么也不想。

情人节的玫瑰

今天，2 月 14 日，说是情人节。

情人节是舶来品，具体来历无须深究，反正是一个供人欢乐的节日。我不知道情人节是哪一年走进我们的生活，只觉得"忽如一夜春风来，千树万树梨花开"。一惊觉，它已堂而皇之存在了。有节日可过都是好的，理所当然给了人们欢乐的理由，还拉动商机，助长经济，两全其美。

身为中年女人，情人节对我来说，已形同虚设，随着年龄的增长，连年轻时那份隐隐的期盼都没了。但这两年，托了夫君同事女朋友的福，在情人节这天，我也能收到夫君的花。原因是，小鲜肉司机正谈恋爱，情人节么，肯定要送花讨女孩子欢心，于是，小伙子去买花的时候，也会鼓动他给我买一束。

今天，夫君下班回家，两手空空。说，我本来叫小 P 买花的时候帮我也买一束，可是他说今年不买了。

我一听就笑了。是呀，女朋友已经娶回家变成妻子了，还送什么花？多浪费。现实基本如此，女孩子一旦结婚，就掉价了。原先作为男朋友的那些浪漫、用心，在角色变成丈夫以后，统统不见，像根本没发生过一样。

当然，这也不绝对。有些男人会浪漫一辈子，而有些男人一辈子不会浪漫。

我家男人就属于后者，一辈子都不知道浪漫为何物。

从相识至今，二十多年了，他送花给我的次数屈指可数。因为少，记忆便特别深刻。

记得他第一次送花给我，是上个世纪的事了——1997年的情人节。彼时，我们正处恋爱期。那天，在夜色的掩护下，他从车子后备厢里拎出一个大大的黑色塑料袋，藏在身后，快速冲进我家。这间谍般的一幕，被站在阳台上的我逮个正着。

在我疑问的目光中，他极严肃地打开了第一个黑色塑料袋，露出了里面的黑色塑料袋。再打开第二个黑色塑料袋，里面依然还是黑色的塑料袋。what？？？这是要搞哪样？直到打开第三个塑料袋，我才发现，里面居然是一束红色的玫瑰花。

苍天啊，这是多么不容易的事！

他居然用了三个黑色塑料袋来包花！情人节给女朋友送一束花有这么为难，有这么见不得人吗？对他来说，显然是的。他说，一个大男人去买花，特别难为情，被别人看见了更是不好意思。

这理由真让人哭笑不得。

故，第二次送花给我，已经是下一个世纪的事了——十年后的 2007 年情人节。

别人是十年如一日，他可是十年只一次啊。我要是指望着他送花给我，估计我都得凋谢一万回了。男人似乎永远都无法理解女人对于鲜花的钟爱。

那一次，我已忘了，他为什么会心血来潮捧一束花回家。极有可能是受了公司里年轻人的怂恿，或是凑巧跟了浪漫朋友的风。我只记得，当时他看见我和女儿捧着鲜花欢喜的样子，就豪情万丈、信誓旦旦地说："老婆，我今天终于迈出了这一步，以后每年情人节都给你买花！"

知夫莫若妻，这榆木疙瘩怎么可能会这么浪漫？我嘴上答应得欢天喜地，心里却明白得很，实在不敢指望。

现实告诉我们，男人的誓言，保质期往往只有三分钟。你要是当真，那么自觉地先去厕所哭一会儿吧。

果然，那一束玫瑰，又成十年绝响。

夫君"不敢买花"这一纯朴优良的品格，一直保持至今，也算是不忘初心了。

偶尔，情人节到了，我也会开玩笑地问他，今天会给我什么样的惊喜？他往往一脸无奈地说，给你钱，你自己去买花好了。我只能故作生气地回他一个白眼。他会振振有词地说，我不会对你浪漫，说明我也不会对别人玩这一套。似乎还有点道理。姑且信之吧。

过不过情人节，对于像我这般年龄的女人来说，真的无关紧要，最多算是锦上添花。要鲜花，要礼物，无非也就是小女人作势撒娇而已。要是从家庭主妇的角度来看，在情人节这天买花，实在是亏得紧，还不如买个花菜，美味又果腹。鲜花么，我平时买，实惠。

　　不过话说回来，要是节日都能收到爱人送的花和小礼物，自然是欢喜的。生活么，柴米油盐的平淡琐碎之中，多一点亮色和仪式感，自然会生动有趣起来。

　　也许，鲜花的意义就在于此吧。

球迷和球盲

（一）

每隔四年，这个地球上的六月，总要为一个小小的"球"而沸腾狂欢一次。似乎没有哪一样体育项目能像足球一样，有此盛况和恩宠，宠贯全世界。

可即便如此，我也是不爱足球的那个异类，应该说，我不爱所有体育项目。但我家夫君爱看足球，每届世界杯期间，文质彬彬的他，都会体育附体，球神上身。

随着世界杯一届一届来临又过去，突然发现，时间快得让人发慌。四年一个轮回，竟是如此神速！

今年世界杯，我陪着夫君看了阿根廷对冰岛那场比赛，看得索然无味。这场比赛，对于我来说，唯一的看点，就是觉得冰岛的大长腿帅哥真的好帅。至于万众瞩目的梅西，却是那般的力不从心，有着无可奈何花落去的萧索凄凉。1987年出生的梅西，正当壮年，但在靠体能纵横的足球场上，他似乎已经不再年轻。一个又一个四年，没有多少人能做到永远强大。

镜头掠过观众席，只一眼，我看到了满身肥肉的马拉多纳。

一不小心，很多人都老了。

今年的世界杯，我们中国人无须熬夜通宵看球，从时间上来看，算是比较合适的，但我发现，我家"球迷"已然无法熬夜，哪怕只是稍稍迟一点点。他很自觉地在正常时间上床睡觉。我奇怪：怎么不看球了？答曰：看迟了，明天起不来，白天上班没精神。

看，这就是我们说的岁月不饶人。

回头想想上一届世界杯，他还是像打了鸡血似的激动难耐。有文字为证。

（二）

这个六月是足球的世界，尽管我不是足球迷，甚至我是个体育盲，可是也由不得我，眼之所见、耳之所闻，除了足球还是足球。一场世界杯搅乱了东半球，引得好一批人荷尔蒙激荡，亢奋无比。

夫君是个不折不扣的球迷，虽然结婚十几年，我没见过他会哪样体育运动，但每次足球世界杯，他都废寝忘食，不能自已。

今年世界杯从开始到现在，每天夜里两点半的那场，夫君一场不落。他常叫我一起看球，说最帅的男人都在足球场上，某某某女明星、名女人都特意包机去看这场球赛。我还是选择呼呼去。那些帅哥跟我有一毛钱的关系？

第一天，夫君应一班朋友之邀，去某酒吧看球，但临时有事去不了,那一副想去却去不了如困兽般焦灼的神情,让我暗自好笑。至于吗? 不就是一场足球赛吗? 当然,这一天他在家里也是通宵达旦的。清晨,我被他那因疲倦才有的呼噜声吵醒,好不恼怒,当场发飙,一声河东狮吼:"今天不许再熬夜看球!"困倦中的他连声答应:"老婆,对不起。今晚一定不看了!"

我不看球,可这足球却始终在踢我,踢疼我的睡眠。

第二天,夫君看球的热情越发高涨。电视机前的他,比足球场上的运动员还要激情,还要兴奋,时而一声高呼,时而一声惊叫,那神情,跟平时斯斯文文的"眼镜架"竟有着天壤之别。足球的魔力真是非同小可。而且,他早就把早晨的承诺抛到九霄云外去了,依然万分亢奋,看球到清晨。早上我起床的时候,他蜷缩着睡在客厅的沙发上,我只能叹息着给他盖上被子。

第三天,夫君开始变本加厉,呼朋唤友到家里看球赛。那几个哥们儿群情激奋,拍桌子,跺脚,飙高音,这些看球赛时的标准动作一一上演。在看完第一场后,不满足于花生瓜子加红牛之类的零食,叫来了烧烤、炒菜,开了红酒,把餐桌抬到了电视机前,开始了他们更为激情的第二场球赛。我在他们的激情四射中撑到十二点,最后还是熬不住睡觉去了。晨起,一屋子的狼藉,令我目不忍睹。

第四天,重复第三天。

第五天,第六天……夫君每天坚守在电视机前,凌晨睡觉,下午上班。

足球真有那么好看吗? 我一直很纳闷。

记得作家池莉在她的一篇文章里如是说：男人最潇洒、最英勇的一面，都在足球场上体现得淋漓尽致，所以，女人怎么可以不爱看足球呢？

有吗？我是不觉得的。尽管足球让无数人为之疯狂，我依然无法爱上它，在人们的呐喊声里，群情激动中，我宁愿抱一本书安静地待着。

不知道，在将来的某一届世界杯，我会不会也成为球迷？

（三）

答案我现在就告诉你：我不是球迷，永远也会不是。

莫要镜前悲白发

对着镜子，我从头顶果决地拔下一根细细的白发，然后松了一口气。那一瞬间，感觉自己有着壮士断腕般的悲壮，但比起初见白发时的心情，已经算是波澜不惊了。

自从去年发现第一根白发开始，便有了时光老去的紧迫感和恐惧感，也突然间感觉生命进入了悲秋时段。很清晰地记得，那一天，为我吹头发的发型师忽然停下手中的吹风机，在我的头发里挑挑拣拣鼓捣了大半天。当时，我正低头看着手中的杂志，并未在意。那会儿哪曾料想得到，我也是长白发了呢？当他终于逮着那根细细的白发一把扯下来的时候，我不由得悚然一惊。我抬起茫然的眼，看着掌心那根约五厘米长的细细白发，在灯光下泛起耀眼的白，一时竟不知所措，亦不能接受这残酷的事实。须臾，那掌心的岁月，仿佛一道闪电灼伤了我，我终于在愣了半晌后，脱口"啊"的一声惊叫。那一声惊叫，惊天动地，吓着了理发店里所有人，也吓着了我自己。我也长白发了？我竟然也长白发了？

　　答案已经明明白白摆在眼前，再怎么惊吓，也不得不接受事实，我终究是有白发了。不由哀叹，万事到白发，日月几西东。时光，怎一个匆匆！

　　见我一脸凄惶的样子，理发师安慰我："反应太大了，不就一根白发吗？不用这么惊慌的，你习惯了就好了。"

　　说得轻巧。我不是还没习惯吗？白发又不是长在你头上，你年纪轻轻，正当韶华，哪里能理解一个中年女人年华老去的恐慌？莫对新花羞白发啊！再看看坐我对面那个含笑看着我的水嫩小姑娘，我简直要涕泪齐下了。

　　此后，每每吹头发时，理发师的手若在我头上稍作停留，我便不由自主地紧张万分。然后如临大敌般挺直腰背，屏住呼吸，盯着镜子里的自己，等着他从我的头发中淘宝一样找出那根白发，拔下来，方才松一口气，仿佛完成了一件庄严神圣的事情。我总是在他帮我把白发拔下来的同时，立马伸手虔诚地接住，满脸凄然，凝视良久后哀叹一声，再丢掉。

　　上半年还好，除了那一根白发独领风骚，其他的倒也不见增长。但从这个秋天开始，我的白发多了好几根，虽暂无百家争鸣之气势，但也显示出了你方唱罢我登台的繁荣景象了。说朝如青丝暮成雪，那是过于夸张，但白发一旦造访，接下来变白的速度真是挡也挡不住。记得一阕《满江红》的词如是说："近新来、白发几多长，三千丈。从今脱，红尘网。"在还没有白发时，读来觉得逍遥洒脱，但今天再想起，唯有戚戚了。像我等红尘中俗人，尤其是这年岁，是永远也脱不了红尘网的。人到中年，上有老下有小，肩上的担子只有越来越重，忧思也会越来越多。故此，"白发三千丈"的时候也为时不远了吧。

为了照顾我的情绪，现在，每当那个小伙子拔下我一根白头发时，他都会附带着说一句："就一根，还是原来那根。"

我笑而不语，再也不会惊叫。

我知道，我已经不再是只有一根白发了。果然，现在连我自己都能对着镜子从密密的黑发里寻出两三根白发来了。慢慢地，我已经释然，虽是无可奈何新白发，却也接受了有白发的事实。果真习惯就好啊，世间事，万箭穿心，莫过于一句"习惯就好"。总会有"白肥黑瘦"的一天，到时候，恐怕怎么拔都无能为力了吧。

都说世间最大的无奈和悲哀，莫过于美人迟暮、英雄末路。诚然。是否美人，姑且不论。窃以为，于女人而言，白发比皱纹更具有岁月感和杀伤力，给人的感觉也更加残忍和难以接受。而男人，在白发这一点上，似乎要好接受一点。

同年龄的男女，往往是男人比女人白发多且早。这和男女所担当的社会责任和压力有关吗？还是生理使然？想必都有关系。总之，在视觉和感觉上，男人的白发总是让人容易接受一点。再则，男人发短，有白发也不会太过明显，不像女人的长发，一白就是长长一条，触目惊心。

我先生四十岁就有白发了，但我却没有那么强烈的感觉，觉得一个男人年届不惑了，有几根白发也正常，而他自己似乎也不怎么在意。这两年，他也终于因为白发越来越多而开始悲戚生命的流逝了。看着自己越来越聪明的头顶，他对那占领了他头顶三分之一阵地的白发，越发在意起来，时常拿着我的眉毛夹子镜前悲白发。哪天他若是躲在卫生间里长时间不出声也不出来，必定是在全神贯注地拔白头发。

我时常揶揄他：别拔了，现在的小姑娘都是大叔控，就好这一口，男人有点白发才有沧桑感和成熟感，才有魅力。他闻之作大喜状，说，真的吗？那我坚决不再拔了，但嘴上说着，手却没有停下来。看着他连同白发黑发一并拔下来，短短的头发一根一根掉下，沾在白色的洗手盆上，也是惊心。

少日春风满眼，而今秋叶辞柯。时间真是快，仿佛昨天他还是那个白衣少年，一转眼就白发造访了。再看看父母，黑发所剩无几。

偶尔，我也会帮他拔白发。暖阳下，或是书桌前，他看着他的书，我安静地立在他身后，捏一把眉毛夹子，细致认真地拔着他的白发，仿佛做着一项伟大的工程。我们往往一语不发，但很是默契。

看着眼前这个男人，我们从年少春衫薄的明媚，牵手走到现在鬓发茎茎白的时光，虽光阴寸寸流逝，免不了伤感，但总有感动和温暖漫上心头。已经半生岁月了，悲喜都一起经历，这一份生命中的甘苦相随，休戚相关，是多么的不容易。漫漫人生路，二十年有一人不离不弃，一起见老，一起白发，难道不是一种超乎白发伤感外的幸福吗？而更大的幸福是，眼前这个开始白发的人，将会陪你一直到白发苍苍。

前日，洗头时，又拔下一根白发来。随手发了一条微信：昨日青丝今日雪，此刻镜前悲白发。众友回复颇多。有人说，你才一根，我的白发数都数不清了；有人说，我多年前就有白发了；有人说，羡慕死你一头黑长发。

看来不只是我一人华发生。看看身边差不多年龄的朋友闺蜜，或多或少，都有了岁月的痕迹。

曹丕说，忧令人老。白发魔女因情伤忧心一夜白发。我们还常说，真是愁白了头。由此可见，大部分的白发是因为忧愁所致，心若放宽，白发自然迟来。所以，忧愁不得啊。

每个人都终将有"白发逐梳落，朱颜辞镜去"之时，既然如此，就悦纳白发吧，不忧不惧才是对抗白发最好的方法。

时光悠悠南雅桥

再次见到她时，已是二十多年后了。

那是一个初春的下午，阳光和煦风轻柔，空气里弥漫着淡淡的春之气息。我无端地想起她，想去看看她——那座被我、被时光忘记的石板漫水桥。桥离我其实并不远，让我们变得遥远的是时间。从父母家里出发，沿着戍浦江边小路慢悠悠踱步过去，也不过十几分钟的光景。

这座漫水桥有一个很雅致的名字——南雅桥。

南雅桥至今看起来依然雅致，并多了几分拙朴。低矮小巧的身体，静默地横卧在江面上，任江水从脚下时急时缓奔流而过，在斜斜的日光下，宁静中泛起岁月的沧桑感。

始建于清朝晚期的南雅桥，位于藤桥镇上埠头村和雅漾村之间的江面上，重修于 1948 年，全长 48.6 米，宽 1.2 米，为 11 孔梁柱式石桥，通体用花岗岩建造而成。桥身平直，每个桥孔上平铺三块大小均匀的桥面板。桥墩以两根方形石柱直立支撑，左右各有石柱向内倾斜加固。这样的漫水桥，在桥梁建筑中最为原始简朴，但很是坚固耐用，经历无数风雨山洪，至今完好如初。

桥虽完好，但周边的一切事物却几经变换。物是人非是岁月最温柔的对待，很多时候，在时间的淘洗中，物非人非才是常态。二十多年前，这里是"桥东桥西千百竹，绿烟金穗映清流"的场景，而如今，竹林稀，清流浊，江面窄。桥边浆洗衣物的人们离散了，桥上人来人往的热闹远去了……唯余空荡荡的一座石桥，在人们遗忘的角落里，孤寂地匍匐着。

随着江水，我的思绪开始奔腾，回忆也渐渐漫上心头。

曾经，这座桥，承载着戍浦江东西两岸人民相互奔走的脚步。以戍浦江为分隔，当时江西边的南雅乡以及泽雅所有的居民，若要去藤桥或是上戍及其他地方，几乎都要从这座小小的石桥上通过。反之亦然。可以想象，那时候的她，有多风光多忙碌。挑担的、拉板车的、抱孩子的、牵牛赶羊的、走亲戚的、串门的——络绎不绝，好不热闹。

因桥身低矮，过桥也是有时间的，得看潮汐的脸色和山洪的性子。

二十多年前的戍浦江，江面宽，水清澈，流量大，直通瓯江的潮水能直接漫过这座石桥，涨到上游一个叫潮济的村子。于是，当涨潮或是山洪暴发时，南雅桥便会淹没在水中，无法通行。

记得母亲说过一件事，至今不能忘。

我小时候多病难养。在我约一岁多的一个雨天深夜，我突发高烧。当时南雅乡唯一的诊所就在对岸的雅漾村，去诊所必须要过桥。恰好那天下大雨又逢涨潮，江面波涛汹涌，桥身无处可觅。想象一下当时的场景吧：深夜。江边。大雨倾盆。凄风苦雨中，一对年轻的夫妻，撑着伞，怀里抱着滚烫的孩子，面对洪流，无助而又焦灼地等待着。这是多么有镜头感的一个画面。老天似乎在考验我的生命力，雨越来越大，潮水也较劲般不愿退去。母亲说，怀里的我越来越烫，像抱着个小火炉，她却只能眼睁睁地看着我眼睛翻白昏死过去。除了号啕大哭，不断地向上天祈祷，她什么法子也没有。

彼时，真有老天要亡我之意。至今思来，仍感戚戚。

幸好，上天总算垂怜，突然间风停雨歇，潮水急速退去，父母在水还没退完的情况下蹚水过桥，总算是保住了我的小命。不然，今天谁会用文字来和它相会呢？

随着时代的发展，汽车出现在人们的生活里，这座小小的石板桥，再也满足不了人们出行的需求。于是，在石桥的下游不远处，造了新桥。新桥水泥构造，走人开车都方便。这座石板桥便完成了自身使命，彻底退出了历史舞台。

时光倏忽，一晃而过。碧野石桥当日事，人不见，水空流。孤寂的南雅桥，彻底成了我的回忆。

夕阳下，孑然的老桥，和孑然的我，默然相对。

看流水西去，杂草从越积越多的淤泥上疯长开来，往事历历，奔流不息……

相看两不厌，唯有楠溪江

记得那年，西藏林芝，尼洋河江南般的碧水和滩林，让同车的北京队友不断惊呼、拍照。她们如痴如醉，像是进了桃花源，我却一脸淡定如在自家庭院。两位队友不解，问，这么美丽的景色前，你怎么一点也不激动？

我笑言，我们温州的楠溪江，比这儿美多了。

当真？她们一脸的不可置信。

绝不虚言。我笑得笃定。

两位队友是北京某大学的老师，能走西藏，说明不是没见过风景之人。但身居北国，平日里自然无福享受江南的婉约秀美，更何况是以水见长的楠溪江？所以，在她们见到有"西藏江南"之称的尼洋河时，才会那般兴奋。但毕竟是西藏。高寒之地里挣扎出的河流，怎能与真正的江南水国相比？

都说熟悉的地方没有风景，但我无数次走过楠溪江的春夏秋冬，却始终相看两不厌。浮生繁忙间偶有一日得空，微信群里一呼，姐妹们，去哪里走走？

楠溪江呀！异口同声，无须选择。

好，那就楠溪江。

永嘉山水皆美，但最为旖旎夺目者，还是江流和滩林。悠悠三百里楠溪，逶迤曲折，贯穿南北。江水流经之地，那些妥帖安放着的山峦、田园、农舍、民居，便仿佛都在诗情画意的浇灌里肆意生长。故而，山南水北处处是景。只需一个好天气，带上好心情，江边随意选处平地坐下，都可安闲一日、身心尽舒。

那一日，春光倾尽所有。楠溪江水丰盈，树木叠翠，野花漫山遍野招摇。尤其是那大片的油菜花，随着江水两岸一路春光灿烂，风情诱人。我在路边支一个画架，把春天搬上画布，时光静美。

那一日，夏意炎炎。楠溪江水清凉透彻，蝉声响彻林间。我在滩林边闲闲饮着茶，看着孩子们在江水里嬉戏游泳，夕阳浸透一江碧水，竹筏上停着晚归的鸬鹚，岁月安稳。

那一日，冬阳温柔。楠溪江风流云散的晴空下，我什么也不做，就只想在阳光里昏睡一整天。

可只有无数个秋天，我与楠溪江四目相对、密会频频而永不厌倦。

那一日，秋风里我们驱车永嘉。一车人没有任何规划，放辔四野，走走停停——去楠溪江不需要目的地，一路上若有景致合你眼缘，便可直扑过去，定是一顿风景和欢愉的饱餐。

穿过村落，缘江而行，随意在一片滩林边停车。眼前幽静的树林、摇曳的芦苇、平整的鹅卵石滩、静静流淌的江水，甚是合意。搬出野炊用的食材和器具，铺开地毯，放上音乐，这一天便可愉悦地虚度了。

秋天的江水，或许比春夏要瘦，但是胜在清澈，近乎透明的清澈。水底有几颗鹅卵石，石头上趴着几颗螺蛳，一清二楚。但你若是伸手去捞，就会讶于水深，竟是都够不着的。我立于水边，看两岸青山倒映水中，看云朵拥着溪鱼在波心微微荡漾。枯石不语，水花却喧嚣着绽放、开谢，这个轮回没有尽头。便忽想起友人的一句诗，他说，楠溪江里的每一朵浪花，都押着千年的韵脚。

是的，每一朵浪花都押着千年的韵脚。当谢公屐踏遍永嘉四时，这江水，便已在源头种下了足以流淌至今的诗情。永嘉四灵、昆曲，还有许多为这一方山水留下过诗歌的每一个古人今人，都是江水里奔腾的一朵浪花，也许瞬间消逝，也许回旋歌唱，只要来过、热爱过，便都是融入这江水里的诗意精灵。一只白鹭翩翩掠过水面，惊散了一溪鱼虾。对岸林间，日影斜照，有农人烧火的烟雾袅娜飘起。"水满田畴稻叶齐，日光穿树晓烟低。黄莺也爱新凉好，飞过青山影里啼。"徐玑的《新凉》，常如江水般流过我的记忆。虽秋日已至，但诗里营造的乡村宁静氛围，却是四季相宜的。

捡起脚下一块扁扁的小石头，我弯下腰，侧着身体，向着水面打了一个水漂。看着小石子在水面上优美地蹦过，最终"咚"的一声落入水底，云朵便"哗"的一声散了去。"山中何所有，岭上多白云。只可自怡悦，不堪持赠君。"多么向往这洒脱的意境、洒脱的人！寥寥数字，轻描淡写就回了皇帝的问题，真是四两拨千斤，功力非凡。任你高马轩车、功名利禄，我陶弘景就只爱山水恬淡且率性的生活。如此弃功名、隐林泉、不与世俗同流合污的高士之举，能有几人做到呢？所以，永嘉山头的白云为他长留，楠溪江水里，也永远有一朵炫美的浪花以他的名字为韵脚，在历史的长滩上回旋、激荡，久有余响。

秋天的楠溪江，是芦苇的天下，成片成群、挤挤挨挨占领了整个河滩。芦苇花开得真是好啊，粉紫、雪白的芦花，在阳光下泛着晶莹的光，通透明亮。我着一袭长裙，于芦苇下静立，听微风拂过芦苇叶子发出"簌簌"的声音，看芦花摇曳在阳光下，花絮精灵般飞扬。身后，闺蜜一句"蒹葭苍苍，白露为霜，有位伊人，在水一方"轻轻响起，回头，我们相视而笑。

曾经，也有人对我们这么说过。只是芦花易落，江水不息，时光永远不会为谁驻足。

我知道，此刻的我们同时想起了一位朋友。

轻叹一声，我于树底坐下，拿出画本，一如去年那般速写前方芦苇。夕阳下的林间小径上，你含笑向我走来，由远而近，一声一声地唤我。那么清晰那么真实。但是你已经不在了。我相信，你仍徜徉在这片山水之间。远处楠溪，有朵浪花正是你的深爱、你的诗。

触景生情在所难免，但怀念和悲伤不可沉溺。请江水把这秋日伤感涤荡而去吧，有些人，只是永远走出了时间。若我们记得，便将在另一个维度永存。如同那只舴艋舟，轻而窄，却因脱胎于某位女子的词笔，飘然摇过两宋百年征战、万里烽火，从诗词的渡口，一直悠悠划到了今天。

永嘉自古为避战之地，楠溪江的水，可曾承载过南渡士人支离憔悴的泪？但凡知道李清照的，便不会忘了她那载满愁绪的舴艋舟。彼时，易安南走之际，国破家亡，流离失所。一个弱女子，背负亡夫的嘱托携金石文物孤身南下，该是多么的无助凄惶。看着金石步步亡佚，心中之凄苦，又怎是小舟可载？

永嘉，前溪码头。江阔水深，舴艋舟静泊。小小竹船，形似蚱蜢两头尖。竹篾顶棚，依稀有数百年不变形制的倔强。命运跌宕的哀戚、山河破碎的悲恸，今古飘摇仿佛与它毫无关系。这份沉默，是继承自那些往来江上、辛苦度日的船夫么？若非有这份粗糙、朴拙的安静，易安又怎会将一腔悲苦倾诉给小船？百年过去，当铁皮快艇充斥了各地游湖，如此安静的舴艋舟也已难在别处寻觅。想必，它也是楠溪江流中的一朵浪花吧！

小舟如飞燕掠水，点过两岸青山。莫怪我神思恍惚，楠溪江水清如明镜，盛着一汪的天光云影，小舟怎么不像是鸟儿悬在虚空里？翁卷有句：闲上青山看野水，忽于水底见青山。水天不分，如同幻境，便是此景最直接的写照了。邻船文友相邀，唱首歌呗。好嘞，我遥遥一答，吼了几嗓子《龙船调》，很是痛快。

一小时的舴艋舟体验，仿佛在诗文画卷里走了一个来回。起身上岸，打趣问友：借问同舟客，何时再来楠溪江？友答，随时，随时。

好，随时。相看两不厌，唯有楠溪江。

括苍山长青，楠溪江水蓝。瓯越文化源远流长。八百里瓯江滔滔东去，三百里楠溪江悠然北来，她们一清一浊在此汇聚交融，如同血液，在我们每个东瓯人的血管里奔腾不息……

亭亭罗山桂，秋日独芬芳

花朵之于季节，总是最敏感的，一开一落间，便又是一年。

大罗山上的桂花又开了。它们漫山遍野地宣告：秋天来了。

车从茶山山脚一拐上盘山公路，桂花的香味就隐隐飘过来，索性放下车窗玻璃，连同阳光和花香一起收纳。秋阳下，满目绿翠，扑窗而进的山风里，夹杂着桂花的甜香，这样的礼遇，只有秋天的大罗山能给得了。

车子渐渐盘山而上，一棵棵、一丛丛桂花树，开满了金黄色、橘红色的小细花，在路边，在屋前院后，在半山腰，齐齐扑入眼帘。

花香越来越浓烈起来。整个大罗山都浸泡在浓浓的香氛里。

都说凡事太过了不好，就像有些花，香味一旦过于浓郁，便会适得其反，变香成臭。但桂花绝不会。桂花的香气即使再浓烈，也是清甜好闻的，山泉般甘洌，不会像香水百合之类靠颜值吃饭的花朵，香气多了就刺鼻。桂花香，是远近相宜的。远了，能随风而至，香氛十里。近了，也不突兀，沁人心脾。这是她的奇妙之处。造物主是公平的，没有让她拥有大而艳丽的花朵，却让她拥有了让人迷醉的花香。

这好比女子，有的颜值高，外形迷人，却只是金玉其外，经不起细细品味。而有的，看上去其貌不扬，却内涵丰富，举手投足间便暗香浮动，浑身散发出"腹有诗书气自华"的高雅之气，令人极为舒适。桂花无疑属于后者。

不只是我如此赞美桂花的香味，她的花香是从唐诗宋词里飘出来的。翻开唐宋诗词，咏桂之句，多如桂树上的花朵，数不胜数。可见，她有多招人喜爱。比如朱淑真就赞其"一枝淡伫书窗下，人与花心各自香。"此句深得我心。易安更是推崇，她把桂花喻为"花中第一流"，说"梅定妒，菊应羞，画栏开处冠中秋。"如此高的赞誉，我都怀疑易安才女，你是否来自广寒宫？不过，"何须浅碧深红色，自是花中第一流"之句，倒是她一生之率性高洁的最好写照。

车在继续上行，桂花开得更加肆意招摇。

似乎大罗山的家家户户都种植桂花，花农们也正在收集花朵，一箩筐一箩筐的桂花，从树上落下来、摇下来、打下来，然后晒满了各个空地。院子自是不必说了，连上山的公路，也腾出半边来晒花。我们就这么顺着这铺满鲜花的金光大道，一路蜿蜒上山。无处不在的清香，在大罗山上肆无忌惮地穿行，奔跑，缠绕，回旋。

这样的待遇，何曾有过？而爱花之人，总会在每一场花开里，同花朵们一起绽放内心的愉悦。我的愉悦就在无边地怒放，扩大。

我说，我今天一定要折一枝桂花回家。

友说，别摧花，她是属于山野的。

有理。但我就是想自私一回。心底里有一个声音在疯狂地鼓动我：带一枝回去，带一枝回去，让她于案头陪你，长夜芬芳。

终于，在一处远离农家的野地里，我邂逅了一片桂花林。阳光有点斜了，在山头铺泻而下，照在开满花朵的桂树上，像是被涂抹了一层金黄色的釉彩般，越加金灿灿起来。站在树下，贴身向前，把呼吸放慢，加深，再加深，这香甜甘洌的味道，如一股清流，泻入心肺，漫向全身的每一个细胞。风一过，香味绵绵不绝，似远山起伏，又似海浪翻涌，向着我扑将过来，无从拒绝。

花香满衣，满发，连眼角眉梢都是。

迷醉一词，该是此时最好的表达。

阳光下，突然想起，似乎所有的咏桂之句，都连着月色。如"桂子月中落，天香云外飘"，如"人闲桂花落，夜静春山空"等，仿佛桂花真是开在月亮里。月下之桂虽清雅脱俗，但哪有阳光下花开时来得热烈，来得美丽？倒是朱熹之句"亭亭岩下桂，岁晚独芬芳。叶密千层绿，花开万点黄"，给了桂花最好的白描。看那叶片下、枝丫间，冒出来的一团团、一簇簇金黄的小脸庞，细细密密地闪耀着，星子一般，嵌满了整棵树。而那些密密匝匝的叶子，以千层绿的蓬勃，以除秋之外三个季节的酝酿，换得秋来时短暂的花开绚烂。这生命的坚忍，总是无怨无悔。很多时候，人类要比一棵树、一朵花脆弱。自然界的一花一草，其生存的法则和意义，每每给人以彻悟。

踮起脚尖，轻轻攀住一枝，小心翼翼地把枝丫间的花朵轻轻摘下，再轻轻放入掌心。这些细碎的花朵，在我的手心里，软软的、香香的，太阳般闪耀着，仿佛捧了整个秋天。我要把她们放入我的莲子羹，融进我的菊花茶，让整个秋天都飘着香气。

这又是桂花的一个奇妙之处，不只耐闻，还很实用。说起桂花，你无法避开吃喝二字。桂花糖、桂花糕、桂花鱼、桂花蜜、桂花酒，随便拎出一个，都足以源远流长，齿颊留香。

带一枝回家，带一枝回家。

心底里的欲念又在不停地蛊惑我。

我开始为自己的自私找理由，不是说"花开堪折直须折，莫待无花空折枝"吗？我似乎还听见东坡先生也在暗暗地唆使我："愿公采撷纫幽佩，莫遣孤芳老涧边。"对，让她零落成泥孤老山野，不也很残忍吗？

于是，以爱的名义，我折了一枝桂花在手。

花枝是脆的，轻轻一折，便断了。随即，小花朵儿也簌簌落下半枝，我揽花入怀，小跑着逃。心虚得怦怦直跳，被人看见了怎么办？素质哪儿去了？轻轻一枝桂花在手，居然感觉千般重。赶紧解下丝巾，把花枝整个包裹起来，小心翼翼搂着。

友打趣我说，你看，别人看你的眼光都带着鄙夷，心里肯定在想，这女人多没素质啊！

我明明心虚，但还是嘴犟，说，偷花不算贼，最多只是雅顺而已么。但一路山路下来，仿佛真的感觉自己做了贼般，心里惴惴不安。

这么费心"偷"来的花朵，我该如何爱你呢？回家，洗净瓶子，倒入山上带回来的山泉，隆重地请出红丝巾下的花枝，养在陶瓷瓶里，置于窗边书桌上。灯下亭亭的花枝，仿佛有了几分月色，新娘一般，含着羞怯。

想起多年前一位朋友曾说，每年秋天，他都会特意去杭州满觉陇闻桂，而春天则去梅家坞品新茶。我曾万分羡慕他生活的精致和诗意。当时也曾想，若有一天我的生活也允许我如此率性，那该多好。此时面对一枝花香，便突然明白，闻桂何须去远方？若是心境澄明安然，哪里的桂香不醉人？

隆重地沏上一壶茶，捧上一本书，坐于花枝前，字里行间溢满清香。此夜定当好眠。

问孤屿梅花，开罢也未？

　　江心屿英国领事馆前的左右墙角处，各长着一株蜡梅。这两株蜡梅树，说实话，并不怎么美，枝条细长又凌乱，且直挺挺的，不懂得曲意逢迎，也不懂得转弯抹角，虽名为"梅"，却毫无画中梅花的遒劲姿态。

　　这两株蜡梅，一登岛就能见到，但往往被人忽视。她们的劲敌实在太多。岸边那一溜的樟树、榕树，或扭着腰肢，或轩昂挺拔，哪一个不比她们漂亮夺目？也只有到了冬深春来花开之时，她们才赢得些许的点击率和关注。

　　再说句心里话，这两株蜡梅的花朵，也实在不怎么美貌。花朵小，单瓣，且色泽暗淡，不像有些蜡梅，出身名门，花型大，复瓣，还色彩娇艳。

　　我这么说，这两株蜡梅，该哭晕在墙角了。

　　幸好，她们够香！

　　过江，一踏上浮桥，隐隐间便传来花香，渡船的汽油味自觉散去，连整个江心屿都神清气爽起来。

　　无心的人们，依然自顾走过。这世界上，有一部分人对花草树木天生免疫。有心的人们，会在树下驻足仰望，再嗅嗅花香，然后赞许地给个好评：嗯，这么香，这是什么花？

最多如此。

花开有人赏，是乐事；无人爱，亦无妨。我开我的花，你走你的路，这个世界最需要的是彼此尊重，彼此安好。

而我，甘之如饴。

蜡梅花香亦自苦寒来。经过寒冬的淬炼，花香自然是更可贵了。蜡梅的花香比之红梅和白梅，更是浓烈了一些。当然，花香太过浓烈不一定就好，像我，就喜欢淡雅清新的香味。所以，坐在临江树下的椅子上，听着或急或缓的潮流声，再闻着随江风若有若无、似断似续飘过来的花香，是一件惬意之事。这香，便有了"暗香浮动"的韵致和遐思。这样的距离，也保持在刚刚好的范围之内。花事与人事相同，太远了，无感，太近了，容易生厌。寻一个彼此舒适的位置，至关重要。

我不知道这两株蜡梅的岁数，看起来不会太老，但被身后的领事馆一衬，倒也显得有些沧桑感。沉默幽暗的百年老房子，和这两株同样灰调子的蜡梅站在一起，色调上极其和谐，如同时空深处飘出来的一幅画，悬挂在了江心屿的一角。我喜欢这样的旧调子。不会惊艳时光，却温暖了岁月。

江心屿上，除却这两株蜡梅，革命烈士纪念馆的墙角边有一株，盆景园里还有两株，都是同一品种，不美艳，但香气四溢。像有的女子，外观相貌平平，却腹有诗书气自华。久处了，耐看，舒心。

一个地方，有了梅花的点缀，似乎就多了几许诗意，这样的效果是其他一些花卉达不到的。比如孤屿，比如孤山。梅花和孤屿，这两个名字放在一起，气质上简直是绝配。一样的清冷孤寂，一样的风清月白。因而，孤屿所植繁花甚多，最入我心者，唯有梅花。虽然，从植物的类别来说，蜡梅和红梅、白梅并非同一个科属，但是人们总是习惯把它们归为同一家人，并且赋予了同样的诗情画意。像我，也总是执拗地称蜡梅为梅花。

我是时常惦记着她们的，腊月一到就开始惦念：不知道孤屿的蜡梅开罢也未？其实，我们就一江之隔，这花讯，隔着江水都闻得到。可见，念之心切。

每到年近时，便是蜡梅花开日。不去看看她们，闻闻花香，仿佛这年也过得少了那么一点诗情画意。

今天，农历腊月二十八了，在越来越近的年味里，越发念想起孤屿的蜡梅来，便拎了相机过江。

梅已开，香自来。赏过花颜，闻罢梅香，拍几张照片留存，自是不可少的。但蜡梅枝条凌乱，花也小，拍出好片却是难。左寻右寻，给她留了几张影，总算有了一丝"疏影横斜"的意境，也有了几许腊月年味的美好感觉。

再也不见的别离

赶着 2016 年的末班船，奶奶让自己的生命，在故乡靠了岸。

爷爷总是一个人落寞地坐着，不言不语。

灵堂里，她安详地躺着，睡着了一般。他一动不动地坐在她身边，默默地守护着、凝视着她。他久经岁月的脸上，沉默而平静，甚至看不出哀伤。但这样的画面，很凄美，让人动容。

活了将近一个世纪了。滚滚红尘烟火人间，一个男人，一个女人，携手七十多年，一起风雨同舟，一起生儿育女。在他们眼里，也许只有生活，爱情之于他们，是一个奢侈而缥缈含蓄的话题，但这么多年的相依相伴，从青葱岁月到耄耋迟暮，又岂是任何一个简单的词语可以形容的？

此刻，她终于离他而去了。

他的心，肯定是空了。

我想，他一定是有很多话要跟她说的。或者，他正在细细回忆他们的一生，他们的酸甜苦辣，他们的喜怒哀乐，他们的第一次相见，抑或每一次吵架……

我在旁边烧着纸，爷爷始终静默地坐着，像一座雕像，我甚至不敢抬头多看他们，生怕这无声的画面会让我的悲伤决堤。

我第一次这么深切地感受到一对男女的生离死别。

我也是第一次这么近距离直面一具肉身化为灰烬的过程。我居然毫无恐惧感。

死人。尸体。之前这些听起来令人惧怕的名词，在殡仪馆的火化炉前，显得那么苍白而平常。一个个已经没有呼吸、无法再喜怒哀乐、爱恨情仇的人，被锦缎被子包裹着，装进透明塑料袋，像一个个长方形的包裹，在火化炉外，等待着生而为人最后的归宿——寄给苍天，寄给大地，寄给路边的一束风或是一朵云……反正收件者不再是有迹可寻活生生的人，而是苍茫宇宙浩瀚自然。

一具肉身进去，一捧灰烬出来。

奶奶的骨灰被倒在一个铁皮簸箕里，放在地上，工作人员再用一个超大型的吸尘器一样的吸管，吸走炉床上剩余的骨灰，然后随手倒进旁边的铁皮簸箕里，动作熟练，像倒掉一堆垃圾。这过程和结局，所有人都一样。

铁皮簸箕挺大，好几个堆在墙边，和我们平时扫垃圾用的簸箕没什么两样。那一刻，骨灰和垃圾，也没什么两样。炉前的地上，公公和几位叔叔或蹲或跪，围着，用双手最后一次触摸他们母亲的温度。然后，冷却后的骨灰被装进骨灰盒。那一块地，留给下一捧灰烬。

人生，就这样走到底了。

看着眼前的一幕，你会觉得，你在这世上的任何纷争、不甘、执念、怨恨，都毫无意义。白白枉费了自己的一番伤心、几分愁苦。那一刻，我对自己曾经有过的那些自苦也苦人的内心纠缠，深感可笑，多么不值啊。可是，没有那些经历，又如何能开悟？

人生最后的落幕是葬礼。

围丧时，进三圈，退三圈。我不知道这个有什么讲究或是象征意义，只是突然觉得，这两个三圈也挺有意思，像是人生的一个缩影。以人活八十岁为例：向前进的三圈，是我们生命里一到四十岁的最好时光。这四十年，我们一直在向前走。年过四十以后，生命就在倒退了。到最后，退到原点，哪儿来，回哪儿去。

墓穴封上的那一刻，人生就此尘埃落定，句号也就正式圈上。人世间再也没有你，你在这世上曾有过的一切，绚丽也好，平凡也罢，连同爱恨情仇，都被尘封进这个方寸之地。世界这么大，你来过，或许会留下点痕迹，绝大多数的人，是无迹可寻的，如同雪泥鸿爪，瞬间即灭。

走的人走了，剩下的人，依然要回到自己的生活里去。在短暂的伤心过后，大家的生活不会因为一位九十多岁老人的离去，而发生多大的变化。儿女们也都已经儿孙成群，不再是眷恋母亲的年纪了。最伤心的还是失去老伴的爷爷，只有他，将会在已然不多的余生岁月里，一次次地去重温、回放和这个女人生活的点滴，但也许，生死于他，也早已坦然接受，不再多想。天下没有不散的人们，纵使是亲密如父母与孩子，抑或夫妻，也终有离散的那一天。一对夫妻，能携手半个多世纪，已然是命运的厚待，生命的福报。

奶奶葬礼结束后的午后，我一个人坐在静得唯有水声的溪坑边的大石头上，和四周的山石树木对话。天空澄澈，茅草花摇曳在逆光里，偶有羽翅扑打的声音掠过林梢，远处飘来了几声鸡鸣犬吠。这小山村，不会因为一位老人的离去，而有一丝一毫的变化，哪怕她在这里生活了几十年。

人之于大自然，何其渺小。渺小得最终连一颗尘埃的模样都找不到。

那一刻，我的内心无比宁静。我们都需要在活着的日子里好好地活着，善待自己，也善待身边的人，忠于自己的内心，尽量做一个快乐且无害之人。

日光渐远，天色渐冷。起身，作别周遭给予我一下午安宁的一切事物，作别山头上安息的奶奶，我将回到我的城市里，继续过我的烟火生活。

小病小记

又发烧了。一量体温，39.5℃！这两年，因为身上揣着几颗"钻石"，身体时不时就会傲娇一下，我感觉自己简直就是一只发烧潜力股。

面对自己常常会发烫的身体，我已经很淡定了，但这次发烧却烧势凶猛，烧法别致，我觉得有必要一记，以示警惕。

昨晚睡觉之前，突感一种意识被抽离般的酸软，然后全身开始抑制不住地发抖。其时，正洗了脸，准备擦面霜。忍着双手剧烈的颤抖，把手上的面霜胡乱涂到脸上，可打开的面霜瓶盖，因为抖得厉害，怎么也盖不上。瞬间恐慌。我这是怎么了？是不是生了什么大病了？哆嗦着裹紧身上的厚棉袄，我把自己埋进了被窝里。可还是越来越冷，身体也越发抖得厉害。我抱紧自己抖得筛糠似的身体，手脚冰冷，无能为力。听着牙齿上下碰撞而发出有节奏的"咯咯"声，内心一片冰凉。从来没有发生过这样的事情，也从来没有过这样的感受。

忍不住，叫醒了夫君，他看我的样子，也发了慌，说，去医院吧。可深更半夜了，我又抖得停不下来，这样子怎么去医院？

如此抖了半个多小时停不下来，当时想着，霍金走了，是不是把帕金森病留给我了呀？再一想，我也没这福分和天赋呀。今天和木木聊天，她说，放心吧，你们语言不通不好沟通的。嗯，想想也是，也就放心了。

我埋在被窝里抖得生无可恋，他无措地来回走动干着急，后来喂我喝了半杯热开水和半杯红糖水，再充了暖水袋让我捂着脚，才稍稍有所缓解。时间一分一秒过去，我抖着抖着，居然不知觉中迷迷糊糊睡了过去。

醒来时，已是半夜三点半，全身大汗淋漓。迷糊间，复又睡去。

今早醒来，头昏头痛全身乏力。据我从去年开始时不时发烧的经验看，很可能又发烧了。一量体温，37℃不到，正常。夫君说，他一夜没睡好。我说我没事了。打发他去上班。起来吃了一小碗粥后，困得不行，继续睡觉。可一躺下去，冷意又开始侵袭，穿着棉袄盖着被子还是如坠冰窖。接着，恶心感也来了，头痛加剧。幸好，令我恐惧的颤抖没有再发生。如此，坚持到下午一点，再量了体温，39.5℃！为什么不再多烧一点，直接烧到40℃呢？也好凑个整数么。

觉得再熬下去脑子就要烧坏了。撑着走路都打晃的身体，顶着一头乱发和一张苍黄的脸，去了离家最近的诊所。我不想一个人去医院。如果挂号、排队、交费、拿药、打针这一系列的事情，都要我自己一个人来搞定，那会让我感觉很无助、很孤独、很悲凉，但我又不想麻烦别人。

小诊所的医生，简单粗暴——直接退烧药加吊针。这样的处理方法准没错，屡试不爽。要挂盐水时，我的手上却找不到静脉，上次的针眼还在幽幽地看着我。用热水袋捂了好一会儿，医生才摸到我那似有似无的静脉。幸好一针搞定。

邻座挂盐水的女孩，听说也发烧39℃，伴着咳嗽。男朋友陪着。她一会儿手冷，一会儿脚冰，显得娇气无比。男孩子很温柔，一直很有耐心地跑前跑后，一会儿给她盖毯子，一会儿给她捂脚。再看看我自己，终究是到了不能再撒娇的年龄，你一脸褶子，撒娇给谁看？

医生说我着凉了，体质太虚。昨晚的发抖就是发烧的症状，只是我自己不知道。

连续挂了三天的盐水，在家躺了一个星期，身体才逐渐恢复过来。

反观这两次发烧：去年底跨年的那一次，是头一天洗了一整天的窗帘（和洗衣机一起）。这一次，是昨天干了一整天的家务活儿。两次都是感觉很疲累，便直接开烧了。号称能解猪的小醉同志，什么时候这么林妹妹了？姐姐我一直是上山能砍柴、下地能挥锄的女汉子，这一点家务活就把我整成这样，叫我情何以堪？

突感悲凉。

好友木木说，娘娘吉祥，此等粗活，何须自己动手？就唤那些拿钱的宫女们做吧。可是我就是那粗使的婆子呀，从来就不是个娇气的人。

据说，39℃以上的高烧，偶尔烧一次，是好事，能杀死癌细胞。可是像我这样，一言不合就杀上一回的频率，是不是太频繁了？我又不是电脑，用上几天，就得来一次杀毒，清理一下垃圾。

但事实就是，现在的身体，再也经不起折腾了。人到中年的无力感，潮袭而来。

想想，这副身躯，也用了四十几年了，每天不停歇地运转，里里外外的零件，旧了也正常，是该要好好保养了。再加上肾里揣了几颗"钻石"，起坐弯腰之间，磕碰到了，就容易感染发烧。

总而言之，还是体质太差，太缺少锻炼。我五行最缺的，就是运动细胞，平时最大的享受，就是守着自己的窝不出门。但我们这年龄，似乎不能再任性了。不说别的，我们得为父母孩子保重好自己的身体。

夫君已下令，不许再坐在家里画画，每天都要去江心屿走一个小时再回来。属蜗牛的我，只能打着哈哈，怯怯回答：我尽量啊！

瞧瞧，这就是人到中年的状态，一次发烧而已，就这么来势汹汹难以抵挡，那么，你还有多少健康可以挥霍？

也说断舍离

生活乃至人生，比起不断的加法，减法才是需要不断挑战的难题。

人，活着的时间长了，日积月累，心理和身体都充满了毒素，需要排毒。一个家住久了，积累的物品也越来越多，需要不定期清理。

这些道理谁都懂，但真正做到断、舍、离，却是不容易的。

看着越来越满的家，有时候会有一种莫名的烦躁和冲动。冲动得想把家里所有的东西都清空。当你面对饱和的时候，才明白，空是多么奢侈的拥有。

空灵，空旷，空白，甚至空荡荡，都是我此刻想拥有的心情。

茶几和沙发，生厌已久。好几次都想着，换了，换了，换了。还特意去家具市场看过。但换沙发实在是个大工程，好几次都不了了之。况且，旧沙发虽名为"旧"，实则几乎全新，当初也是货比三家挑来选去之后而买的。买时，肯定也是一见钟情，只是落了人们喜新厌旧的俗套，也是无奈。要换，总得先给它寻好去处。

那先换茶几和地毯吧。这两样相对来说，算是小件的东西，直接当垃圾扔给清洁工就行。电视柜和茶几，当然要配套，肯定得一起换。于是，整整两天的时间交给整个客厅。怎么也扔不完的东西！我家怎么这么多东西？不去动它，平时客厅也是很整洁，一动，天翻地覆了。只是，在扔各种吃的、用的、玩的物件时，有些东西再三掂量扔不下手，但最终还是咬咬牙给扔掉。

那几天，走廊垃圾箱旁，每天一大堆一大堆，都是我丢弃的物件，清洁工大姐运了一趟又一趟。

牵一发而动全身，这话用在我当下，再贴切不过了。

换好了茶几和电视柜，餐桌和椅子就显得不搭调了。再换。

说起餐桌和餐椅，它们其实也都是好的，没破也没坏，只是时间久了，如同一个女人，年老色衰，看久了总会厌。

我也是厌倦它们了，虽然它们陪了我们八年的时光。

在这张餐桌上，女儿从一个十岁的小女孩，一口饭一口菜，吃成十八岁的大姑娘。而我和他，也是在这张餐桌上，一口饭一口菜，逐渐把年华和光阴，一点一点消耗。

成长和衰老，总是同时存在。这是逃不开的人生轨迹。悲欣交集。

那天中午，和女儿在这张离别在即的餐桌上，吃了最后一顿饭，与这套相伴了八年的桌椅做了最后的告别。午后，新欢到，旧爱让位。把旧桌椅送给楼下的保安，他千谢万谢，我也是千好万好，有一种为女儿找到婆家的感觉。任何东西，只有给需要的人，才是其价值最好的体现。

一切都弄妥后，又给客厅的角落里添了一个角柜，用它替换了原先的一大盆干花。就这样，差不多一个星期的时间，我都交给了客厅，各种整理，各种擦洗。焕然一新的客厅，给了我焕然一新的感觉。果然，生活需要一点变化才好。

隔壁才搬来两年的邻居，又要搬家了。说房子住旧了，要搬新的。我听了，顿感惭愧。我家的房子我都住了快十年了，也没想换。况且，在我看来，新装修的房子，好看是好看，但总归没有旧了几年的房子住得健康。

想来，在断舍离这个问题上，人家就是比我潇洒。

但后来一想，也释然。各人所需不同。我贪恋每天窗口的落日壮美，喜欢无遮挡的江景辽阔，享受只需下楼渡江即可的江心后花园。人和物件，时间久了，都可能厌倦，唯有大自然的美，可以相看两不厌。而这些，对他们而言，可能都无动于衷，或是视而不见。

人的情感一旦牵涉太多，断舍离便是一件难事。生活小事如此，人生大事也是如此。如果牵扯到男女情感问题，那么，在断舍离上，似乎更是千头万绪、千丝万缕了。断不掉，舍不得，离不开。这也许是人生三大无奈和痛苦。

这个农历五月，在别人认为不能有大动作的月份里，我把客厅彻底倒腾了一遍，也算小小的断舍离了一下。

是为记。

春草绵绵好做饼

庚子鼠年的春天，是一个令人悲伤彷徨的季节，因新冠疫情的肆虐，那些花红柳绿、燕语雀鸣注定要被辜负。禁足在家两月有余，每天困于斗室，对大自然的渴望，便随着春天脚步的临近，一点一点活泛起来。

疫情终于平息下来了，此时的山野田间空寂无人，应该是安全的吧。

恰有闺蜜相邀：到桐浦看油菜花去？正中我意。戴上口罩，飞奔而出。

春雨足，染就一地新绿；春阳暖，催开满目新花。一路上，久违的大好春光，让人心生感动。大自然就有这样的魔力，能轻而易举地涤荡你千般烦恼万般愁。

桐浦的油菜花已经金灿灿地铺满田野，但比油菜花更加吸引我的，却是那一地绿茵茵、毛茸茸的棉菜，一朵朵、一丛丛如花般盛开，泛着柔软的光泽，散发着独特的清香，无比诱人。我又开始手痒了。心也痒。我说，我想摘棉菜。农家出身的人，那一份乡野情怀始终镌刻在骨子里，哪怕身居城市很多年，也无法彻底忘却。就像今天，这几朵小小的棉菜，便勾起我遗忘多年的童年旧事，回忆瞬间泛滥。

于是，桐浦的花田里，别人观花拍照我摘草。

空旷的田野，如一块黄绿相间的大毯子，色彩浓烈如凡·高的画，却透着宁静悠远。面对这远离人群的大自然，似乎疫情从来没有发生过，一切美好如初。微风轻柔地送来油菜花香和青草的气息，我俯首向大地，神情专注，把棉菜一朵一朵细致地摘下来，放入手心，心情便变得无比欢愉。此刻，我和泥土，和春天是如此贴近。

摘回来的棉菜约有两斤，嫩嫩的、软软的，泛着清香，抓一把放到鼻尖，满是春天的味道。看着自己的劳动成果，我倒是犯了愁。采摘的时候，图的就是一份动手的快乐和满足，却是没想那么多。现在棉菜是摘了，手瘾也过了，可是怎么安置它们却成了个大问题。难不成置之不理？好像有点暴殄天物。突然想，既然棉菜能做成饼来吃，为何不能像青菜那样炒来吃呢？

心念所致，立即动手。

先取少许棉菜做试验。把棉菜洗净，焯水，然后放油、蒜翻炒，再加适量盐和少许鸡精，起锅装盘。炒熟后的棉菜，色如碧玉，绿意可人，散发着淡淡的青草香味，入口，味道很是不错。我狂喜，以为自己发明了棉菜新吃法。可是，问题马上来了。入口没嚼几下，发现嘴里的棉菜根本嚼不烂，越嚼越状如棉絮，很有韧性。终于明白，为什么我们把鼠曲草叫作棉菜，原来它如绵绵棉絮，柔韧无比。

还有，为什么一直以来，我们都要把棉菜切碎了、捣烂了，再做成饼，是有道理的。这些比如炒呀、蒸呀等方法，我们的祖先估计早就用过了，发现行不通，才弃之不用，要不然，这么简单的方法，哪里还轮得到我这个自作聪明的笨女人去发现呢？那些流传后世代代相传的技艺，大都是经过无数次实践得出的精华。

如此，我也不折腾了，老老实实去菜场买了米粉，试着做棉菜饼吧。

我不善于做糕点之类的小吃，做棉菜饼更是头一回。于是，把小时候看母亲做棉菜饼时的细节回忆了一遍，又电话求助了朋友。

从下午四点钟开始忙活，直到热气腾腾的棉菜饼出炉，我花了整整四个半小时，真是连吃奶的劲儿都使出来了，才做了十五个棉菜饼。还好，总算是做成功了，味道还算不错。世上无易事，看似简单的一个饼，制作起来居然如此费劲费时。

首先，要去菜场采购米粉和馅料。米粉要糯米、粳米各掺半，不然，据说单用糯米会太软，单用粳米又太硬。馅料我备了春笋、蘑菇、鲜肉、红萝卜、虾皮和咸菜。

择洗棉菜是个费时间的活儿。先把棉菜一朵一朵细致地拣出来，挑出里面从田间带过来的野草和枯叶之类的杂物；然后，在水龙头下，仔仔细细地重复了一次；最后，把挑洗过的棉菜，放在水槽里不断地淘洗，一次，两次，三次……直到第二十次，才觉得终于洗干净了。

接下来的工序，实实在在是力气活了。记得小时候家里做棉菜饼，捣臼是必不可少的工具（把棉菜放到捣臼里捣碎），现在我到哪里去寻捣臼？唯一的办法只能用刀剁。先把棉菜切成最小段（很难切，不像切菜，像切棉花），再用刀剁碎。原本泛着粉绿的棉菜，在剁碎之后变成了墨绿色，如同纱布上的一贴膏药，一团黑乎乎的样子，瞬间失了颜值。

第三道工序，是在如墨团般的棉菜里倒入米粉，加温水，不断地、使劲地揉。揉面也绝对是力气活，手劲要大，要持续把棉菜团揉得很有韧劲才行，不然容易散掉。揉到最后，手发酸肌无力，算是马虎过关吧。

稍事休息，把所有做馅的食材洗净切丁，再炒熟备用。

终于开始做饼。这是最轻松也最让人享受的一道工序，有着胜利在望的喜悦。把音乐打开，边哼着歌边干活。摘一团粉团，放在手心搓圆，再均匀地捏成薄薄一片，这时候，手心的粉团像一片打开的荷叶，透着润泽和清香，真是赏心悦目。我觉得自己仿佛在做一件艺术品，满怀愉悦。一个个粉绿色的棉菜饼，玉珠子一般缀在雪白的瓷碟子里，已隐隐能勾起几分食欲了，怎么看都觉得它们貌美如花。

经过大半天的折腾，总算大功告成，我必须要给自己一万个赞。

十五分钟后，香喷喷的"霜霜牌纯手工棉菜饼"隆重出炉。

赶紧先尝一个。嗯，味道相当不错！若不是此时疫情不允许聚餐，我真想呼朋唤友来一个"棉菜饼宴"，嘚瑟一下自己的成果。

此时，恰好夫君下班回家，他惊喜万分，说，你居然还会做这个？

我得意扬扬，只差把尾巴翘上了天，献宝似的把热乎乎的棉菜饼双手递上，他吃得赞不绝口。

第一次在自己的小厨房里做棉菜饼，没有工具，没有经验，有的是很多不尽人意之处。比如，忘记了买箬叶，只能把饼一个个放在小碟子里蒸，结果却是饼粘在了碟子上。蒸第二锅的时候，在碟子上涂上橄榄油才好些。记得小时候母亲做的棉菜饼，每个饼下面都有柚子叶垫着，蒸出来的饼清香好吃又不粘锅。再比如，饼太淡了一点，是否和面的时候，应该加点盐？还有，用菜刀剁的棉菜，比较粗糙，做出来的饼看起来表面不细腻，疙疙瘩瘩的，卖相不大好。

但，一切不尽人意，都无损我此刻的快乐和满足。又香又糯的棉菜饼，我吃出了这个春天被生生阻断的所有味道——春风、春雨、春阳、花香，还有翩跹的蝶舞……最重要的是，有童年的味道。

霜风起时番薯甜

（一）

时值深冬了，走在暖融融的冬阳里，让阳光肆意从身上洒落的感觉真是惬意。这么难得的好天气，并不匆忙的下午时光，我放慢了归家的脚步。自顾神思悠游间，在车马喧闹的街头，飘来了一丝香甜，直沁心脾。这是我喜欢又熟悉的烤番薯的味道。顺着香味望去，在几片银杏叶子飘落的路边，有一个卖烤番薯的小摊，摊主是一个皮肤也如同烤番薯般黝黑的女人，她正在不停地四处张望、叫卖。

我被蛊惑似的不由自主走过去，买了两只烤番薯。

热乎乎的烤番薯捧在手上，香气四溢，令人垂涎。

突然间就想起很久以前和女儿一起买烤番薯的事来，我也曾用文字记录下那一刻。

（二）

下班回家的路上，坐在自行车后座一路叽叽喳喳的女儿突然间没了声音。在静止了大约十秒钟之后，她高八度的声音兴奋地响起："妈妈，我闻到了好闻的味道。很甜很甜，你闻闻看，是什么香味啊？"我使劲一嗅，随即一阵香甜的味道充满了鼻腔直至心扉。"烤番薯！"我和女儿兴奋得同时高声喊出来。

"妈妈，我快要流口水了！"四岁的女儿夸张地叫。

"是吗？我也要流口水了！"我配合着女儿说。

我们娘儿俩禁不住烤番薯的诱惑，停车买了两个。这两个黑乎乎的家伙，外表虽然不怎么好看，却怎么也藏不住那肆意弥漫的香味。女儿高兴得大呼小叫起来："哇！好香好香的烤番薯哦，妈妈，我要吃，我要吃！"可是我们还在路上啊，宝贝！看着女儿垂涎三尺的可爱样，我连说带哄才把番薯收进包里。回到家，那两个烤番薯成了女儿的晚餐。平时吃饭像吃药似的小丫头，今天居然一口气吃了两个番薯。末了，舔舔嘴巴说："好过瘾啊，烤番薯真好吃！香香甜甜，好吃极了！"

物以稀为贵这句话，真是没错。我想不到，女儿吃上两个烤番薯会这么高兴。

蓦然间又想起母亲以前常常唠叨的一句话："想当初，你还小的时候，那时的日子多苦啊，吃饱饭都成问题，我在做饭的时候，就只在锅里放一把米，其余的都是番薯干。那一把米啊，煮出来的饭像一弯眉毛那么少得可怜，那都是给你吃的，我和你爸天天吃番薯干。"我现在还惊奇于不怎么识字的母亲，居然用了这么好的比喻，把锅沿的一点儿饭比喻成一弯眉毛，诗意得让人心酸。

小时候的日子虽然苦，但是吃不饱饭这样的记忆，我是没有的。不过，从母亲的话语中可以知道，曾经有一段时间，番薯是用来糊口的最主要粮食。那是现在的孩子无法想象的一种生活状态。记得老人们流传的一句话——生女儿好啊，生了女儿将来嫁到山上兑番薯干吃！这一句话，就道出了生活所有的艰辛和无奈。我虽然经历过用番薯干充饥的年代，但是那时年幼，没什么记忆，再说，父母宁可饿着自己也不会饿着我，但是我能理解这种困苦生活的不易。

生活变好了，最先享受幸福的必定是孩子。很多家长都在为孩子不吃饭而烦恼不已。今天喝贝贝开胃宝，明天吃安利蛋白粉，后天还有黄金搭档。自然，这其中也包括我。

前几天，我给孩子们上课的一个主题就是认识番薯。课题的目的就是让孩子们知道番薯也是一种主要的粮食。虽然我们生活在乡下，但大部分孩子都不知道番薯是从地里种出来的，对于番薯也是一种粮食这个问题，就更加不理解了。现在如果想吃番薯，都要去菜场里买，是作为吃惯了大鱼大肉后的点缀和调剂，怎么会是一种主要粮食呢？孩子们对于番薯的最直接感受，就是路边小贩叫卖的又香又甜的烤番薯，以及超市里那些香脆的番薯片。于是，那些小不点儿们都说，如果天天吃番薯不用吃饭，那多好啊，饭可真难吃啊。

生活越来越富足，在物质上，孩子们无疑是幸福的，可是，看着这些不识疾苦的小皇帝、小公主，再想想母亲的话，总让人唏嘘。希望我们的孩子，在享受丰厚的物质生活外，也能懂得劳动者的艰辛，懂得粮食来之不易，懂得心怀感恩。这，便是我上这一堂课的最大目的。

（三）

对于番薯，我有着深切的热爱。番薯饭、番薯粥、番薯枣，我都喜欢吃，而且百吃不厌。每年秋冬时节，永嘉的朋友会送一些自家晒的番薯干和番薯枣给我，我都如获至宝，毫不推辞地收下。

每当霜风起番薯成熟的时候，我都会去菜场买一些番薯，煮饭时，斩一只番薯和着米一起煮，一半金黄，一半雪白，观之赏心悦目，食之香甜可口。番薯煮粥更是美味，若是再切点儿南瓜丁，放几颗红枣进去，这粥就更加可口了。还有微波炉里烤出来的番薯，香甜极了。

以文会友是雅事，我却因为番薯而收获了一份友情。十多年前，我在某论坛上发了一篇写番薯的文章，其时文笔稚嫩，现在看来真是惨不忍睹，但就是这么一篇小学生流水账似的番薯文，引起了另一位爱番薯者的关注，于是我们因番薯结缘，成为好朋友。

曾有闺蜜笑话我说，我们都是从乡下出来番薯干戳肚皮的人，怎么现在还喜欢吃番薯？我说，算是我怀旧吧，这番薯情结，始终挥之不去，或许是长在血液里了。

（四）

今年，婆婆在自家园子里种了一些番薯，已经收成了。我乐颠颠要了一些回来，感觉这个冬天都变得香甜了。

惊梦记

　　暑假到了，我又要到温师院去学习一个星期，这真让我感到懊恼。让人纳闷的是，这次学习的地点竟然是九山湖畔的老师院——那座建于 20 世纪 50 年代的老旧木结构房子。那座风烛残年的老房子，现在还在使用吗？莫不是要我们来一场怀旧教育吧？我在心里暗自寻思。

　　那是一个微雨的早晨，天色暗沉，空气里氤氲着浓浓的潮热味，雨中的九山湖显得空蒙而静谧。我打着伞，从九山路拐进胜昔桥，穿过狭窄的小巷，一抬眼，便看见老师院像一幅褪色发黄的老照片挂在蒙蒙细雨里，显得那么暗淡、寂静。

　　是不是我来得太早了？为什么偌大的学校门口，一个人都没有呢？应该是的，我今天早上五点钟就起床了。我叹了一口气，走进老师院那斑驳的大门，踏上并不结实的木质楼梯，一直走到了九楼（老师院并没有九楼）。眼前的一切显得那么陌生而诡异——陈旧脱漆的黑色木地板、黑色木板墙、黑色天花板泛着幽冷的暗光，使得空荡荡的走廊像一条深不见底的时空隧道，又像一具巨大的棺材，把我夹在中间。我压抑而慌乱，仿佛成了一块无法呼吸的肉夹馍。这不是我熟悉的温州师范学院，这是哪里？我该怎么办？巨大的恐惧感瞬间袭来，我听到自己的心跳声慌乱而急促。我急需找一个安全的地方安顿自己。对，我应该先找到自己的教室。我加急了脚步，急匆匆地向前走去。幽深的走廊上空无一人，只有我的高跟鞋踩着木板的声音——"笃、笃、笃……"空洞又刺耳地响着，回声不断。

我一直走到了走廊的尽头，都没找到教室。我很惶惑。正不知所措之际，突然，周围光芒乍现，整条黑暗的走廊瞬间变成了透明的玻璃通道，并以极快的速度向前延伸。周遭一片空茫，唯有狂风呼啸而来，吹得我长发凌乱、裙摆缠身。我像被钉子钉在了玻璃通道的最前方，动弹不得，只能紧紧地抱住自己的双臂，像一枚被射出的子弹，无法回头。越来越快的玻璃隧道越过江心屿，向着东海飞奔而去，最后"啪"的一声，停在了海面上。

刚刚还在急速飞驰的世界，瞬间静默下来，死一般的寂静。茫茫大海上，没有风，没有雨，没有船，更没有人，除了脚下一块透明的玻璃，我没有任何依托。透过玻璃，墨蓝色幽暗的海水正在涌动，如巨兽张开的嘴，仿佛要把我吞噬。我惊魂未定，惊慌失措。我开始尖叫，大声地、无意识地尖叫。可是除了无声涌动的海水配合着我的尖叫声，周遭仍是死一般的寂静。原来，真正的孤独如此可怕，当整个世界只剩下你一个人的时候，你会发疯。海浪涌动得越来越急，我知道自己不会游泳，要是掉到海里去，就是死路一条。求生的本能让我的理智瞬间归位，我脱下高跟鞋，转身顺着玻璃通道飞奔逃离。跑步实在不是我所擅长的啊，我记得自己体育成绩从来没有及格过，可是眼下除了死命地跑，我毫无他法。我疯狂地跑着，跑着……脚下的玻璃通道忽然又变成了温师院的木质地板楼道。我在一间教室门口停下来，一看，赫然是我要找的房间号，我剧烈喘息着，虚脱般靠在门上，可是门关着，怎么也推不开。

我正彷徨之时，从走廊的另一头走来了一位穿着白衬衫制服的女老师，她微笑着拿钥匙打开了门。

教室的门一打开，刚才还寂静无声的世界瞬间活了过来。只见一屋子的学生闹成一片，他们打闹着、追逐着、高声说笑着，连窗外阴沉的雨天都被渲染得带了几分欢快明朗。接着，所有教室的门接二连三地打开了，像是打开了万花筒般，学生们的笑声倾泻而出，整个世界一刹那就明亮喧闹起来了。

我张口结舌，完全无法把刚才经历的惊恐场面和眼前的热闹连接起来，我这是在做梦么？我狠狠地掐了自己一把，很痛。我并不是在梦里。

白衬衫女老师一幅见怪不怪的平静表情对我说，学生们还没放假，你过几天再来吧。我说，可是我今天就要上课了呀。她说，你记错了，你们再过一个星期才开始上课呢。

我感觉自己又陷入了迷糊而混沌的意识里，神思恍惚地从木板楼梯上"咯吱咯吱"走下来，迎面碰见了两位同学，她们叫住我："夏海霜，你去哪里？"

我尚处在惊魂未定的状态之下，随口回答："我也不知道要去哪里，随便走走吧。"我确实不知道自己要去哪里，回家吗？可我明明记得今天要开始上课了。

"那跟我们一起走吧，我们带你去玩。"其中一位同学说。

"那，好吧。"我竟然毫不犹豫就答应了她们。

这么热的夏天，我穿着一件浅蓝色的真丝连衣裙，可是她们却一人穿着黑色貂皮大衣，一人穿着驼色呢大衣，但我似乎一点儿也不觉得奇怪。

学校门口停着一辆出租车，似乎在专门等着我们。我们自顾拉开车门坐进了车里，我坐在副驾驶的位置，两位同学坐后座。司机一声不吭地启动了车子，向着前方行驶，他没有问我们去哪里，我们也什么都没有说，仿佛彼此都心照不宣。车子出了大士门，再经过信河街，一路东转西拐，我立刻迷失了方向，只能眼睁睁地看着车子经过乡村农舍，经过逼仄的小巷，最后开上了山，停在了一个悬崖边上，悬崖前面又是茫茫大海。我心里一惊，好不容易逃离大海，怎么又回到海边了？转头看了一眼司机，这个雕像般的中年瘦削男人沉默不语，眼神直视前方，脸上没有任何表情。

我一下子慌了，回头问两位同学："你们知道这是哪里吗？为什么要到这里来？"

她们神秘地一笑，说："这是海坦山上呀，难道你不知道？"

"海坦山我知道，我记得在瓯江边，为什么这里看起来是一点儿也不像呢？"我小心翼翼地问。

她们没有回答我的问题，而是直接打开车门下了车，说："你下来吧，这里很美，你一定会喜欢的。"

无奈，我只能下车。

眼前的景色美如仙境，我刚刚还惴惴不安的心一下子安宁下来。雨早就已经停了，阳光温柔地洒下来，凉风习习，丝毫感觉不到夏天的炎热。站在悬崖边上，极目远眺，沧海浩渺，水波不兴；脚下，宝蓝色的海面上帆船静泊、群鸥飞翔，一派祥和。再转头一看，我右边的悬崖外长了一棵大树，树上结满了红艳艳的梨子——没错，是鲜红色的梨子，看着无比诱人。看着满树红色的梨子，在微风中晃荡，在阳光下闪烁着光芒，我万分惊奇。怎么会有红色的梨子？它们是不是很甜？

这时候，一直站在旁边默默不语的同学开口了，她带着怂恿的语气说："这么好看的梨子一定很好吃，你不去摘一个尝尝吗？"

我想了想，最终还是摇摇头说："不，这么好看的果子，就让它长在树上吧，我不想去破坏它。"

"你会后悔的。"她的声音幽幽响起。

但是我很坚定，看着满树的红梨子，冲我挑衅般晃荡，我闭上了眼。

忽然，有隐隐的歌声从远处的海面上踏浪而来——梦里花落知多少，梦里花落知多少……柔美的歌声越来越近，越来越清晰。这是传说中鲛人的歌声吗？如此美妙动听。我骤然睁开双眼，发现海面上平静依旧，而树上的红梨子却不见了，它们变成了粉白色的漫天花雨,洋洋洒洒飘下来，在半空中盘旋着、飞舞着……我愕然地看着这不真实却又无比唯美的一幕，失去了思考的能力。

另一位一直不曾说话的同学开口了，她的声音带着蛊惑："我知道你最喜欢花了，我也知道你会跳舞，你看，这么美好的场景就是专门为你准备的，你不去树下跳一支舞吗？你今天的裙子真美，不跳舞真是可惜了。"

我不由自主地朝着悬崖边上走去，那漫天的花雨似乎也在牵引着我一步、一步走向大海。就只差一步了，眼看马上就要掉落悬崖，我却止住了脚步。或许是今天遇见的事情太过于惊悚，让我有了警惕心，我回头看了两位同学一眼，发现她们的脸上正浮现着诡异邪魅的笑容，这样的笑容比任何表情都要可怕，我瞬间一个激灵，收回了脚步，异常坚定地说："不，我不跳舞，我要回去了。"

我话音刚落，阳光灿烂的天空迅速乌云翻滚，海面上掀起滔天巨浪，悬崖边上的梨树和花雨，以及那两个同学瞬间都消失得干干净净，仿佛这一切从来就没有存在过，整个世界在一秒钟之内变得阴沉萧瑟，如同地狱。与此同时，脚下的山路也突然变得泥泞起来，满地的烂泥巴如同翻涌的浪潮般向我漫过来，瞬间淹没了我的双脚。我简直要崩溃了，吓得尖声大叫。这是什么鬼日子啊？为什么我会遇到这么多可怕的事情？正当我无处躲避之时，泥地里忽然冒出来一个衣衫褴褛、面目阴森丑陋的老者，他佝偻着背，挂着一根蛇头拐杖，阴恻恻地问我："你来这里干什么？这里不是你该来的地方，回去。"说罢，瞬间就没了踪影。我魂飞魄散，吓得连大气都不敢出，转身就跑，踩着高低不平的泥路，深一脚浅一脚艰难地跑着，幸好，出租车还停在原地等我。

司机很奇怪，像个隐形人，一直都不曾开口说过话，但此时此刻，我管不了这么多了，扑进车里，大声叫喊："师傅快开车呀。"他依旧一声不吭地启动了车子，快速朝山下而去。

车子终于下了山，我长舒了一口气。

此时，车窗外是一条临海的小路，蜿蜒曲折，沿着小路一转弯，江心屿竟然如同海市蜃楼般出现在眼前，而昔日浑浊的瓯江此刻碧波荡漾，江面宽阔如同大海。我又一次被惊呆了，这是我最熟悉的景色，我终于回到家。然而，我尚未从眼前的惊喜中回过神来，耳边又响起了有人唤我的声音："阿霜，阿霜……"我摇下车窗一看，是一位很和善的邻居叔叔。我向他打招呼："阿叔，你在这里干什么？"

"你看，这片海你晓得不？我曾经有个阿叔把车开到了这个水底里，现在还在里面。"邻居叔叔答非所问，一边指着前面的江水，一边神情诡异、眼神空洞地跟我说。

我心里"咯噔"一下，这样的表情实在过于蹊跷，根本不像平时的他。我连忙摇头："我不知道这件事。"

静默许久，他的视线终于从水面上收了回来，带着森然的寒气死死地盯着我，一字一顿地说："那你能带我回家吗？"

我打了个冷战，下意识地拒绝了他："不行哦，我不回家，我要去温师院上课了。"我催着司机快开车，不敢再看邻居叔叔的脸，他似笑非笑的表情让我感到陌生而害怕。

然而，最大的惊恐终于在最后一刻来临，司机一踩油门，车子如离弦之箭，向江心飞去。这时候，自始至终没有任何表情的他，嘴角挑起，终于露出了一个邪魅又了然的微笑，仿佛一切皆在他的掌握之中。我还来不及问他任何话，"啪"的一声巨响，水花四溅之中车子以优雅的姿态沉入水中，车门如一对翅膀自动缓缓打开，水，漫了进来。我绝望地闭上了眼睛，任由自己在水中沉溺。生活多么荒诞啊，我悲凉地想，命运是一张铺天盖地的网，最终谁也逃脱不了。

醒来一身冷汗，我只是午睡了一小时。

后记

　　记得两年前的一次文学沙龙上，坐在我旁边的一位男士向我打听，夏海霜今晚会不会来？我当时听了，一愣，继而笑了。对着夏海霜问夏海霜会不会来，这真是一件有趣的事情。我问他，找夏海霜何事？那位男士从随身的包里拿出我的散文集《醉倚东篱》，说："我很喜欢读她的文章，要找她签个名。"有读者找作者签名，这是对作者莫大的鼓励和认可，我满心欢喜。

　　当他知道我就是的时候，也大乐，说，真是无巧不成书。

　　从他手中接过书的时候，我又是一愣，书看起来已经不那么新了，甚至有点旧，翻阅过的痕迹很明显。我问他，你都看完了？他说是的，你的很多文字都让我很有共鸣，我是边看边做笔记的。他的回答让我意外之极。翻开书，发现很多地方都用红笔画了线，标出他认为的佳句，并且在边上写下他自己的心得体会和时间。我还是第一次碰到这么认真读我文字的人，感动得很。

　　此后，他会时常打电话鼓励我，比如当他在报纸上看到我的文章时，或是我画好一幅画分享在微信朋友圈时。

有一次去市图书馆参加一位文友的品书会，一位陌生的小伙子向我打招呼，他说，夏老师，你的公众号很长时间没有更新了吧？我当时很是惊奇，闻言也不由得一愣，我这块自留地，常常被自己忽略，居然有别人惦记？仔细一想，好像是有好长一段时间没更新了。

问他，你怎么知道的？

他说，我关注了你的公众号，我很喜欢看你的文章，有时候心情不好，看了你的文章，心情就好了，尤其是你的游记。

是吗？我的文字还有这样的作用？他的话让我深感意外，也很是惭愧。

我是懒散之人，写文码字都随心随性，虽然弄了个一亩三分地给自己侍弄，但常常因为杂七杂八的琐事，而把公众号忘之脑后。昨天登录一看，发现有读者留言，问我，你的文章月更一次吗？还是随心更新？

我又汗颜不已。

虽然喜欢写作，但从不敢以作家自居，无非就是因爱好而喜欢记录而已。文字，很多时候是写给自己看的，感动的也往往只是自己。但能博得别人的喜欢引起共鸣，还能影响别人的心情并且为他人带去快乐，这是我预想不到的。真是诚惶诚恐。但不否认，我因此收获了意外的惊喜和幸福感。感谢你们给了我勇气，于是，有了我的第二本散文集《江心鱼》。

《江心鱼》收集了我从 2015 年到 2019 年的随笔散文，

是时光的集结，也是时光的印记。这些零碎而杂乱的书写，有人事见闻、社会现象，有花草自然、烟火生活，道心声，谈体悟，偶尔矫情，所思所感，皆在其中。半数文章，已在各纸媒发表过。

我是不喜言辞、力求省事之人，文字便是我与这个世界相互纠缠的最好载体，书写也成了我思绪的最好出口。当一件事能成为你生活中忘不掉的习惯时，它多半已经走进了你的生命，哪怕我对文字并不特别执着，一直随心随性地与之相处。但这么多年习惯了用文字来记录生活，写作之于我，可能是余生永相随的爱好了。这样一种没有目的、无意识的写作，是轻松愉悦的，我很享受。

从出第一本散文集时的无知无畏，到后来的忐忑惶恐，再慢慢地有了几分坦然，这一路走来，靠的是大家的包容和鼓励，还有那些让我成长的机会。谢谢你们！

时光如流水，奔腾不息，汇聚成我活过的模样。我是一尾鱼，缓缓游入岁月的波心……

海霜

2019 年 12 月 8 日

图书在版编目（ＣＩＰ）数据

江心鱼 / 夏海霜著． — 北京 ：中国民族文化出版
社有限公司，2020.5（2025.1重印）
ISBN 978-7-5122-1317-3

Ⅰ．①江… Ⅱ．①夏… Ⅲ．①散文集－中国－当代
Ⅳ．① I267

中国版本图书馆 CIP 数据核字（2020）第 041449 号

江心鱼

作　　者　夏海霜

责任编辑　王　华

责任校对　李文学

出　版　者　中国民族文化出版社　地址：北京市东城区和平里北街14号
　　　　　　邮编：100013　联系电话：010-84250639　64211754（传真）

印　　装　三河市同力彩印有限公司

开　　本　889mm×1194mm　1/32

印　　张　10.5

字　　数　148千

版　　次　2020年7月第1版　　2025年1月第2次印刷

标准书号　ISBN 978-7-5122-1317-3

定　　价　48.00元